FLORET

READING

小花阅读

我们只写有爱的故事

青春阅读 幸得相见

我不离，你不弃
我们跨越时间，让爱继续

——【**摘星**】系列

小花阅读【摘星】系列04

与他的世界重逢

姜辜 著

百花洲文艺出版社
BAIHUAZHOU LITERATURE AND ART PRESS

姜辜 | 小花阅读签约作者

懒，拖延症，自由散漫，非典型摩羯座。
柜子里塞满了奇奇怪怪的裙子，喜欢冷门的东西。
很多方面都不太像女孩子，话多话少看心情。
再圆一句回来，偶尔还是个很好玩的人啦。
伙伴昵称：wuli 璇，奶黄包

个人作品：《遥不可及的你 1，2》《深宅纪事》《路途遥远，我们在一起吧》《春风集 · 摘星星的人》

作者前言

在喜欢的人面前永远可爱吧!

首先非常厚脸皮但是又笑嘻嘻地跟大家说一句，好久不见啦!

在写完“遥2”之后，长沙最冷的日子也算熬过去了，于是在好像只有两天的春天和热得望不到尽头的夏天里，懒悠悠的我终于赶在气温又快要跌下去之前，写完了这个小故事。

对，没错，它是个小故事，而且还是一个和我以往风格完全不一样的小故事。

说它小，是因为这个故事很简单又明了，打打游戏吃吃饭谈谈恋爱聊聊天，出场人物也不多，嗷嗷叫的小白狗和从未露过面的远距离网友都算得上是哪哪都能见着的可爱角色。

说它和我以往的风格完全不一样，也是清白得不能再清白的实话，这绝对不是什么轻飘飘的宣传或者噱头，大家耐着性子稍微看那么两眼应该就能发现啦，反正呢，我也是在敲下“全文完”这三个字之后才后知后觉地反应过来，原来我还能写成这样啊。

其实一直以来，我都知道我的行文风格不是那么合乎大众，所以难免会有一些晦涩难懂或太过理性细微的地方，于是在这个小故事里，我放弃给大家讲大道理，也放弃带大家钻牛角尖，我们就手拉手回到最单纯的年纪，面对面谈一个百分之九十九都是甜味儿的恋爱吧。

好啦，干巴巴的前言就啰唆到这里，毕竟轻松又好玩的故事前边儿不适合我在这里瞎矫情，所以就老套地祝大家在喜欢的游戏里面连胜不断，在喜欢的人面前永远可爱吧！嘿嘿。

至于我嘛，是不会放弃一开始我最想成为的那个我自己的，但同时，也在努力变得更好。

【以下是一段编辑和姜辜的对话】

这不是你的风格，话痨少女去哪儿了？

姜辜：被宇宙黑洞吃掉了！明年这个时候再吐出来还给你！

如果游戏人物像小说里的尤金一样突然来到你面前，你的反应会是？

姜辜：我的反应应该是……被惊到，然后赶紧打电话给新闻频道赚头条费（所以我不能和女主一样拥有爱情。）。

说说你最近爱玩的游戏？

姜辜：还是“英雄联盟”吧！我其实一直以来都不是个很爱玩游

戏的人诶（这是真的！），玩了“英雄联盟”之后才开始对待“玩游戏”这件事情本身，比如每个时间段风靡的游戏都会赶时髦地去试一试，试玩之后还是觉得“英雄联盟”最好玩（其实包括“英雄联盟”我都是断断续续接触了一年多才认真玩！）！

你是手残少女还是上分大神？

姜辜：哼，看手感。偶尔也有被队友夸赞的时候！

作为游戏儿童的乐趣是？

姜辜：不知道干什么的时候可以打游戏，不知道去哪里的时候可以去网吧……因为人数不够凑不齐想玩的任何活动时，游戏是你永远的家。打发时间真的很棒棒（前提是不要遇到太气人的队友啊，那等于慢性自杀。）。

有喜欢的游戏人物吗？

姜辜：嘿嘿，还蛮多的。好看的帅气的英雄都喜欢！太多了，真的，所以我就一个都不说了。

有因为游戏认识到好朋友吗？

姜辜：有！

见面了吗？结果如何？

姜辜：也算……见到面了吧（虽然不是我约的，也不是为了见我），结果就大家还是峡谷好伙伴啊，在线了就一起玩一起输，好惨哦。

如何看待沉迷游戏这件事?

姜辜：诶，我觉得这件事真是一个永恒的难题！首先得自己定位好游戏这件事对于你来说是什么，有的是无聊消遣，有的是逃避现实，有的是暂时解压，有的是想通往职业道路，所以第一要务是先区分好，然后才看耗费在上面的时间是不是过于“沉迷”。诶，我也不知道怎么说，再往下说都能各个展开写一篇论文了……所以如果大家身边有人蓬头后面整天打游戏的话，你就帮他/她谈个恋爱吧！谢谢各位了！

对那些想在游戏里面寻觅真爱的天真少女们想对她们说什么?

姜辜：还是不要在游戏里寻找真爱吧，概率很低而且风险很大，还是多考虑考虑隔壁家的小哥哥吧（万一他也是个王者呢？）。

我觉得这个故事会很受欢迎，你觉得呢?

姜辜：我觉得我很酷，所以这个问题我以沉默应对！

对读者说一句话吧?

姜辜：还是那句，非常真心地谢谢大家愿意花时间在我身上。谢谢。

目 录

目录

第一章

郝小枝一点都不小只

郝小枝曾经推着鼻梁上厚厚的眼镜问过父母为啥要给她取一个这么没有内涵的名儿。

面对这个疑惑，郝父只是一边煮着从市场淘回来的茶叶一边慢慢悠悠地推开了阳台上的大纱窗：“为啥？还能为啥，想取就取了呗。怎么，我和你妈辛辛苦苦的，连这个权利都没有？”

不是呀。一传十，十传百，街坊邻居怎么夸都夸不完的乖女儿郝小枝不依不饶地蹭到了她爹身旁，并且仰起脸庞再次发问：“可……就算再怎么随性，那也总会有个由头或者特殊含义吧？”

于是，郝父严肃深沉地盯起了郝小枝规规矩矩的齐刘海短发，半晌才憋出俩字——“凑巧。”

有多凑巧呢？

当年，郝父搀扶着预产期莫名其妙就提前了半个多月的郝母吭哧吭哧往院子门口的救护车面前赶时，“咔嚓”一声，郝母鹅黄色的平底布鞋踩碎了一根细嫩的小树枝，动静不怎么大，却惊得郝父赶忙低下头去检查郝母的脚。接着再一抬头，成片的青翠和被拦截成各种不规则形状的碎阳就统统涌进了郝父的眼里，风带着暖意，吹得很轻——最讨人喜的春天，到了。

既然迎面撞上了春天，那便不管男女，都叫“小枝”好了。树枝的声音清脆好听，眼前的景色馥郁鲜活。郝父点点头，满心都是期待和欣喜，他想，小枝，一定会是个好看的乖孩子。

而被跨越性别钦定了名字的郝小枝在听完这个不算故事的故事之后，只是鼓了鼓脸颊，语气平淡地下了两句总结——果然是一个没有什么内涵的名儿嘛，而且也不怎么准。

于是，走哪儿都被尊称为一代文人的郝父不服气了。他放下茶叶罐，大手在半空中一挥，摆出了一副要慷慨激昂、舌战群儒的架势，可还没来得及开口，就被五十米开外正搓着麻将的郝母给吼住了。郝母坐在院子中心，双手将和了的牌一推，并大喊道：“姓郝的，送茶来！”

郝小枝捂着嘴哧哧地笑。这场景让她觉得很幸福。

爸爸是重点高中的语文老师，妈妈是一家大型百货公司的会计，生活虽称不上大富大贵，但在吃穿用度上，她还从来没有受过什么委屈。认真读书、乖巧听话，按部就班的日子就这么安稳平顺地过到了今天，在郝小枝看来，什么都挺好的——除了她自己不怎么好看之外。

因为她很胖，一点都不像名字里的那么“小只”。

小时候没有身材的概念，她只知道，自己没有特别好看的花裙子，隔壁那个漂亮小姑娘也不太愿意和她玩，再大一些，就开始羞愧于体检和体重之类的话题，再再大一些，她就看明白了，胖子是没有美丽和青春可言的。也不是没有尝试过减肥，但她是因为之前生病导致的药物激素肥胖，所以减肥之路尤为艰难，特别是她还要应对郝母时不时的灵魂狙击。

身体重要还是好看重要？不吃晚饭怎么行？人是铁饭是钢，一顿不吃饿得慌！

吃多了出门遛遛“雪饼”就行，不要乱七八糟地折腾自己，女孩子最重要的是善良开朗。

你爸下课回来捎了几斤排骨，你想吃红烧的还是糖醋的？吃完了再去写作业。

——那当然是，糖醋的啊。

郝小枝待在原地捏了捏自己脸颊上的肉，在一片清新的茶香中歪了歪头。

她看不懂麻将，但还是发自内心地觉得郝母能一人摸到四张一模一样的牌是件很厉害的事情。郝父将茶杯端在嘴边吹了又吹，才小心翼翼地放在了郝母手边的小红凳上，而最近总爱咬着自己尾巴玩的雪饼此时也乐颠颠地在地上滚来滚去。伴随着麻将子儿撞来撞去的声音，郝母再一次中气十足地嚷了开来：“乖乖，晚上想吃点啥？牛肉，还是鸡肉？”

“都要！”郝小枝也有模有样地喊了回去，半个身子都探到了纱窗外。

胖就胖吧，不好看就不好看吧，反正在这一刻，没有什么比恩爱的父母、温暖的家庭，和即将从厨房里端出来的美食更重要了——如果，郝小枝在心里小小地叹了口气，如果饱饱地吃了这一顿，但是肉却能长到雪饼身上去的话，她就更有幸福感了。

“老板，我要两份凉面，一份凉皮。”

此时，郝小枝在历经了十八分钟的漫长排队之后，终于站到了第一个，毫无障碍地看着面摊老板的脸。

“一份凉面要葱不要香菜，少辣多蒜，不要花生米，多点醋；一份凉面要香菜不要葱，多点酸萝卜，少点香油和酱油……哦，还有就是面都煮得生一点，还有还有……”

话还没说完，郝小枝就毫不意外地听见身后排队的人小声嘀咕了起来。

其实放在平时，大伙充其量也就是不耐烦地“啧啧”两声，但今天的气温直逼 40℃，而眼下又是正午，作为学校美食街最火的一个流动露天小摊，等候的食客难免更加烦躁起来。这不，除了此起彼伏的叹气和啧啧声之外，不远处的一个女声不满地抱怨起来：“什么嘛，这胖子吃得多也就算了，怎么还那么挑啊？等那么久，我都快热死了。”

郝小枝每个字都听在耳里，但也只能紧紧地拽着自己的书包带子，然后默默地低下了头。

“怎么，又帮你舍友带回去啊？”面摊老板倒是很和气地将这些听来挑剔又麻烦的要求照单全收。

他认识眼前这个高高胖胖的女孩子，因为她总是一个人来买好几个人的份，久而久之，便也熟了。

“嗯，因为今天没课嘛。”郝小枝点点头。她一大早出门去图书馆整理完资料之后又顺道去理了一个发，整整齐齐的发尾刚好盖住她的耳垂，有些没扫干净的碎头发还黏在她的脖子上，刺刺的，被汗水一浸，就有些痒，“老板，我那份凉皮你随便做就行，我不挑的。”

“好咧，我都记得的。”老板笑着点头，手头拌面的姿势毫不含糊，“你要不要加个蛋？”

“蛋啊……”郝小枝傻里傻气地挠着脖子，内心已然开启了一番激烈的斗争。她背过的，一个看起来简简单单的小鸡蛋，热量却足足有 76 大卡，需要散步 52.4 分钟才能彻底消化完。她暗暗咬了咬唇，凝重又绝望地想起了昨晚偷偷摸摸去宿舍楼下称体重的时刻，但最终她还是将头一点，宛如一位即将被推去一线壮烈牺牲的革命战士，“好的，老板，给我来一个。”

“正好刚刚剪了一个头发，所以说不定吃下去之后体重还是跟昨晚差不多的……”郝小枝一边小声安慰着自己，一边又觉得吃独食不太好，于是又认认真真地比出了一个“3”的手势——

“那老板，麻烦那两份凉面里头也加一个。一共三个。”

想了想，好像还是得简单地介绍一下郝小枝。

女，23 周岁，摩羯座。身高 168cm，体重 71kg。柜子里永远只叠着黑色以及各种深色系的衣服和裤子，不会化妆，从没穿过高跟鞋。宁愿被打死也不敢在 KTV 里唱歌。因为一个不能言说的原因放弃了本科毕业时回家工作的机会，取而代之的是，留在学校念研究生。

虽然这个决定让盼了女儿四年好不容易盼到头的郝母两眼一黑，但郝父却非常支持，在他看来，郝小枝有没有所谓的求知欲和钻研精神可以暂且不提，他欣赏的是学校这种单纯的环境。他知道，尽管自己的女儿看起来不那么娇小，甚至可以说有一点点的威猛，但她的内心却是十分细腻和柔软。当父亲的，总是格外心疼和护短，所以他举双手双脚赞成郝小枝在象牙塔里再乖乖地待上几年，这样他也能再悠闲地喝上几年茶。这种舒舒服服不用一天到晚瞎操心的日子，光是想想，就比让郝小枝变成一个精明又疲惫的社会人士有诱惑力得多。

于是，在郝父的极力护航下，郝小枝顺利地从一个卷好铺盖马上要滚回老家的大四老学姐摇身一变，变成历史研究院里的研一小学妹，收拾好的行李也不过是从学校东边搬到了西边。

因为研究生的人数比本科生少很多，所以郝小枝新搬进的四人寝直没有住满。

女孩子间的友情总是很奇怪，比如说，如果一个小团体中是三个人，那么总有一个人，是没办法跟另外两个人那么要好的。不用想，那个被排除的倒霉蛋，肯定就是郝小枝了。

虽然郝小枝一直秉持着半个东道主的自觉，几个月来都一直大方热情地为从外校考来的新舍友们提供着源源不断的便利，但不得不承认的是，她和新舍友之间，总是隔着一层不薄不厚的尴尬和生疏。提着餐盒走在回宿舍路上，郝小枝有些泄气地想，大概还是因为胖子和瘦子之间真的有一道跨不过去的鸿沟吧，毕竟两个新舍友的腰加在一块儿还没有她的大腿粗。

这么一想，郝小枝倒真的很神奇地被自己的结论给安慰到了，毕竟她是败给了“胖子”这个身份，而不是她本身有什么大问题。虽说她自知她的为人肯定够不上念大学时的好朋友们所说的“郝小枝是天底下最好的大好人”这句话，但这至少还是能说明，她是一个不太坏的胖子。

于是，天生乐观派的郝小枝就这么轻轻松松地释然了，但释然之后，她望着近在眼前的宿舍门又想起了一件不那么乐观的事情——她好像忘了给舍友买西瓜和哈密瓜回来。

那还能怎么办呢。郝父郝母教过的，答应了别人的事情，就一定要尽可能地做到。

于是，郝小枝只好一边埋怨着自己的记性全交代在了教科书上，一边又忍痛转身开始往美食街附近的水果店走。

其实，在郝小枝看来，晒着正午的太阳，背着三人份的资料，提着三人份的午餐，以及等会儿要挤在人群中买瓜果，这些都不算什么。

要命的事是，在她满头大汗浑身上下只能用“狼狈”二字概括的当下，她竟然在水果店里，面对面地碰到了许沉言和罗伊斯。

罗伊斯很好形容，人如其名伊人如斯，就是一个字，美。

如果非要形容得具体点，那就是很美的一个瘦子，或者是一个很瘦的美女，不然她也不可能从入学起就一直稳坐舞蹈学院院花的宝座，以及大二时就成了学院官方礼仪队队长。

罗伊斯比郝小枝和许沉言都低一届，现在还在念大四。

很奇怪，明明郝小枝已经见过罗伊斯很多很多回了，甚至连罗伊斯化着夸张精致的舞台妆翩翩起舞时她都在台下鼓掌，可真要算起来，她最有印象的，却还是不久前的毕业典礼。

学校一直有让优秀毕业生代表上台领奖的传统，好巧不巧的是，历史学院和新闻学院的站位挨在了一块儿。按照从左到右的顺序，是郝小枝先领，那天她感冒了，吃了两粒药就被晕晕沉沉地塞进了从体育学院借来的最大码学士服里头。而眼前的罗伊斯一袭红色旗袍，身段优雅，一路走来，对任何人都笑得礼貌而公式，唯独等经过了她——也就是面对着许沉言的时候，罗伊斯甜美地弯了眉眼，双手将捆成小筒状的奖状递过去的同时，还轻声说了一句“恭喜学长”。

罗伊斯喜欢许沉言。这个后知后觉的认知让当时昏昏欲睡两腿发软的郝小枝顿时清醒。

但许沉言喜欢罗伊斯吗，这一点郝小枝到现在也没能弄明白。

她只知道，许沉言一直对罗伊斯温柔又关照，而且自从毕业典礼之后，他俩在校内校外出双入对的频率就越来越高，以及，如果真要比起来，她是争破了头也争不过罗伊斯的。

是的，在郝小枝不长不短的23年人生中，她特别特别喜欢的男性，只有三个。

一个是郝父，一个是《西游记》里的孙悟空，还有一个，就是眼前正笑着看她的，许沉言。

第二章

嘘，走哪儿都要跟着许沉言

自打出生起，郝小枝和许沉言就是邻居。院子巴掌大的地儿，郝家阳台上的鸟笼子正巧斜对着许家窗口外的常青藤。两人虽住得近，但要说正儿八经地认识，还是得回到 8 岁那年。

8 岁对于许沉言来说没什么特别的，包子还是一样的咸，豆浆还是一样的甜，每天都得系着大大的红领巾八点出门去上学，但郝小枝就没有这么幸运了——从满是消毒水味儿的白色房间中出来之后，她的世界就悄无声息地发生了改变。

郝母默默地给郝小枝添了好多件新衣服，松松垮垮的，都不是很好看，而郝父也牺牲了自己的休息时间，开始每天接送郝小枝上下学，原因很简单，因为总有一些嬉皮笑脸的小男孩扯着嗓子没心没肺地喊她大胖子。

许沉言就是在郝父被派去外地上模板教学课时，出现在郝小枝面前的。

“你们不要再这么喊她了，这样一点也不礼貌。”这是第一句。

“如果以后郝叔叔不来接送你的话，我们就一块儿上下学吧。”这是第二句。

就是这加起来还不到五十个字的两句话，轻轻松松地奠定了许沉言在郝小枝心中光辉又高大的形象——他一个人挡在她面前，替她赶跑了那些讨人厌的调皮蛋。或许这就是故事书里所说的英雄救……不，不对，就算当时只有8岁，但郝小枝也清楚地意识到了，来救她的许沉言的确是英雄，她却不是那个“美”。因为任何一个美女，都是很瘦很瘦的。

既有些害羞又有些难受的郝小枝红着脸慢吞吞地给许沉言道了一个谢，许沉言就笑了。可许沉言一笑，郝小枝就更难受了。因为这是她第一次跟许阿姨家的儿子挨这么近，和所有大人说的一样，他长得真好看，而且又高又瘦，关键是人还那么好。这么一比较，自卑的她就恨不得立刻钻进一条地缝里躲一躲了。可她又转念一想，这附近根本没有哪条地缝可以容纳得下她……于是，左也难受右也难受的郝小枝终于忍不住地开始抹起了莫名委屈的眼泪。

许沉言歪了歪头，以为郝小枝哭是因为刚刚那些欺负她的人，于是他又笑了笑，并且保证明天也在小区门口等她一块儿上学，还给她带包子和豆浆。

但第二天一早，既没有说好的包子和豆浆，也没有说好的许沉言。

郝小枝在小区门口等到都快迟到了，才不得不一个人背着大大的书包跑向学校。

相比于“许沉言为什么会食言”，在人情世故方面总是慢半拍的郝小枝更在意的是“为什么许沉言没有来上学”。于是，她趁着课间休息的时间去问了许沉言的班主任，却只得到了一个许沉言昨晚上已经请了假的答案——奇怪，他为什么要请假呢，他为什么不来上学呢？

下课铃声一响，想不明白的郝小枝就急匆匆跑到了许家门口，她犹豫了两秒，最终还是鼓起十二分的勇气踮脚去按许家的电子门铃。

门不紧不慢地开了，开门的人是许沉言。

确切一点说，是脸色既苍白又泛着不自然红晕的许沉言。细碎的刘海湿答答的，额头上有一层细密的汗，眼睛依旧黑亮，却没什么神采，最最重要的是，他垂在一旁的手，拿着一根小巧的温度计。

很明显，许沉言生病了。于是，愣在门口的郝小枝“哇”的一声又哭了。

许沉言眨眨眼睛，还没来得及开口就听见郝小枝拖着浓浓的哭腔给他道歉。

“对……对不起，都怪我昨天晚上梦到你，然后我在梦里没有看路摔了一跤，你就背我……你肯定是在梦里被我压坏了，所以今天才生病的，对不起，都是我不好，我以后再也不……”郝小枝哭得很用力，道歉也很用力，白面馒头般的小手紧紧攥在一起，鼻尖上沁出了汗。

“唉……”许沉言一边哭笑不得地叹气，一边扬了嘴角，然后说，

“郝小枝，你怎么那么可爱啊！”

“砰”的一声，有花花绿绿的烟花炸在了郝小枝的心里，璀璨又晶亮。

不管是当时的8岁，还是眼下的23岁，只要一想起许沉言那天带着病色的俊逸笑容和柔软的温和语调，郝小枝就恨不得将自己整个人都埋进被子里，然后嘿嘿嘿地傻笑出声。

他夸她可爱呢。而且可爱，是个多棒的形容词啊！

于是郝小枝决定了，“可爱”这两个字将会是她人生的终极目标，而许沉言这个人，也将会是她要好好守护的对象，嗯，就是他去哪儿她也要去哪儿的那种。所以，哪怕罗伊斯比她更早知道许沉言要留校考研的消息那又有什么关系呢，反正小学、初中、高中还有大学，这么多年她都和许沉言一起不紧不慢地过来了，所以这种小插曲在她长长的暗恋生涯中，根本不算什么。

“你今天不是没课吗？”

人声鼎沸的水果店里，郝小枝却依旧第一时间捕捉到了许沉言对她发出的疑问。他还是老样子，说话的时候总喜欢温温浅浅地笑着——啊，真是讨厌，郝小枝在心里默默碎碎念，不过才两天没见，这个人笑起来竟然又好看了一点。

见郝小枝直愣愣地张着嘴没回话，许沉言也不着急催。这种郝小枝式的慢半拍他习惯了，也许这就是所谓的天然呆。于是，他又接着说：“要买什么的话我先给你提着吧，你两只手都拿满了。”

“是哦，郝学姐提了好多东西哦。”不等郝小枝开口，罗伊斯甜蜜蜜的嗓音就先行一步插进了对话中，“要不是沉言哥哥这么一说，我都没有发现呢。”罗伊斯笑得优雅漂亮，“沉言哥哥”四个字也咬得清晰有力。末了，她又朝郝小枝伸出手，是纤细的手腕和薄荷绿的指甲，“还是我帮学姐提吧，沉言哥哥帮我拿着包呢，哎，可是学姐你一顿吃这么多啊，难怪……”

“哦，哦，不是不是的。”

郝小枝这会儿算是彻底反应过来了，因为她看到一旁抿着唇不再说话的许沉言轻轻地皱了皱眉头——虽然她也搞不清楚眼下是哪里出了错，但毕竟当了这么多年的邻居、同学和朋友，她就是比很多人要了解他。比如说，她现在就能凭着微妙的下意识感觉到许沉言这一刻的心情大不如上一刻了，而且解决的办法也只有一个，那就是让她去解决这个无端的错。

所以，郝小枝一边疯狂摇着头，一边匆忙又紧张地打断了罗伊斯：“还有我室友的，我们一块儿吃。”

罗伊斯兴趣阑珊地“哦”了一声，伸出去的手又不动声色地收了回来。

而一直小心翼翼观察着许沉言神色的郝小枝压根就没注意到罗伊斯此时的动作，见许沉言的眉眼好像稍微舒展了那么一点，她刚刚揪起来的心也跟着稍微熨帖了那么一点。

没办法，郝小枝就是这样，在许沉言面前，永远真诚笨拙，时刻演技为零。虽然挺蠢的，但在不以为耻反以为荣的郝小枝本人看来，好像也不是什么坏事，毕竟许沉言既不贪她的零花钱也不要她的作业本，再加上她又长得不好看，所以说，她能在到哪儿都是风云校草的许沉言身边待这么久，一定是因为她人不坏，而且他也不反感她这么对他。

“你舍友为什么不跟你一块儿出来买？”

果然，在郝小枝讲了一两句话之后，许沉言的脸色好了许多。

“今天本来就没课，而且天气又热，所以她们没有必要出门啊。”郝小枝干净利落地将三个外卖盒子并到了一只手上。许沉言是从来不吃这种街边小摊的，所以哪怕他的手已经实实在在地伸到了她的眼皮子底下，她也不好意思让这些油腻香辣去碰脏了他的干净修长，“我是为了完成教授单独布置的论文任务才出门去图书馆查资料的，不然……”

“不然什么？”许沉言笑了笑，“事实是就算你不需要出门也还是会出来帮你舍友买饭。”

话是这个理没错，但郝小枝还是想挣扎一下。因为许沉言这话太笃定了，笃定到就好像他俩真的很熟很熟，相互之间没有一点神秘感的样子。她前两天在图书馆看过一本《恋爱指南》，人家老师说了，爱情的萌芽点是好奇，而如今这么一看，她的爱情怕是要被扼杀在摇篮里了。

“哎，许沉言，我觉得你也不能这么说吧，万一我今天就是不想出宿舍……”

“哎呀，沉言哥哥，”眼看郝小枝和许沉言之间的聊天氛围越来越融洽随意，干等在一旁的罗伊斯自然不甘示弱地用手扯了扯许沉言的 T 恤下摆，“我们赶快把西瓜和车厘子选一选就走吧，约好了两点组队打游戏的，水果店离网咖还有好长一段路呢。”

“你选就行了，选完了我来……”

“我不会选。”罗伊斯委委屈屈地噘着嘴撒娇，“我自己上次买的西瓜就一点都不甜。”

“那你们快去吧。”郝小枝虽然笑得有些干巴巴，但语气里的诚挚倒是一点水分都没有。

没办法，她就是这么个德行，只要许沉言身边的女孩子稍微表现出那么一丁点迫不及待的独占欲，那她就恨不得连手带脚地把许沉言立刻推出去并在内心不断给自己催眠说不能打扰。

关于这点，郝小枝的朋友们想了很久，但也只想出一个解释，那就是中邪。

“你看现在也一点半了，让别人干等着也的确不太好，我也得赶快买好然后回宿舍了。”

眼看许沉言和罗伊斯相衬的背影渐行渐远，郝小枝也只能站在原地耷拉着脑袋长长地叹气。唉，她能怎么办，她也很绝望啊，所以有什么能解邪的办法吗？在线等，急。

第三章

加油，今天也是被骂小学生的一天

宿舍里是最平常不过的模样。

空调调到 22℃，遮光窗帘拉得严严实实，长头发舍友躺在床上敷面膜听歌，短头发舍友坐在椅子上吃零食看剧，见郝小枝提着大包小包满脸汗珠地回来了，两人也没有什么过多的表示。护肤的依旧闭目养神，追剧的在广告途中抽空对郝小枝说了一句“马上就转钱给你”。郝小枝也一如平常地边笑边摇头说没关系，钱什么的不急，但是面得快些吃了，怕糊成坨。

“哦，对了，小枝。”

大概过了十来分钟，在整间宿舍除了缱绻的英文歌词就是听不懂的日语之外，终于有一个切切实实的人声伴随着空调送风口的声音一块儿被吹到了郝小枝耳旁。

长发舍友将面膜一掀，边下床边说：“前两天历史学的笔记你有做全吗？我刚突然想起我相关作业还没写完，是不是明天上课就得交了？”

“嗯嗯，我现在就把完整版的 PPT 还有笔记发给你。”郝小枝嘴里塞满了凉皮和各种配菜，话虽说得模糊不清，但这丝毫不影响她手上的动作。郝小枝出门之前没有关电脑，好几个小时了，她的小霸王就一直沉静地待着机，现在被她一激活，系统立刻就发出了轰轰声，还是挺吵的。于是，郝小枝就开始构想，等这次的奖学金下来了，她一定要换一台高级游戏本。

“哎，我还是觉得挺奇怪的。”长发舍友从郝小枝身后经过去洗手间，其间有意无意地瞟了一眼满是游戏攻略的电脑屏幕，“你明明是个好学生，怎么就那么爱玩游戏啊？”

嘿嘿，一听这问题，郝小枝的笑意就瞬间蔓延到心底。

可这还远远不够，就像之前有句很酸的话说的那样，喜欢一个人的心情如果捂住嘴，那么就会从眼睛里跑出来。虽然眼下这情况不太相似，但总归都是少女心事，所以哪怕郝小枝嘴里还包着一大口没吞下去的食物，可脸上也已经不可控地笑了出来。

这模样肯定傻得不行，但是又有什么关系呢，反正许沉言也看不到，因为他现在正在网咖里吹着空调打游戏，然后身边坐着罗伊斯……这么一想，后知后觉的郝小枝也不知道是该继续庆幸还是该开始新的一天新的难过了。唉，没办法，看来人生就是这样时刻充满了艰难的选择，所以还是有事做事，先找 PPT 吧。

“就，学习学多了就有点无聊嘛，我爸说了要学会劳逸结合什么的……”口是心非的郝小枝将游戏官网最小化，然后打开了计算机中专门用来放置学习资料的 D 盘，“发你邮箱啦。”

长发舍友的声音被掩盖在了哗啦啦的水声中，好像说了句谢谢，又好像没说，不过，这对于此刻正重新将游戏官网摆在眼前的郝小枝来说，一点也不重要了。

因为她的双眼始终牢牢盯着界面右上方的那一行小字——欢迎您，一个可爱的人！

一个可爱的人。

虽然这游戏 ID 的确挺不要脸也挺具有欺骗性的，但郝小枝还是很喜欢，因为只有顶着这个名字，她才能在接连不断的失败和完全陌生的游戏世界里继续前行。许沉言夸过你可爱呢，所以你就得毫无保留地保护他——虽然到现在，她还没能和许沉言做上一分钟队友。

这游戏说难也不难，说简单也不简单。

一盘完整的对战是十个角色，五打五，哪边先拆掉对方的基地就算赢了。

郝小枝很早之前就看见许沉言在玩，偶尔去网吧找他的时候就能看到他手底下那个跑来跑去的小人行云流水地击杀着对面的人物，尽管很帅，但她也没有什么别的想法，顶多就是让在国外留学的表姐回来时给多捎几瓶眼药水——直到某天两人聊到一块儿去市中心尝新甜品而许沉言摇头说不行，因为罗伊斯也开始玩上了游戏，是个十足的新手，他得带带她。

自那之后，郝小枝也偷偷地在自己堪比小霸王运行速度的笔记本电脑里下载了一个游戏客户端，同时还忍受着良心的折磨十分不好意思但又十分坚决地取了一个与本人极度不相符的 ID。

起初，她也和所有女孩子一样只玩一些长得漂亮的女性角色，但久而久之，这种所谓的新鲜感也被一种类似大海捞针般的无力感给渐渐压了下去。她虽然不是个特别强势的性子，但因为从小是优等生的缘故，所以凡事能做好的都想尽可能地去做好，可她瞅着自个儿连败的战绩内心一点波动都没有——没有兴趣没有挑战欲也没有许沉言。唉，一切随风吧。

于是，这阵无欲无求的风哗啦啦吹了好一阵，终于让郝小枝找到了游戏中的方向和目标。

转折点只是许沉言的一句话。

前段日子放假，两人一块儿坐高铁回家，郝小枝睡得迷迷糊糊的，途中听到许沉言压低了声音讲电话：“她是新手，没办法跟我很好地配合，偶尔我还得分神去照顾她，教她怎么做……唉，要不你试试尤金？和我平时玩的几个英雄都很搭，能联动。”

尤金、很搭、能联动，这三个关键词一串，郝小枝内心的小人儿就已经壮志凌云地在头上绑好了写着“奋斗”二字的白布条——没错，她郝小枝就是一个站不改名坐不改姓自始至终都想默默守护许沉言的倔强女子，所以，哪怕换了一个满是数据的游戏世界，她也要勇敢做自己！

虽然这尤金……是一个她从来没有碰过的，男性英雄。

没有碰过，但不代表完全不熟。

其实，只要稍微对这款游戏有那么点接触的人，都听过“尤金”这两个字。

为什么呢？其一是因为这个英雄很帅，不仅原画帅、模型帅、皮肤帅，而且技能帅、被动帅、台词帅，最最过分的是，就连他死去的姿势都很帅。就这样，受到一众设计师莫名偏爱的尤金总是长期霸占着官方宣传海报的中心位置和官方周边商城的销量榜第一，除此之外，还有一些大大小小的媒体也爱从尤金这儿凑个热闹，比如“震惊！万千女性玩家最想嫁的游戏人物竟然是他”，再比如“全方位魅力大解析！尤金为何如此受欢迎”……总之，这些夸张到不行的通稿标题都让郝小枝很无语，毕竟这尤金再迷人再受欢迎又能怎样呢？还不是一堆活在电脑和面板里的数据……而且还是一堆，特别特别难驾驭的数据。

没错，“尤金”这英雄除了无死角的帅之外，另一个使他声名大噪的原因就是非常难操作。

尤金在游戏世界里的定位是一个远程法师，前期十分脆弱，一不留神就能被对面给彻底打崩，所以十分考验操作者的走位和意识，但是如果安稳度过了不那么舒服的前期的话，中期的尤金便能充分发挥出他极高的爆发力和极快的支援能力，等到了后期，发育完全并且金币充裕的尤金，就迎来了只属于他的“杀猪模式”，不吹不黑，买好神级装备的尤金能一个追着对面五个捶……当然，这些都是郝小枝辛辛苦苦从游戏论坛里整理出来的，至于她自己的水平嘛，肯定还停留在被对面任何一个人花式暴打的阶段啊！

郝小枝咬着一次性筷子算了算，自打她开始接触尤金也几个月了，对战局数也达到了一百多场，可这胜率却还是一个非常尴尬且屈辱的“0”，与之呈相反状态的则是每一局的死亡次数，甚至连时常约着一块儿玩游戏的网友也总惊呼，哇，小可爱，原来你还可以这么死啊！

这种玩笑话自然犯不着当真，毕竟能玩在一起的都是菜鸟新手，你坑坑我我坑坑你，坑来坑去的也在游戏世界里坑出了一段惺惺相惜的革命之情。最主要的呢，是优等生郝小枝自个儿心里过不去，于是她三下五除二地将剩下的食物残卷干净，又很快地从抽屉里掏出了一个小本子，纯色的牛皮纸封面上是她惯有的清秀字迹——尤金。

很好，又到了每天学习如何操作这一棘手英雄的时刻了！

——求教新手玩家到底怎么样才能在使用尤金的时候少死几次啊。

郝小枝小心翼翼地敲好这一行字，又小心翼翼地点击了发送。其实，游戏论坛这地方她每天都来签到打卡，小本子上关于尤金的技巧和推荐也密密麻麻地写了几十页，但眼下这帖子，却是她有生以来第一次发布的非学习相关帖，所以她紧张得有点手心冒汗，末了，为了显得自己是在诚恳求教，她甚至还特意从电脑里找了一张雪饼的动图给贴上。白嫩嫩的小萨摩耶冲着镜头眨巴着湿漉漉的圆眼睛，看起来又奶又乖，十足讨喜。

可接下来得到的回复却比想象中更加不友好。

——新手玩什么尤金啊，放过我们这些想好好地玩几把游戏的行不行?

——ID 是一个可爱的人……妹子发的帖？长得好看吗，贴什么狗啊，贴个自拍哥带你飞。

——妹子就玩玩奶妈辅助呗，无脑滚键盘岂不美滋滋。尤金这种神级英雄想都别想。

——呵呵，就是有这种不知天高地厚的人，低分段才会出现十个尤金九个坑这种话。

——狗不错。

郝小枝默默地滑着鼠标，在看到最后一句回复时不禁愣了一下。

狗不错？这人是在夸雪饼吗？还真是一个别具一格的回复……那要不，给人家回个谢谢？毕竟这一路看下来，这是最客气的一条回复了。于是，郝小枝一边这么想一边将手从鼠标挪到了键盘上，可还没来得及敲出一个标点符号，夸雪饼的那条评论却已经不翼而飞。

奇怪，她嘟囔着一连刷新了好几遍也还是没能看到那熟悉的三个字。

算了算了，大概又是论坛的日常毛病。郝小枝摇着头关掉了页面，还是去网吧打游戏好了，古人也说过的，纸上得来终觉浅，绝知此事要躬行，换而言之就是游戏这东西，你看一百遍文字攻略和视频讲解也没用，你得实打实地上手操作了才知道，菜就是菜，菜就得练。

“哎，那个……小枝！”

意外的是，在郝小枝背上双肩包出门的前一刻，长发舍友喊住了她。

“那个，你又去网吧啊？”

郝小枝愣愣地点头，然后说：“要什么东西给我发信息就行，顺不顺路我都给带回来。”

“不，不是要你带东西。”长发舍友笑了笑，又往门口走了一两步，“就是你今天早点回来吧？宿管阿姨今天检查卫生的时候说了晚上八点会停水，大夏天的，不洗澡难受。”

“哎？”面对舍友突如其来的关心，郝小枝反而有些不知所措了，“好，好的，那我……”

“她呀，就是受不了你每次从网吧回来的烟味儿。”心直口快的短发舍友扑哧一声就笑了出来，“要是闻一晚上说不定能给她呛死。哦，对啦，小枝，你回来的时候给我带杯奶茶呗？老样子，七分甜少冰。马上就放小长假回家了，我得努力增肥，不然我妈又得骂我。”

郝小枝去的网吧和许沉言去的网吧是同一家，但每次她都跟躲着猫的老鼠一样偷偷摸摸地溜到二楼的小角落里坐着。唉，心虚什么呢，她又不是不花钱上网。郝小枝吧唧吧唧咬着奶茶里的珍珠叹气，大概还是害怕许沉言看见了她但是不带她一块儿玩游戏吧。

稍有恍惚，郝小枝面前的电脑屏幕又黑了。此时，队友的抱怨也跟着来了：

——你他妈的到底会不会玩啊？开局才五分钟，你死了三次了。

——对不起对不起，我刚刚分神了。

郝小枝慌乱地敲着字道歉。今天她到网吧的时间比较早，平时一起玩的网友们都还没有上线，这一把的游戏队友是系统自动给她随机匹配的。

——靠，对不起有个屁用。不会玩尤金就别选出来害人。

面对队友毫不领情地咄咄逼人，郝小枝也找不到回击的办法，毕竟的确是她一人送出了全队人头。正当她想着是不是该再道一个歉时，屏幕却率先亮了起来，她的尤金复活了——小小的人物模型随着她鼠标无意识地点击而摆动，耳机里是熟悉到不能再熟悉的英雄专属台词：

“嘿，勇敢点儿，有什么事是我尤金不能为你办到的吗！”

——靠，你倒是出门接着打啊，挂机？别是个没写完作业的小学生吧。

你才是个没写完作业的小学生呢！

莫名受了尤金台词鼓舞的郝小枝憋着一口气把键盘敲得哐哐作响。

——我不是小学生！我是个研究生！！！

第四章

我知道了，你一定是个 Coser！

等到郝小枝提着奶茶气喘吁吁推开宿舍门时，挂在墙上的卡通时钟已经指向了八点半。

长发舍友正摆弄着她那面精致的化妆镜，闻声抬头后，看向郝小枝的表情有些微妙。

“对……对不起。”郝小枝窘迫地往房里挪了几步，满屋子的氟利昂味道让她鼻头有些发痒，“我不是故意晚回来的，我……我最后一把游戏七点二十开的，以为能打完没想到……”

“算啦算啦。”短发舍友从床上蹦跶下来，人字拖在瓷砖上发出清脆的响声，“给我带了奶茶就行，嘿嘿，我刚刚做梦都梦到了芝士和椰果。”短发舍友边笑边从郝小枝手里接过了奶茶，末了又想起什么似的停在了原地望着郝小枝，“其实吧，你也挺倒霉的。阿姨说是说八点要停水，但事实是一直到你进门前五分钟才彻底停掉，所以你看看你是不是在水逆……”

短发舍友耸着肩表达着自个儿的无奈，而长发舍友在阳台打电话的声音也断断续续传来。

“嗯，好的，你现在就来接我吧。我换个衣服。嗯，没什么事，就是今晚不想在宿舍睡了，你快点啊，十五分钟行不行……”

长发舍友一手拿着手机，一手将阳台上的小门推出了道不大不小的缝，然后她问短发舍友：“我男朋友等会儿来接我出去，你要一块吗，吃夜宵看电影或者去唱歌什么的都行。”

“当然要去啦！”短发舍友一听这建议，立刻就瞪着圆溜溜的大眼睛兴奋了起来，“马上马上，我现在就把睡衣给换了，我才不要一个人待在宿舍呢，无聊死了……不过你放心，我绝对不打扰你们俩甜甜蜜蜜的二人世界！我就在边上吃我的喝我的玩我的。嘿嘿！”

相比于正忙着刷睫毛膏换超短裙的舍友们，穿着黑色 T 恤和深色休闲裤傻站在一旁的郝小枝就像极了一块笨拙的大木头，而且还是那种只知道流汗不知道说话的大木头。

热闹是她们的，好看也是她们的。至于郝小枝嘛，没有人理她，也没有人愿意带着她去玩，所以她只能在舍友相伴出行后默默坐回自己的位置，然后将空调给关掉。她的鼻子对人造冷空气的味道有些过敏，一闻就不舒服，可是这个夏天，她连半句难受都没在宿舍提过。

因为没有水，郝小枝打算去宿舍楼下的便利商店里买几瓶特大装的矿泉水，回来的路上还正巧碰到了隔壁考古系的女孩子，瘦瘦的胳膊吃力地提着一壶水，于是郝小枝于心不忍地一路帮她提到了宿舍门口。说来这也是让郝小枝比较欣慰的一点，她胖是胖，但身子不算虚，偶尔还能匀点力气去帮帮身边的人，这好歹也能算……一个有用的胖子吧。

用矿泉水勉强擦了遍身体之后，郝母的视频通话便从遥远的家乡给追了过来。

郝小枝揉了揉自己脸颊上的肉，在心里提醒着自己一定要摆出一副开心的样子才行，却没想到在视频接通的第一秒，摄像头那边率先出现的是雪饼黑漆漆的圆眼睛和湿漉漉的鼻头。

“呀，雪饼！”郝小枝的沮丧一下子就被冲淡了不少，“我不在的时候你有没有好好吃肉？”

“放心吧你，它比你还能吃。”冷不丁地，郝母的声音从雪饼身后冒出。

“妈……”郝小枝无奈地拖长了声音，“您这是骂我呢，还是骂雪饼呢？”

“骂的是你爸。”郝母干脆地将雪饼从摄像头前赶走，然后拿着手机对准了自个儿的脸，“也不知道你爸怎么回事，一堆小狗呢，偏偏就选了只最会吃又最爱坑的回来养。”

“哎呀妈，”郝小枝笑着拧开了床头的小型电风扇，然后“哗”一下呈咸鱼状瘫在了床铺上，“您不要这么说雪饼，今天还有人夸雪饼不错呢。”

“哦？”郝母不信似的将眉一挑，但满脸的自豪挡都挡不住，“说，哪个瞎了眼的夸的？”

“就是那个论坛……”郝小枝一顿，然后换了个话题，“这么晚了您找我有事吗？”

“也没啥事儿。”郝母悠悠闲闲地喝着茶，“就是想看看我们家研究生今天过得怎么样？”

“嗯，这个嘛，”除了体重还是一样令人绝望，游戏技术还是一样被人喊作小学生，许沉言还是一样和罗伊斯亲亲密密，舍友关系还是一样不近不远之外，好像其他的，都还算不错，于是郝小枝用力地点点头，“放心吧妈，我过得可好了。”

“那就坐起来说话，”郝母“啧啧”两声，“你这么躺着，脸太大了。”

“妈！”郝小枝闻言简直两眼一黑，于是干脆直接阖上做逃避状，“我困了，晚安！”

按照现在年轻人的想法来看，说晚安并不代表真的要去睡觉，而是意味着想安安静静一个人玩会儿手机。郝小枝虽然乖，但在这点上也不例外。

正当她想着要不要再去游戏论坛里逛逛顺便催催眠时，银行的一条通知短信却让她整个人都打起了宛如考试时的十二分精神——奖学金发下来了，而且还是很诡异地将本来做两次发放的奖学金，一股脑儿全打进她卡里了。

郝小枝莫名艰难地咽了咽口水，学校这是……什么操作？

还没想透这一出，另一条信息又无声地涌进了郝小枝的收件箱，是之前认识的一个化工学院的学姐发来的群发信息。

郝小枝大概看了一眼，内容是转租。转租？她一骨碌爬了起来，手机屏幕上莹莹的白光不声不响地融进眼前的黑夜，她看了看对面的两张床，又咬了咬自个儿的下嘴唇。奖学金和转租信息……难道这就是所谓的天意？

于是两个星期之后，郝小枝顺理成章地搬了出去。

化工学院的学姐人很好，念着郝小枝之前帮过她一个小忙，转租金都十分爽快地少了好几百，正巧郝父又打了一笔新鲜的生活费过来，于是郝小枝同学就十分顺利地拿下了单间小公寓，以及一台全新的台式电脑。至此，陪伴了她五年的小霸王正式隐居二线，更重要的是，她也终于从宿舍里那份半生不熟的尴尬和局促中解脱了出来。

小公寓离研究生院很近，走路去上课大概也只需要二十分钟左右的时间，朝向也很好，楼层也居中，学姐交房的时候还特意帮郝小枝打扫了一遍，总之，郝小枝满意得不得了。

——小可爱快过来，我们一起在上面这个草丛里蹲对面的辅助！

——这个想法可以的！快，趁着他们还没有……哎？小可爱，你怎么就死了？

郝小枝望着刚出门就死在了路边的尤金忍不住长叹一口气，然后又满心歉疚地打字。

——对不起哦，我刚刚没注意……来的路上被对面三个人反蹲到了。

——没事没事，这个天有不测风云人有旦夕祸福嘛！三个人抓你也没办法。

——就是就是，而且这从侧面教导我们这种菜鸟玩家就不要妄想以高端的战术开局！

郝小枝咬着冰豆奶的吸管咯咯地笑，今天下午没有课，整理好导师交代的文献资料后网友们就开始约她打游戏，结果五个人轰轰烈烈地从两点半打到现在的六点钟，一把都没能赢。

——哎，你们说我们到底怎么样才能变得稍微厉害一点啊？

——现在关机去睡觉，然后在梦里当国服第一。

——去你的，不过我有一点很奇怪啊，就是小可爱你为什么只玩尤金啊？

——对哎，小可爱从没换过英雄，为什么啊，难道就因为帅？可是尤金那么难操作……

突然被当成问题靶子的郝小枝下意识地就将身体给坐直了，然后像是心虚似的飞快地敲出了三个字——不是啊！

——不是？那是为什么啊？

——我以前认识的一个姐姐玩游戏挺厉害的，然后她试过一阵子的尤金，说太难放弃了。

——所以……小可爱你天天被骂成十级手残和最坑小学生都不愿意放弃尤金是为什么!

喂，你们要不要这么八卦啊，而且都一起组队打了那么久的游戏才来问，反射弧也是够长的……郝小枝无奈地将电风扇调高，想着反正隔了一片互联网，那么直接坦白她是为了她暗恋了十多年的男孩子苦练尤金好像也不是什么特别难的事。

可就在郝小枝打完最后一个标点符号即将按下回车键的一瞬间，几个网友又开始叽叽喳喳地刷起了屏，前面忘提了，郝小枝这四个固定队友是同一个大学同一个宿舍的好朋友，都是女孩子，这会子你一句我一句地打字告诉郝小枝她们得去上选修课了，一小时后再见。

于是，郝小枝一边答应一边点开了人机对战模式，一个小时，差不多能和电脑打上两局了。

然而事实证明，在这个不怎么温柔的世界里，还是暴躁玩家居多。

——那个尤金到底会不会玩？这种简单程度的电脑都打不过？是不是脑残?

郝小枝在黑屏之后认真地挑选着商店里的装备，过了好一会儿才看见左下角骂人的话。于是重新复活的尤金没有立刻往外冲，而是站在原地一边撩着头发耍帅一边说着他的经典台词。

——我是玩得不好，但你也不用这么说吧。反正人机对战输赢也只是金币多少的问题啊。

——谁他妈在乎金币？老子就是失恋了想来游戏里开心一下，结果遇上你这么个废物。

郝小枝鼓着嘴，满脸严肃地盯着屏幕。这人骂得是很难听没错，但是人家失恋了，失恋的人情绪不受控制这是可以理解的……嗯，于是郝小枝立刻拿起了自己的手机开始查询如何走出失恋阴影等相关资料。她的头深深埋着，所有注意力都放在了挑选鸡汤文上，以至于压根儿就没发现电脑里的尤金像是不耐烦似的往外走了两三步，然后又心不甘情不愿地回到原地。

——别伤心了，分手了就做回自己！一个人的世界里同样有月升月落，也有美丽的瞬间，把他归为记忆不要再执着于过去的失恋了！

——如果执着于过去的失恋，那么你还将品尝到新的失恋或者单恋的滋味！

——其实呢！感情的挫折也是人生的一种挫折，它能够让你磨炼意志，并且坚强自我！

——你听过的吧，天将降大任于斯人也，所以自己先准备好嘛。

——换个人爱吧！会真心对你好的人绝对不止他一个，如果全世界真的只有一个人爱你，那你活得也太惨了点！

——想他的时候，就想想他的笑和他的好，别管是谁背叛了谁，记得当初的快乐就好！

秉持着关心队友人人有责的原则，郝小枝噼里啪啦无缝衔接地敲打着键盘，被关心的队友还没有做出一星半点的回应呢，她就听到游戏里的尤金似乎是冷笑了一声。哎？郝小枝有点摸不着头脑了，尤金这个英雄的台词库里有冷笑这一出的吗？怎么她之前都没有听到过？

想着想着，丢在一旁的手机就欢快地振动了起来。

原来是郝小枝的导师要她现在把文献给送到图书馆去，他们研讨组正好在那儿开会。

郝小枝看了看还在厮杀的队友们，又看了看不远处那一摞资料……唉，没办法了，她认命地站起来将钥匙兜进口袋中，总不能跟老师说因为自个儿在玩游戏所以麻烦各位等等她吧？

图书馆隔得虽然不远，但一来一回间，怎么着都得用掉二十分钟左右的时间。

等郝小枝气喘吁吁重新坐回电脑前时，丝毫不意外进行中的游戏界面已经变成结束后的总战绩一览。哎？这把游戏……居然赢了？

郝小枝不可置信地倒抽了一口气，匹配也好，人机也好，这可是她玩尤金以来的第一次胜利啊！所以这就是传说中的躺赢吗？所以她全程在线还不如队友们四打五是吗？

郝小枝认真地滑动着鼠标，想看看到底是哪位大神队友这么厉害居然能让她都体验到一把胜利的喜悦，但是……喂，这数据面板怎么回事啊？怎么 MVP 是她自己啊？

二十四杀六死五助攻。装备栏躺着的也全是她叫不上名字的装备。

死亡次数倒是没错，她记得她走之前就已经死了六次了，可是她也记得她明明是零击杀零助攻的啊！而且那时候的装备栏里也非常可怜只有一双最便宜的草鞋……所以，她碰上的到底是一个怎样令人惊喜和惶恐的游戏 BUG 啊！

还没消化完这个所谓的 BUG，好友申请处那儿就已经叠起了四个新鲜的通知。

郝小枝一看，发现全都是刚刚那把人机对战中的队友，当然了，也包括那位失恋的朋友。

——大神对不起！原来你这么厉害的！是我有眼不识泰山了！

郝小枝挨个点了通过之后，那位失恋朋友的信息最先冒了出来。

——没、没有，我不是，我没有……

——哎呀，你谦虚什么呢？

郝小枝欲哭无泪地摇着头，不，不是这样的，朋友，我哪来的本事能谦虚……

——真的，虽然这是人机，但是后来你的操作简直太华丽了！就跟教学视频似的！不，比教学视频还要精彩！所以我猜你前面死了好几次一定是你弟弟或者妹妹在给你乱玩吧！

——我没有弟弟妹妹，就是我自己玩的……

——哦……那我知道了！那就一定是你们这种大神想给自己增加游戏难度！

请问该怎么跟队友解释其实我就是一个连简单人机都打不过的废物？在线等，急。

——今天真是太幸运了居然能遇到你这样的大神！所以看在我失恋的份上，还请大神接着带我飞吧！前女友、女朋友什么的，我再也不需要了！

哎？原来失恋了光靠游戏就能被治愈的？于是郝小枝手一抖，同意了再来一局的请求。

但事实证明，郝小枝还是那个开局五分钟就能被对面杀成橡皮泥的郝小枝。

——哈哈，大神，你又开始了！你怎么那么喜欢给自己增添难度呢？

——嘿嘿，其实不是，不是这样的，我没有……

"啧。"

郝小枝字还没有打完，就听到身后有一个小小的男声发出了十分嫌弃的语气词。

"啧什么啊？"郝小枝操控着刚刚复活的尤金不服气地往外冲，"我刚刚还被人叫大神呢！虽然我也不清楚是怎么回事，但我还是能……"自我鼓励的话说到一半，屏幕又黑了。

带着双枪的尤金刚赶到线上，就被对面一套技能直接秒杀。小小的人物模型跪倒在地，身边是碎裂的枪杆和枯萎的玫瑰花瓣，完了还不忘要帅地来上 句"see you"的英雄台词。

"啧啧！"这次的嫌弃已经从十分上升到一百分了。

“不要再喷了，我也不是故意……”郝小枝双手拍着键盘的边缘然后猛地向后一回头，“哎？你，你？你？你？你……”天地良心，郝小枝虽然性子总是又软又慢，但在关键时刻是从来不会掉链子的，比如代表优秀新生在全校同学面前发表演讲，一万字的演讲稿她连一个标点符号都没有背错，所以更不用说会结巴了，可眼前这……眼前这是怎么一回事啊？

深褐色的头发，瘦削的脸颊，立体的五官，茶棕色的瞳孔还有嘴边那抹若有似无的浅笑，长得是挺好看的，还莫名有点眼熟……

郝小枝艰难地吞了口口水，至于这穿衣打扮嘛，为什么他穿得这么不像个正常人？现在还会有人披风马靴出门？而且腰间还别了两把枪？

等等！她灵光一现，这这这这……这不就是尤金的原始模型吗？！

“你？你？你你你你……你……”

像极了尤金原始模型的年轻男子歪了歪头，像看智障一样看着瞪大了眼的郝小枝。

“你是，你是……啊呸！”郝小枝努力地召唤着正常的自己，“你是怎么进来的？”

年轻男子挑了挑眉，似乎没有打算回答这个问题。

“啊，我知道了！”郝小枝眉头一皱，肉乎乎的手也下意识地指向了面前的男子，“你一定是个 Coser！”说罢，她又以极快的速度整个扫视了一遍她的小公寓，“说吧，隐藏的摄像机在哪里？我猜肯定是你们官方搞活动来用这种方式整蛊玩家，我以前好像在论坛看过这种类似的活动……虽然我觉得没什么吧，可是你们到底怎么进来的？这算不算私闯……”

“啪”的一声，年轻男子伸手打落了郝小枝还横亘在半空中的小肉手。

“说说看，我到底哪儿长得不帅？”

哎？郝小枝被这莫名其妙的问题给砸愣了，难道她什么时候说过他不帅吗？

“还有——”年轻男子拉长着声音，有意无意地从头到脚打量了郝小枝一番，“你哪儿可爱？”

第五章

你是我见过的最烂的操作者

游戏中的人物莫名其妙跑到现实生活中——这可能吗？

“你……真的就是尤金？可是、可是……”在听完年轻男子极度敷衍的自我介绍后，秉持着科学才是王道的郝小枝仍旧半信半疑，“你就直说吧，隐藏的摄像机到底藏哪儿了？”

“怎么，”年轻男子随便找了个凳子坐下，百无聊赖地吹了吹自个儿额头上的刘海儿——这是游戏中尤金击杀了对面英雄后的招牌动作，“我长得不像？”

“不不不，不是的，你和尤金真的长得特别像！可是 Coser 就是要扮得像才能算称职的 Coser 啊。哦，还有，上次官方活动的那个 Coser 没有你好看……”本来郝小枝的声音跟一个没电了的收音机似的越来越小，但不知道她又临时想起了什么，突然拔高了嗓门，“啊……我知道了！你和尤金的声音一点都不像！所以你一定是个 Coser！”

啧，这个人别不是个傻子吧。

尤金面上没什么表情，内心却恨不得掏出别在腰间的两把枪开启自己的疯狂技能——当然了，这纯属扯淡，毕竟他在游戏中都是一个十足的绅士，就是那种击杀了敌方女英雄还要上前单膝下跪献花吻别的绅士。瞧，这种被动技能，试问哪位少女不被折服，但其实就百分自恋主义者尤金自个儿来说，这是他最看不惯的一个自身技能，并且没有之一。风流又浮夸，恨不得穿过电脑屏幕和数据库将那位设计师按在地上摩擦。当然了，这也是扯淡，毕竟人类世界和他们每天爆发战争的英雄世界不同。他在这儿，连半个枪子儿都崩不了，非常不帅。

“那些有声台词都是你们人类自己找人写又找人配的，”尤金一边转动着自己食指上的戒指一边跷了个二郎腿，马靴上的珠宝被外头的光亮一照，差点闪瞎了郝小枝的眼，“像我，打死我也不会说出什么，你是我最珍贵的小家伙这种台词……”说罢，他脸上的表情已经显露出郝小枝最熟悉的嫌弃模式。

果然，停顿了一两秒的尤金不屑地“啧”了两声：“恶心。”

“所以说，其实你们都是有自己的声音，只是我们玩家听到的都是配音老师的声音，那……”郝小枝听得认真，问得也在理，“包括思维吗？你们除了被我们在游戏里操控着打架，其实也有自己的独立思维？”

“不然我现在为什么会站在这里跟你对话？”

尤金“噌”的一声站了起来，吓得郝小枝也随之往藤椅里缩了一两分。对于这胆怯的反应，郝小枝自个儿也谈不出个所以然，只是她的第六感向来神准如玄学，比如说她现在就觉得眼前这位尤金和游戏的尤金相差甚远，一点都不温柔多情，反而非常暴躁，并且极度不好相处。

唔……他现在越走越近，该不会下一秒就子弹上膛一枪崩了她吧？

“那、那个……你别急嘛，我就是、就是好奇。以前没见过你这种的……”非常不争气的是，郝小枝又开始结巴了，结巴的同时还跟个被雨淋湿的小鸡仔似的头都不敢抬。

原木色的地板上，尤金的马靴底下是轻声的回响。怎么说，其实以前郝小枝觉得尤金这双原始的马靴太过浮夸，又有珍珠宝石还有黄金流苏，可现在一看，竟意外地觉得顺眼。

“还不光是没见过，其实想也不敢这么想啊。谁能想到一堆数据还能跑到眼前来说话。”

郝小枝的头继续埋着，自然是没看到尤金的脸色发生了微妙变化。

一堆数据？

尤金的脚步停了下来，的确是一堆数据，眼前这个和所有纤腰细腿长发飘飘的女英雄们长得完全不一样的人类一点也没说错，甚至在他们自个儿的世界中，拿数据这回事来自嘲也是常有的，但此刻，他没办法把这句话当成耳旁风。

“说真的，我还是觉得超级神奇。”突然间，郝小枝就把头给抬了起来，她镜片下的眼睛闪闪发亮，满脸都是软软的肉和心无城府的笑，“游戏人物跑到现实世界里，怎么可能呢？”

这怎么不可能呢？尤金看着郝小枝，思绪却飞到了许久之前。

第一个找到链接两个世界端口的是一位女性辅助英雄。尤金还记得，她有一头长到脚踝的深绿色鬈发，眼睛是灿灿的金色，手腕上总绑着两个铃铛，她那段时间总是往现实世界跑，每天都能在英雄世界的尽头听到她愉快的歌声和铃铛声，但没多久，她便不再去了，再接着没多久，因为版本更替，她被玩家遗忘在冷门之首，再然后，就被永久性删除了。人类伟大迷人、绝顶聪明，但他们也最自私狡猾、危险万分——这是她留下来的最后一句话。

然而……尤金回过神，发现郝小枝也盯着他在看，可能盯得太久太认真，直到她那副硕大的黑框眼镜滑到鼻头了她才想起来去推一下。总之，眼前这个跟她游戏 ID 完全不沾边的人类，既和迷人聪明没关系，也和狡猾危险没缘分，坦白了讲，就是一个傻乎乎的菜鸟玩家。

“哎？你为什么不说话了啊？”郝小枝小心翼翼地试探，“难道是因为我刚刚说……”

“提醒一句，”尤金冲电脑屏幕扬了扬下巴，“还有三十六秒，你就要被记成挂机了。”

“啊……是哦！”郝小枝一声惊呼，猛然想起自己此刻还在游戏中，于是赶紧摆弄着鼠标和键盘，匆匆忙忙操控着和身旁人长得一模一样的小小模型往敌方阵营走去，“吓死我了。”

“大惊小怪。”尤金撇撇嘴，重新站在了郝小枝的身后，“挂机五次才封号的。”

“我不是怕封号啦。”郝小枝皱着脸，吃力地躲避着对面法师的技能，“就，因为这是一个五个人的团队游戏啊，如果我不认真玩，我的队友们就是四打五，很没有契约精神。”

尤金瞥了一眼游戏中只剩下几十点血的自己，再一次在心中确定了这次来到现实世界很有必要。

“其实吧，”他的口气听来比什么时候都诚恳，“你在线，你的队友们才是四打六。”

“喂，你什么意思啊？不用这么瞧不起……”

然而郝小枝的话还没说完，电脑屏幕又一次地成了黑白色调。很惨，又一次被花式吊打。

——哇，大神，你回来了啊！我刚一直忙着打小怪没发现你出门了！

——嗯……不好意思哦，我又、又死了一次……对面的法师好像被我养肥了。

——嘿嘿，大家听我说！我们这边的尤金是个特别厉害的大神！不过就喜欢前期送人头！

——哎，那个，别，我不是，其实我真的不是……

——不过，大神你刚刚干什么去了？我连刷五条信息你也不理我！

哎？郝小枝把左下角的对话框往上一拉，果然发现了上头有失恋朋友的轮番轰炸。

——就，就刚刚家里来了一个客人，嗯，对，一个客人，所以我招待去了。

没办法，郝父郝母从小就教育郝小枝要诚实做人，而且这尤金……应该也算客人吧？

——哦哦，这样哦，大神的客人一定也是大神吧！

唔……关于大神朋友论这句话嘛，郝小枝在内心小小纠结了一下，如果说这尤金真的就是尤金的话，那他到底算不算所谓的大神呢？上一把应该就是他亲自上阵操控着游戏中的自己杀疯了全场吧……郝小枝这么想着，脖子又不自觉地开始往后扭，结果身后的尤金眉一挑，细长又灵活的手指“唰”一下掏出了腰间的枪，耍帅似的玩了两三个花样，最后“哐”一下，枪把手不轻不重地敲在了郝小枝的脑门上——“看什么看，买装备出门了。”

“出门就出门，你干什么打人啊……”郝小枝虽然不服气，但是只敢小声地哼哼。

“你每天在英雄世界丢我的脸，我敲你两下怎么了？”

一提到这事儿，尤金就表示有点气。本来呢，他也知道以他的英雄特性，他的确很难被完美地操控，甚至一度成为很多初级新手的心理阴影，但像郝小枝这种既玩得无比骇人又一门心思死磕在他身上的玩家他也是第一次碰到，除了刚刚帮她玩的那一把，她已经使用了一百二十五局尤金，胜率为零。这种恐怖的数据不仅让他头疼，还让同为远程法师的其他英雄笑掉大牙——啊喂朋友们，这好像是那个叫作“一个可爱的人”的问题吧？你们笑帅气的我干什么？但是傲气天成的尤金并不想真的拉下脸去解释，于是决定一不做二不休，摸到链接端口处，誓要会会这个可爱的……好吧，他暂时还没找到眼前这人类到底哪点可爱。

“我也不想的啊，谁叫你那么难玩！一个普攻技能都要左键点一下右键点一下！”郝小枝也不知道自个儿为什么突然就敢把音量提高了，大概是因为尤金刚刚那一敲吧，模模糊糊地在她心中敲出了一种其实他俩很熟的错觉，“算了，这是设计师的错，也不能跟你计较。”

郝小枝一边大方地原谅尤金，一边将写着“尤金”二字的牛皮本翻得哗哗作响。现在的对战时间已经有了二十分钟，差不多也进入了尤金的发育中期，她该对照着网上的攻略更换装备了。

可当她握着鼠标正要按下法术强度那一栏时，身后的尤金又往她头上敲了一下。

“尤——金——”

郝小枝记得，她上一次这么咬牙切齿地喊人名字，还是几年前雪饼跟她争红烧肉的时候。

“你出法强干什么，浪费钱。”尤金轻飘飘地叹了口气，“就你这零杀六死零助攻的战绩，出点防御装给你们队友当前排算了。输出什么的别想，这把你已经废得很彻底了。”

“我不！”向来温顺的郝小枝难得拧了一回，她把密密麻麻的笔记本摊在尤金的眼皮子底下，并像小学生一般背诵起了尤金的英雄介绍，“尤金是一个拥有着超高爆发力的远程法师，一定要打输出才能展现出他强大的一面，而且这个出装也是一个很有名的大神写……”

“什么大神，这也就……啧，非常一般的程度吧，还是说你们玩家现在流行互相吹捧？”尤金只淡淡地扫了一眼笔记本就没了继续看下去的兴趣，不过让他有些意外的是，郝小枝的字整齐又好看，“这套出装，是给优势期——至少是给平稳期的尤金的，你用不上。”

“可是人家大神也说了……”郝小枝还在昂着头努力争取，结果一定睛就发现尤金的手又有掏枪的趋势，于是立刻扔了本子选择护住自己的头，“再打我你就变成一只猪！”

尤金听得一愣，接着就压着嘴角隐隐地笑了。

在这个“你可以不会玩游戏但是你不能不会喷人”的暴躁时代，还有人用“猪”这种过时的字眼儿骂人的？这也太……小学生了吧？然而猪又做错了什么呢？

尤金越想越觉得好笑，甚至开始觉得眼前这人，倒真的有那么点可爱了。

“那我问你，”毕竟背负着英雄世界第一帅的身份，所以尤金还是觉得自个儿得高冷一点，特别是面对着眼前这个平时被路人骂成小鹌鹑而现在却变成小火鸡的人类来说，他势必要摆出一点本尊的架势来，“在知道我就是尤金的前提下，你是听我的，还是听路人的？”

“嗯，这个……”郝小枝被动地陷入了艰难抉择中，以至于盯着眼前那张被骤然放大的俊脸也忘记往后缩个几厘米。说来尤金莫名出现在这小公寓里也差不多一个小时了，但此刻才是他俩最为靠近的时候。郝小枝咽了咽口水，又推了推眼镜，后知后觉地发现原来上个月版本的更新是真的存在，尤金的原始模型竟然真的增加了星空瞳这一诡异的元素。她望着尤金瞳孔里细碎的星点，不禁又咽了口口水，这次负责更新的设计师真是恶俗呢！

“那我……那我还是听你的好了。”

“对——”尤金拉长着声音，满意地点了点头，“作为菜鸟玩家，你可以没有操作和灵性，但是一定要有个良好的态度。”说着说着，尤金就直接搬了把椅子坐在了郝小枝后面，末了还嫌不够放松似的干脆将自己的下巴都磕在了郝小枝的椅背上，“去生命值那儿买个最便宜的护甲，然后把你的草鞋升级一下，不用买法师专用，你触发不了那个被动，对，就这个。”

眼见着小火鸡指哪儿买哪儿都乖乖照做了，尤金也莫名滋生出了一种说不定真的能将这人带成一般玩家的错觉，于是他清了清嗓子问：“那个，你叫什么名字？”

“嗝……”郝小枝正努力不被对面单杀呢，耳后就传来了这么一句类似于搭讪的话，一时间连嗝都给吓了出来。

“郝小枝。郝是那个赤和右耳旁的郝，小是大小的小，枝是树枝的枝。”

“树枝的枝……”尤金小声重复着最后几个字，还是没能想明白这名字到底跟她的游戏 ID 有什么关系，本来想直接问问吧，但是到了嘴边却变成另一句话，“郝小枝，你以后少逛点论坛，没用。而且真正的大神也不会为了几个经验就放出自己的攻略。”

“哦，那好吧。”郝小枝老老实实地点着头，过了几秒才猛然反应过来，“哎？你怎么知道我攻略都是在论坛抄的？我有说过吗？还是说……你也混论坛的啊？”

我混你个……香蕉月亮船。

尤金看着郝小枝因为稍稍分神而再度黑屏的电脑，终于忍无可忍地示意她起开。

“说真的，你是我见过的最烂的操作者。

“这游戏谁带你玩的？他都不教教你最基本的操作吗？你这走位，完全都没有上路。

“坚持不懈地给对面送温暖，团战输出还不如一个小兵。

“虽然毫无疑问我依旧是我们那最帅最强的，但你的表现，让我有一点点抬不起头。

“来，你看我现在鼠标点着的地方，我每天就是在这里看你被对面花式切成一盘沙。

“少说你也让我死了几千回了，请问你有考虑过我的心情吗？

“还有，你知不知道有一句话叫‘没有垃圾的英雄，只有垃圾的操作者’？”

郝小枝绞着手乖乖地站在一旁，好比一个犯了错误的小学生。她默默地推了推眼镜，算是把尤金冷着脸的碎碎念全盘接收了，毕竟人家说的是实话，真没什么好介意的……好吧，虚伪了一秒的郝小枝还是决定勇敢做自己，她不介意尤金这么说，其实是因为她从来没有见过这么犀利的操作和这么风骚的走位啊！简直是教科书式地把对面按在地上摩擦好吗！这个在敌方阵营里杀个三进三出斩获五个人头并且自己还全身而退的尤金也太帅太迷人了吧！

“那个……”郝小枝看着电脑屏幕上大大的“胜利”二字，竭力控制住了想要流着热泪鼓掌的冲动，“你刚刚说了那么多话，渴不渴啊？要不要……喝点什么？”

“你这儿有什么？”尤金有些不耐烦地关掉了新增的好友请求，“我一般喝野果酒和……”

“白开水。”

郝小枝话音一落，尤金便瞬间切回了那张她最为熟悉的嫌弃脸。

果然，尤金“啧”了两声，口气很是不满：“郝小枝，你就这么招待来你家的客人？”

第六章

百无一用说的就是游戏皮肤！

冰西瓜、肉夹馍、煎饼果子、鸡翅包饭、梅菜扣肉饼、金枪鱼寿司、菠萝蛋炒饭……

两手都提满了食品袋的郝小枝费力地挤在了潮汕海鲜粥店铺门口，她一边踮着脚看里头厨房的情况一边在心里盘算着哪种粥做起来最快捷。

没办法，家里那位不请自来的贵客给她下达了所有吃食必须在半小时内采购完毕的死命令，还虚伪地解释道因为这是他第一次来现实世界，所以不能忍受太长久的孤寂……那行吧，郝小枝想了想尤金那张故意摆出天真无辜神情的俊脸，又想了想最近几天自己连胜的战绩和被更正过来的文字攻略，最终还是忍气吞声地拿着钱包冲在了小吃街第一线。

不就快速地买东西嘛，谁还做不到似的……所以尤金到底是喜欢吃鲜虾还是扇贝啊？

“老板我要一个大份的海鲜粥。”郝小枝昂着头，想抹一下额头上的汗都没有空闲的手。

“哪种口味的？”戴着白帽子的师傅往沸腾的大锅里又添了一勺高汤。

“随便。”所谓一寸光阴一寸金，超过光阴就等于得罪尤金。于是郝小枝连菜单也懒得看了就直接一锤定音，“哪个最快就要哪个。”反正尤金这大爷没在海鲜粥上指定口味，要是不喜欢，那她就自己喝呗。胡吃海喝跟供菩萨似的养了他好几天，喝回一点是一点。

“行，”师傅又问，“那有没有什么忌口和偏好？”

“多放葱，不要香菜，口味可以偏甜一点，胡椒也可以来一点。”既有着细致体贴的内心，又有着善于发现的眼睛，这两句话说的就是好学生郝小枝，仅仅几天时间，她就快速归纳出了尤金在口味上的喜好，虽然她也搞不懂一堆第一次来现实世界的数据信息是怎么做到如此爱憎分明的，但是……她镜片后的眼睛一亮，忍不住对师傅绽放出了一个不怀好意的贼笑，“师傅，麻烦多放点生菜之类的叶子菜啊，您也知道的，青菜吃了对身体好嘛，嘿嘿！”

巴沙鱼片幼滑香嫩，郝小枝提着热气腾腾的粥，一回头就撞见了许沉言和罗伊斯。

“哎，嘿嘿，挺巧啊。”郝小枝本来没有打招呼的打算，可无奈罗伊斯的大眼睛眨巴眨巴一下子就给对视上了，于是她也只好挤出几分笑容来应对，“你们也来买粥啊？”

“我刚刚从舞蹈房练完功出来，沉言哥哥怕我饿就陪着我来买冰银耳。”罗伊斯笑得格外甜蜜，甚至还伸出一只手无比自然地扯了扯身旁许沉言的衣袖，“沉言哥哥，郝学姐在这儿呢，你怎么光玩手机不打招呼，很没有礼貌哦。”

“没、没事。”面对罗伊斯刻意显摆出的女主人姿态，郝小枝只得尴尬地摇摇头，正思考着该如何溜之大吉时，许沉言倒上前一步将他的手机屏幕明晃晃地摆在了郝小枝眼皮子底下。

“哎？”顶着强烈的日光，郝小枝认真仔细地盯了眼屏幕，是和她的聊天短信界面。

“已读不回？”许沉言面上带着笑，冲郝小枝歪了歪头。

“怎么可能？”因为眼前这件事带给郝小枝的冲击过大，于是一不留神她的音量也豁然提了起来，对暗恋十多年的对象已读不回这怎么可能？关于许沉言的每条信息她都要视若珍宝暗暗保存下来的好吗！更别说……等等……郝小枝眼珠子一转，肯定是尤金瞎玩她手机！

“那个，我、我应该是在玩游戏的时候看到了，然后准备回但是又立马打游戏去了，然后就想着那就打完游戏再回但是又忘记了……”郝小枝越编越心虚，但又没办法在大庭广众之下直接和许沉言全盘托出关于尤金的奇幻事件，所以还是决定二十六计走为上计，“我这会儿出门买吃的也没带手机，那我现在就回去了啊，嘿嘿，我一回去就立刻回你信息……”

“郝学姐等一下！”

虽说罗伊斯也不知道为什么郝小枝此刻这么想离场，但她一向都贯彻着让情敌不好过那就等于我好过的基本方针，于是在郝小枝成功逃脱的前一秒，她眼疾手快地将人拦了下来。

“你买这么多吃的，又帮你舍友带啊？”罗伊斯抿抿嘴，“你人可真好。”

“啊，没有没有啊。”郝小枝一边估摸着半小时到了没，一边快速回答着罗伊斯的问题，“我现在搬出来了，不住在宿舍，所以……”

“所以这些全都是你一个人吃的？”

“这个……”郝小枝看了看手上的袋子又想了想尤金的脸，算了，当罗伊斯抢答成功吧。

“郝学姐一顿吃这么多也不怕胃撑得难受吗？”

是啊，一顿吃这么多想来也是挺撑的。郝小枝在心里继续想着尤金的脸，要不是因为他不是个正常人，不然她早就得去医务室买上一百包健胃消食片了。

“不过话又说回来，我还是很羡慕郝学姐的，因为我们学舞蹈的得严格控制体重，要是我一顿吃这么多，老师一定会狠狠罚我的。”

罗伊斯一边说一边刻意将自个儿的身体凹得更加玲珑有致，但可惜的是郝小枝一脸呆滞没有反应，于是罗伊斯便气不过地决定换个和许沉言有关的话题：“对了，郝学姐，你最近游戏打得怎么样？没有人带，应该玩得很辛苦吧？”

“啊？游戏啊？”

郝小枝一听这俩字就立刻回了神，眼前瞬间浮现出连胜的战绩和暴增的好友请求……

“还好还好吧，不怎么辛苦。”郝小枝心虚地咳了两嗓子，其实何止不辛苦，简直就是轻松得不行，操作都是尤金在亲自上阵，而她只需要搬个小凳子坐在边上保持绝对的安静。

“哦？”罗伊斯眉毛一拧，满脸的不可置信，毕竟她可曾亲眼见过郝小枝窝在网吧的小角落里被游戏虐到恨不得摔键盘，而如今郝小枝又掐着嗓子眼神躲闪，所以……一定在撒谎！

“我以前最讨厌玩游戏了，觉得特别无聊。”罗伊斯回头看了眼正替自己排队买冰银耳的许沉言，笑意便怎么也压不下去地挂在了红唇边，“但现在我有沉言哥哥带着玩儿，游戏里也总是他保护我，所以，慢慢地，我对游戏也有了那么点兴趣，沉言哥哥每天都夸我呢。”罗伊斯佯装无奈地耸耸肩，打算将炫耀进行到底，“你看，就算今天下午沉言哥哥还有课，他也还是要翘课带我去网吧玩呢，说把任务一块做完就能买情侣皮肤了。”

郝小枝点点头，也懒得去揭穿罗伊斯的谎话——她既不知道今天有什么游戏任务也不知道情侣皮肤长什么样，她知道的，只不过是许沉言今天下午没有课而已。从二人一块并肩上学那天起，郝小枝背许沉言班级的课表就比背自己的课表还要勤，以及她也清楚许沉言习惯在打游戏之前给他自个儿买上一杯青柠苏打，于是她埋着头，有意无意地踩了踩烈日下倒在她帆布鞋旁的各种影子，声音小得像是在哼哼：“试了一万杯了，可我还是更喜欢玫瑰苏打。”

匆匆赶回的郝小枝将小公寓虚掩着的门一推，里头的景象果然和她出去时别无二样。

老式空调卖力地输送着冷空气，酷炫的游戏音效里混杂着快速的键盘鼠标敲击声，以及端坐在这一切中的，尤金的背影。

“你迟到了六分钟。”话音刚落，电脑显示屏上也随之绽放出了大大的“胜利”二字。

“嗯。”郝小枝有气无力地随意应答着，一双手却忙不停地将折叠式小餐桌给打开，现在还残留在她近代史作业本上的香油时刻提醒着她要让进餐的尤金远离电脑和书桌。

“嗯？你还嗯？我说你有没有一点失信于人的愧疚——”尤金伸着懒腰起身，没想到一回头就撞上了满脸不开心的郝小枝，“喂，郝小枝，”他三步并作两步地走了过去，纤长的食指啪一下敲在了郝小枝的头顶上，“买个东西买傻了？怎么一脸——十连败的表情？”

“没有。”郝小枝下巴一昂，倔强地否认了，“你点的东西我都买好了，你自个儿搬个小凳凳坐在餐桌边吃吧，”话虽这么说，但郝小枝的手还是闲不住似的将小凳子也给搬好了，“坐着趁热吃吧，哦对了，我的手机——”

“别以为我是堆游戏数据就看不出你在撒谎，”尤金眉一挑，双手也十分自然地交叉在了胸前，面对着半小时前心心念念的美食，这会儿却连看一眼的兴趣都全部丧失，他斜靠着墙面，被窗外的阳光刺得微微眯起了双眼，“说说看，怎么了？”

郝小枝在脑中快速地过了一遍“为什么我会一脸十连败的表情”以及“为什么一堆游戏数据能看得出我在撒谎”之后，自认为无比淡定地推了推眼镜，说：“没有。”

“出门摔了？”

摇头。

“钱包掉了？”

再次摇头。

“走在路上被人欺负了？”

哎？郝小枝一愣，这个尤金的猜测走向好像有那么点危险啊！

“活该！”见郝小枝不赶着摇头了，尤金便当她是别扭地默认了，不过既然能四肢健全地回来，还死鸭子嘴硬地否认，估计也不是什么伤筋动骨天崩地裂的欺负，于是他站直了身体，走过来之后往小凳子上懒散一坐，接着又悠悠闲闲地往嘴里塞了一个小生煎，“早说了，你要在游戏里给我买几个皮肤我也不至于一直穿成这样出不了……”

“皮肤皮肤，皮肤有什么了不起的！”

郝小枝一个激灵，条件反射般想起了罗伊斯甜甜的笑脸和她嘴里的那套情侣皮肤，于是瞬间勇从天降，心中那口没地儿出的气全部汇集在了手掌间，光透过自个儿厚厚的镜片死死盯着正被生煎撑得脸颊鼓鼓的尤金还不够，她必须得用力拍一下小餐桌才行！暗恋令人憋屈！

“游戏游戏不会玩，皮肤皮肤成套买，这像话吗？啊？”郝小枝仍旧忘我地沉浸在自己气鼓鼓的世界中，“百无一用说的就是游戏皮肤！不就看起来会有点不一样吗？浪费……”

“喂！”将生煎一口吞下的尤金也不甘示弱地回拍了餐桌一下，“你跟我吼什么吼呢？你游戏玩得烂也就算了，我不跟你这种菜鸟计较，但你为我花点钱怎么了？我那些皮肤……”

“我哪没为你花钱了？”郝小枝急眼了，再一次怒拍桌面后，“唰”的一下站了起来，“生煎包我从来没有为自己买过大份呢！还有寿司和海鲜粥……”

“你给我就事论事。”尤金也“唰”的一下站了起来，不过这次他决定不拍小餐桌了，毕竟小餐桌是无辜的，于是他选择掏出别在自己腰间的手枪，再一次顺手地用枪把手轻轻敲了敲郝小枝斗志昂扬的齐刘海和刘海下的额头，末了还故意眯起双眼往郝小枝跟前凑，“你摸着良心回答我，我那些皮肤，帅不帅？”

郝小枝被尤金敲得一愣，半晌才小心翼翼地将放飞到一半的自己又给重新按了回去。

“嗯……帅，帅，帅。”连蹦了三个帅字之后，郝小枝赶紧逃命似的脱离了尤金的掌控范围。虽说这场景看起来很像逼迫，但郝小枝是打心底里觉得尤金的皮肤每款都很帅的，毕竟被号称为设计师最最偏爱的英雄，尤金的皮肤在同系列中总是最为酷炫的，“我喜欢你那个金属战士，我当时看了看，要两百块，就没买……结果没想到它是限定，现在都炒到上千了，我还怎么买啊……”郝小枝咂咂嘴，觉得尤金现在的穿着也的确不像一回事，不说出门，可这好歹是夏天，全副武装披风马靴什么的看起来也太热了，“要不我给你买最新出的沙滩派对吧？又便宜又应季，我这周末好像还能有折扣呢，你……觉得，怎么样啊？”

“原来你喜欢金属战士啊，”尤金也慢慢悠悠地坐了下来，单手揭开了海鲜粥外带盒的塑料盖，白糯的米、清脆的葱、剔透的鱼肉，以及漂浮在最上头，他一天要说十遍讨厌的青菜，不过此刻他跟看不见似的没有计较，就像半分钟前没听到郝小枝的后半段建议一样。他拿着一次性的竹筷子搅了搅，一口咬在了青菜上，含混不清地说，“不错，眼光还行。”

第七章

关于远方客的一千零一个疑问

“尤金，其实我有一个发自肺腑的，真诚的疑问。”

两个人围着小餐桌吧唧吧唧吃了半个小时后，郝小枝终于忍不住地将嘴一抹，看着还在往菠萝蛋炒饭里找菠萝的尤金发问，“其实你是不是看上我学校这条小吃街才决定来现实世界的啊？不然为什么这个世界上玩尤金玩得烂的人那么多，你偏偏……找上了我？”

郝小枝弄不明白，虽说她清楚自己不算一个十足的软性子，但在对待他人，特别是生人这方面，她的确是怯懦和慢半拍的，所以她很疑惑，为什么对着尤金，她就能这么神奇地做到自在和畅所欲言呢？难道是因为清楚他不是现实中的人，所以就没有那么多顾虑？

好学生守则第一条，切记不懂装懂，所以郝小枝举手发问，但又因为这好像是她本身的问题，想必尤金也不清楚，所以她最终采取迂回问法。如此有理有据，郝小枝本人很是满意。

“玩尤金玩得烂的人是很多没错，但是——”尤金微微停顿了一秒，于是好学生的耳朵也跟着竖起了一寸，“你是唯一一个让我想跑到现实世界中拔了你网线的玩家。”

哦。好学生气愤地抢掉了最后一个寿司，并且想冷漠地提前下课。

“那你在我这儿待了这么多天，你们那个世界……就没有关系吗？”

“什么意思？”尤金歪着头看了看一脸严肃的郝小枝。

“没有游戏人物会因为你的消失而满世界找你吗？你那边的父母朋友之类的，哦，还有，你不用在那边努力工作努力挣钱吗？”眼见尤金的表情越来越迷惘，于是郝小枝自豪地清了清嗓子宣布道，“你没想到吧，像我这种好学生，玩个游戏都要背下所有背景故事的！你看，我记得罗翰摩德是铁匠，费斯林是调酒师，鄂西是猎人，劳尔四世是海盗，至于尤金你——”郝小枝说着说着就突然拍了一下自个儿的脑门，“对了，你是一个王子！难怪你每天都很闲地躲在草丛里看我出糗，然后幻想来拔我的网线！因为你这种权贵二代压根儿就不懂生活的艰辛！”

“怎么就成游手好闲的权贵二代了？”尤金像看白痴一样看了眼郝小枝乱糟糟的刘海和她镜片后亮晶晶的眼睛，笑道，“不是背下了所有故事吗。来，关于我的，再背得详细点。”

“背就背，我可是学历史的，记性超好。”

于是感觉受到挑衅的郝小枝立刻扶稳了眼镜挺直了脊背：“尤金，

瓦蓝若斯柯达区域唯一的纯血统王子，相貌俊美，生性潇洒，却在成年前爱上了一位不能与之相守的非皇室女子，于是信奉真爱的尤金王子不惜舍弃崇高无上的王位。可惜的是，在与这位女子私奔的过程中，尤金遭受到了瓦蓝若斯柯达区域里另一股黑暗势力的偷袭，从此失忆，独自流浪在……”

“咳——”尤金单手握拳放在嘴边上咳了两声，接着又像是不好意思地揉了揉自己的耳朵，“记住了啊，我在独自流浪，不是什么靠着父母的权贵……”

郝小枝眼珠子一转，又把话语权给抢了过来：“那你爱上的那个女子是谁？”

“嗯？”尤金被这突然的提问给砸得一愣，他压根儿没想到眼前这人的思维居然如此跳跃……和八卦，于是他用眼尾的余光巧妙地瞥了一眼满脸兴奋的郝小枝，毫不心虚地慢慢作答：“我这不是失忆了吗，当然不记得啊。”

“哎，也是哦。”单纯好骗的郝小枝泄气地咂了咂嘴，但不出两秒她又想到了解决办法，“我知道怎么查了！我记得你们这儿所有的背景故事都是相通的，我这就上官网去找找看！放心吧，信奉真爱的尤金王子，我一定帮你……”然而话还没说完，撸起袖子正准备起身去干一番大事业的郝小枝就被尤金先发制人地给按回了小板凳上。

“干什么？”郝小枝正气凛然的表情里还夹杂了一丝小委屈，“你得勇敢地面对失去的人生！不能再乱风流了！很油腻的！”

“哦，”尤金皮笑肉不笑，“原来在你心中，我就是这样一个形象。”

“哎呀，这也不是你的错嘛。”郝小枝又是摆手又是摇头，看起来大度得不得了，“主要还是因为你失忆了，要是你知道你的真爱……”

“人鱼绮丽儿。”

“哎？”郝小枝一时没有反应过来。

“我说，背景故事里和我私奔的那个真爱，就是人鱼绮丽儿。”

“哦，是她啊……”

郝小枝愣了愣，然后傻傻地点头。人鱼绮丽儿，她记得罗伊斯很偏爱这个辅助英雄，以至于罗伊斯的社交签名都是绮丽儿的英雄台词——海浪，珍珠，还有我爱的人。那这么看来，罗伊斯爱的人是许沉言，绮丽儿爱的人是尤金……总之，都跟她郝小枝没什么关系就对了。

“她很漂亮。”不管是罗伊斯还是绮丽儿，在郝小枝看来，都是很漂亮的，“还很瘦。”

“鱼嘛，整天在水里扑腾来扑腾去的哪能不瘦。”

尤金漫不经心地挑了挑眉，关于绮丽儿，他是真的没有什么多余的情感，哦，除了每次快要靠近海边时身旁各种看好戏的眼神令他尴尬之外，“你们人类就是喜欢瞎编，我一点都不喜欢绮丽儿——是不是因为失忆我不知道，反正自从我有记忆开始，我对绮丽儿就跟对别的女英雄没区别，很普通，就是大家伙爱起哄，所以后来我连海边也懒得去了。真是无聊。”

“真神奇，”郝小枝听着听着就想远了，“你们那边的世界，是什么样的呢？”

“就是你打游戏时候看到的样子，”尤金垂了眸，根根分明的睫毛在他的脸上投下了一小块阴影，他掏出腰间的手枪，细细地观赏着枪背上烦琐精致的花纹——虽然他挺不满意他身上的背景故事，但眼下这个敛眸看枪的招牌动作还算符合他的心意，“没有白天黑夜也没有四季冷暖，天永远都是你们打游戏时候的亮度，所有的怪兽和果子被你们打了之后又会马上长出来，河道永远不会干涸也永远不会涨满，包括我们这些游戏人物，在里面生了又死死了又生，埋着头替你们打架，一点意思也没有。不是无聊的永恒，就是永恒的无聊。”

“那从你们世界通往现实世界的链接……”

“喂，”尤金眼一抬，没什么表情地盯住了满脸勤学好问的郝小枝，“你觉不觉得你问题有点多？”

“那我就是好奇嘛，”遭阻的郝小枝不甘心地拧巴着自己胖乎乎的双手，末了又眼睛一亮下巴一昂地回盯住了尤金那双星空眸，“你知不知道我们现实世界中有句话叫吃人嘴软拿人手短？你看看这小餐桌上我给你买了……”

“看一遍你的战绩和好友列表之后再来跟我说这句话。”

“好的，对不起大哥，我错了。”

“嗯。”瞬间乖巧的郝小枝让尤金很是满意，于是他大发善心地朝着靠近阳台的那一个小角落里努了努嘴巴，“你手机，昨晚被我玩到没电了，充了一会儿，刚刚亮了好几下。”

啊，对了！手机！许沉言的那句已读不回！

如梦初醒的郝小枝赶紧连滚带爬地扑向了手机，果然，一解锁，平日里只有各种推销和话费查询的收信箱内躺满了许沉言的短信。

——国庆回不回家？我妈刚打电话问我了。

——在忙？

——电话也不接？没出什么事吧？

——上研修网查了你的课表是空的，所以你是去图书馆自习了还是在家里打游戏？

——我刚路过你公寓楼下，你家里……有两个人？

哎？一条条短信翻阅下来，郝小枝的眼睛也越瞪越大，这最后一条怎么那么像在拍惊悚故事会啊！郝小枝猛地将头一抬，在眼镜溜一下滑到鼻翼两旁的同时才发现不知不觉间天色已经黑透了，而她的小橘灯恰好将她和尤金的影子完完整整地照在了藕玉色的碎花窗帘上。

——嗯，是同学过来找我借清史的资料。

郝小枝蹲在地上磨蹭了好一会儿才打定主意先瞒着许沉言，毕竟像许沉言这种力求科学和真相的新闻人绝不会信有关于的尤金的出现。

——不好意思哦，手机被我扔在一边充电。你现在已经走了吗？

追了一条信息过去的郝小枝忐忑得不行，连尤金好意提醒她蹲着会腿麻也没有理会。

——走了。送罗伊斯回宿舍的时候经过了你的公寓。

哦，这样哦。郝小枝咬着嘴，手指头在屏幕上点来点去，最终还是删除了准备发出的“你今天和她玩得开心吗”这句话，怎么说，这句话也太酸了，宛如吃了一百个青柠檬。

——国庆你是打算回家的吗？

郝小枝想了想，还是说正事好了。只有这样，她才能保证许沉言一定会有回信。

——嗯，我妈说新买的房子已经装修好了，要我回去看看。昨天问你是想说如果你也回家的话，那我们就一块买高铁票回去。

——嗯，好啊，我也回家的，那我们一块回去。我现在就查查剩票。

敲下最后一个标点符号按下发送的郝小枝喜忧参半，喜是许沉言总还记得跟她一块回家，忧是许家在开发区买了新的商品房，虽说郝爸说许家也没打算卖掉院子里的房子，但郝小枝还是觉得以后怕是没有一推开窗就能喊着许沉言一起去买豆浆油条的日子了。

“喂，郝小枝，你要笑就笑，要哭就哭，”尤金嘴里叼着一个凉透的蒸饺又重新回到了电脑前，“那么大一张肉脸挤得皱巴巴的，丑死了。”

但此时此刻的郝小枝全然没有和尤金斗嘴的心思，她看了看售票软件，又半张着嘴想了想，还有几天就是国庆长假了，如果她走了之后没有人出门买吃的回来投喂尤金怎么办？游戏人物会饿死的吗？还是说现在就要斥一笔巨资给他买皮肤让他学会独立和成长？

“哎，尤金。”郝小枝拖着小板凳像个幼儿园小朋友一样坐在了尤金的腿边，“你应该还能回得去你的游戏世界吧？你还打算在我这儿待多久啊？”

“什么意思？”尤金脸一垮，拒绝了好友发起的游戏请求，“你赶我走？”

“不是不是呀！”郝小枝卖力地摇着头，差点连眼镜都甩到了地上去，“我要回家了嘛，就是学校马上就要放一个小长假了，许沉……啊不是，就我一个朋友在约我买票一块走。”她仰着脸，满眼真诚，“我走了之后你在这儿也无聊吧？我倒是不介意你一直打游戏啦，主要就是你怎么吃东西啊？你不是还没有出过我这扇门，所以……”

“有完没完，啰唆死了。”尤金黑着脸将键盘推得老远，居高临下地俯视了一眼喋喋不休的郝小枝后又将眼神移回了电脑屏幕上，“端盆水过来。”

“啊？”郝小枝晃着脑袋不明所以，“干什么？你渴了？”

“你不是要我走吗，我现在就走。”

郝小枝皱着眉将头一歪：“所以你要喝盆水再走？”

“要你端盆水过来你就去老老实实地端盆水过来，”尤金凉飕飕地盯着满脸问号的郝小枝，“你知道我这个人性格不是很好，所以……”

“我知道了大哥！我现在就去接水！”

十秒钟之后，端着一盆清水的郝小枝再次出现在了尤金的眼前。

“你这个盆，真的好丑。”尤金的招牌嫌弃脸重新上线。

“这是超市搞活动送的。”郝小枝表示很委屈，她还一直觉得盆底的猫咪很可爱来着。

“随便！”尤金没什么好脸色地将椅子也推得远了些，“我数三二一，你就用水泼电脑。”

“什么？！”郝小枝瞬间就觉得有一万颗陨石正往她头上砸，“有话好好说你让我泼电脑干什么！这是我新买的！虽然不是很贵但也是……”

“叫你泼你就泼！”尤金不耐烦地皱着眉龇牙，“你泼了我才能回去！”

“我不管，这个风险太大了！”郝小枝鼓着脸，“万一我的电脑被我给泼坏了……”

“三。”

“我不泼！”

“二。”

“说不泼就不泼！”

“一。”

郝小枝闭着眼，认命地将盆往前一送，但神奇的是，既没有湿淋淋的哗啦水声，也没有“砰”的一下电脑爆炸声，迎接她这个动作的竟然是公寓里许久没出现过的寂静……于是挣扎了好几分钟之后，她终于壮着胆子迫使自己将眼睛睁开——尤金，竟真的，凭空消失了。

第八章

别误会，我想见的是你家的狗

——大神啊，你今天是心情不好还是状态不好？

对于开局不到十分钟而中路的尤金就已经率先送出三个人头的行为，队友斟酌了一下，最终还是决定敲击键盘以文字慰问。

但是对于这句慰问，一边等待着尤金复活一边翻看着尤金攻略的郝小枝就很犯难了。

于是，她认真地想了想，觉得自己此时的心情其实非常好的，因为不仅昨天收到了之前帮导师收集论文资料的一小笔酬劳，两小时后还能和许沉言一块坐车，更重要的是，今晚就能和郝母的招牌红烧肉打个久违的照面了。至于状态什么的，那就更加不存在了，至少在郝小枝看来，状态是高手才有的东西，像她这种菜鸟，状态再好也是这种十分钟死二次的发挥。

——不是……我就是单纯的技术不好。

郝小枝发出去之后才觉得这个好友名字眼生得很，想必是尤金帮她疯狂连胜时遇上的队友。她还记得当她抱着她的小霸王缩在一旁做课业 PPT 时，尤金就跷着悠闲的二郎腿头也不回地跟她说帮她加了几个技术还行脾气也不差的好友，估计这个发问的就是其中一个。

——哈哈，大神别开玩笑了。我玩这个游戏玩了三年多，你是我见过的最厉害的尤金。

看着这一行堪称真情表白的回复，郝小枝忍不住在心里深深地叹了一口气。怪只怪网络这层面纱太可怕！它居然能让一个热血的长情玩家误以为尤金本尊和一只菜鸟是同一人！

“要上战场了，你还在这儿磨蹭什么呢！”

被熟悉的英雄台词一提醒，郝小枝才发现游戏中的尤金已经复活很久了，甚至已经开始摆出了一系列等待指令时的自动风骚动作，比如她最熟悉的，掏枪。

其实自从尤金跟着那盆水一块消失在公寓之后，这还是郝小枝第一次开电脑打游戏，毕竟已经在现实生活中见过一米八几的大型尤金了，这一回头就又变成了手指大小的形象在电脑里跑来跑去，怎么想都觉得奇奇怪怪的……于是，郝小枝就开始莫名郁闷地盯着游戏界面中的草丛看，没想越看越生气，哼，这个游手好闲不肯承认与人鱼相爱的权贵二代一定又躲在某个不知名的角落想着恨不得来拔本人的网线了！哼，想得美！我现在就要拿个人头给你看！

斗志突然昂扬的郝小枝操控着尤金上前凶了对面的英雄一套，虽说她依旧是个菜鸟，但好歹尤金本尊还是教了她一些小窍门的，这不，对面一不留神就被郝小枝逼得交出一个治疗术后赶紧往回跑，而向来胆小的郝小枝此刻也不依不饶地狂点着鼠标跟在后面追。

煮熟的鸭子绝对不能就这么飞了！郝小枝严肃地皱着眉，并暗暗地在心底给自己打气，单杀对面是一件多么光荣和有成就感的事情啊！说不定下一秒就是她使用尤金生涯中的开门红呢！加油郝小枝！你一定可以做到的！加油往前……

然而，天不遂人愿，突然开始放声歌唱的手机吓得郝小枝下意识地就将鼠标给甩了出去，于是小小的尤金就这么傻愣愣地站在敌方营地里，被敌方英雄的两发普攻利落带走。很好，眼前的电脑，再次变成了黑白的世界。

啊！苍天啊！刚刚发生了什么？刚刚那顿没脑子的操作一定够让尤金笑个大半年了吧！

郝小枝一边在内心哀号，一边探头去看害她失去了人生高光时刻的始作俑者——行吧，光是远远地瞥一眼，郝小枝就打消了脑子里那一丁点想要发怒的念头，毕竟雪饼大人是这个世界上最可爱的狗狗，所以身为关爱雪饼成长协会终身荣誉会员的郝小枝毅然决然地接通了快递电话，并且以百米冲刺的速度冲到楼下去迎接她前几天给雪饼淘来的小衣服和磨牙饼干。

小衣服粉粉的很可爱，什锦口味的饼干看起来也很诱人，郝小枝左看右看抱在怀里喜欢得不得了，然而当她心情愉悦地哼着歌将门推到一半时，却不由自主地呆在了原地。

哎？我请问现在坐在我电脑面前拿着我的鼠标快把对面杀成皮皮猪的是不是尤金？

“游戏打到一半撒手不管，”在彻底胜利之后，尤金才停止战斗，他半偏着头，不轻不重地揉着自个儿的手腕，似笑非笑道，“这么没素质的队友我建议大家实名制举报。”

“哎，你你你你你……”

“我什么我，”尤金对于郝小枝没有立刻飞奔过来抱着他的大腿以痛哭流涕来表示惊喜和思念这件事很不满，所以他单方面掠夺了郝小枝结结巴巴的时间，“倒是你，好歹上次我也稍微教了你一点东西，怎么还菜成……算了，你能不能把念书的心思放一点放在游戏上？”

话音一落，郝小枝就咯咯地笑了起来，她紧了紧怀中的东西，一抬眼就正好撞上了从椅子上起身的尤金的正脸。

“哪有你这样的？我们这里都是劝人把打游戏的心思花在学习上的。”

“无聊。”回过头之后的尤金才发现郝小枝今天好像刻意打扮了一番，怎么说，虽然还是那张素颜朝天的肉脸和那双一笑起来就眯成两条曲线的眼睛，但是呢，她头上星球状发夹先前没见过，身上这件娃娃领衬衫先前也没见过，所以难得被勾起好奇心的尤金大人清了清嗓子，装作不经意地开口问，“这么热的天，你还穿黑色，不热啊？”

郝小枝眼睛一瞪，脱口而出全球女孩们心中的四字箴言：“黑色显瘦！”

“哦。”对这些没有什么概念的尤金长腿一曲，撑着下巴就坐在了小餐桌旁的小凳子上。

回到游戏世界的这阵子他过得不算太好，除了照旧无聊之外，主要的压力来源于同伴们都兴致勃勃地来询问他这么快就将那只菜鸟教好了吗。啧，教好个……屁啊，难道要让游戏世界第一帅的尤金如实回答不仅是自己全程帮打而且最后还被这菜鸟给赶回来了吗？难道他不要面子的吗？一气就想继续躺在草丛里看郝小枝出糗，可偏偏她还连着好多天都不上线，于是气得牙痒痒的尤金只得一边维持着高冷迷人的外表，一边暗地里咬着森林野果出气，但令他最最生气的是，这野果还没有郝小枝学校小吃街上的任何一家小店的一半好吃……

“我觉得前段日子你那些花里胡哨的衣服，比这个好看吧。”

“没品位！”郝小枝将手里的东西往边上一放就急着朝尤金龇牙咧嘴，“你看到的那些都是我的老年人同款绵绸睡衣！是我妈去市场里给外婆奶奶买衣服时顺带给我捎的，而我身上这件衬衫是我昨天下午特意去商场买的……所以说，怎么可能比不过睡衣呢！”一口气替自个儿的衬衫喊完冤之后，郝小枝才后知后觉地别扭起来，她先是习惯性地推了推眼镜，然后才尴尬又心虚地假意咳嗽了一两声，“那个……是不是，就是我，把这衣服穿得特别丑啊？”

尤金歪了歪头，懒得回答这个一听就很弱智的问题，他只知道，郝小枝今个儿就是特意打扮过了，所以他开门见山地问：“你今天不就是回个家吗，犯得着……”

“可是我今天是要和许沉言一块回家啊。”

郝小枝咂了咂嘴就开始往门后边走，她想把给雪饼的礼物好好收进行李箱里头，免得到时候磕着碰着惹狗主子不开心了，但走到一半，她又像想到了什么似的停了下来。

“对哦，我今天要回家哎，马上就要出门去高铁站了，那尤金……”郝小枝吞了吞唾沫，略显艰难道，“我等下是不是又得背负着巨大的心理压力朝我的电脑泼水啊？”

“我有说我要走了？”尤金边撩头发边起身，并开始朝着郝小枝慢慢靠近。

“啊？”郝小枝一头雾水。

“赶了我一回还想赶我第二回？我的英雄台词还记得吗，‘这种错误，下不为例’。”

“啊？”郝小枝一头真情实感的雾水。

“我今天来找你，就是打算跟你一块回去。”

“啊？”郝小枝除了一头真情实感的雾水之外，现在还加上了满脸问号，“你也太随心所欲了吧！说跟我回去就跟我回去，我要怎么和我爸妈说……”

“这是什么难事吗？”尤金俯视着郝小枝，并不以为意地努了努嘴，“而且你躲在阳台跟你妈视频的时候你妈不也说了吗，什么年纪不小了该带朋友回家了，我不就是你朋友……”

“呀！”听着听着就莫名其妙双耳通红的郝小枝终于忍无可忍地朝尤金大吼了一声，“你想什么呢！此朋友，非彼朋友！不是同一种意思！”

可面对着尤金坦荡无知还泛着点点星光的双眸时，郝小枝最终败下了阵，所以说，怎么才能让一堆脾气不太好的游戏数据明白中华语言的博大精深？在线等，超急。

“反正，我现在回不去游戏世界了。”尤金状似无奈地耸耸肩，但满脸都是悠闲和笑意，“游戏系统更新和维护的时候两个世界的链接也会受到影响，没法自由来去。”

“那这样的话，最早也得等到明天啊……”郝小枝记得这次游戏更新的时间，一直从今天下午三点到明天早上十点。若是平常的假她等到明天再走也不是不可以，可眼下她不仅和许沉言约好了一起回去，而且这还是一票难求的国庆高峰期，谁也不能保证错过了手上这张，就还能再轻松顺利地买到一张，“可我今天必须走啊，怎么办啊尤金，你能不能自己泼水……”

“不能，也不想。”尤金不耐烦地挑了挑眉，“带我回去就是最佳的解决办法。”

“可是你为什么一定要跟我回去啊？”郝小枝仰起脸，语气里的困惑非常诚挚。

“什么叫我一定要跟你回去？”尤金不爽地瞪了瞪眼睛，觉得这话伤了他作为英雄世界第一帅的自尊心，明明他风流潇洒举世无双，怎么到了郝小枝嘴里就变成死乞白赖？

“别误会，”尤金顿了顿，也不再看眼前人，“我去你家，想见的是你家的狗。”

“是吧！你也觉得雪饼可爱！”郝小枝兴冲冲地点头，末了才反应过来，“哎，可是，你怎么知道我家有狗……而且还很可爱啊？我明明都没有给你看过……”

“吵死了。”尤金皱着眉，习惯性地掏出枪往郝小枝的脑门上轻轻地敲了一下，“安静。”

“可是……”安静了没两秒的郝小枝又抛出了一个现实性难题，“你怎么跟我回去呢？你在现实世界里一没有技能，二没有身份证，而且还长这么高，肯定逃不了票的。”

“难道去你家就只能坐那个什么铁？”

“那倒没有。”好学生郝小枝一五一十地认真回答，“还可以坐商务车、大巴车，或者中巴车回去，这些都是不用身份证买票直接给钱就行的。”

“那不就行了。”尤金心情愉悦地伸懒腰之余还不忘吩咐郝小枝现在出去给他买几套便服，“你看着买。虽说你眼光差吧，但我长得好啊。等我换完衣服就去坐车，箱子归我提。”

“可、可是……”

“嗯？”尤金靠在墙上双手抱胸，饶有兴趣地盯着满脸难色的郝小枝看，“可是什么？”

郝小枝咬了咬下嘴唇，又张了张嘴，半晌都没发出一声，就在她在心底打定主意一定要为了和许沉言的浪漫回家之旅而义正词严地拒绝尤金时，许沉言的电话，打了进来。

“喂，小枝，东西都收拾好了吗？”

“嗯，收……收拾好了。”

“那二十分钟后西校门见，我已经喊好出租车了。要喝苏打水吗？”

“好，好的，那我……”郝小枝小心翼翼地转动着眼珠子，犹豫了好几秒才敢将目光从地面转到尤金脸上去，然而这不转不知道，一转吓一跳，苍天啊！请问这个人为什么要看着我打电话啊！看也就算了，为什么还要摆出一副如果我说错一个字就预备上来咬死我的表情啊！“对不起啊许沉言，”郝小枝被这样的尤金盯得心里一惊，于是下意识就往后退了一步，“我可能得放你……鸽子了，你自己先回去吧。回去之后我请你吃小蛋糕和刨冰赔罪。”

不得不说，愣在原地的许沉言很惊讶，甚至开始怀疑是因为昨晚打游戏打到凌晨三点所以导致现在耳朵的收音功能不太好，一直以来无条件为他鞍前马后赴汤蹈火的郝小枝……居然临时要放他鸽子了？请问这怎么可能？眼下所处的世界真的是真实存在的吗？

“小枝，”许沉言顿了好几秒，最终还是决定问问清楚，“为什么突然……是发生什么事了吗？”

“不、不是，其实也……也没什么事，真的，没什么事，就是有一个同学，他、他……”

郝小枝没撒过几回谎，一番话说得磕磕巴巴的仿佛上下牙齿在打架，可偏偏墙边上那位任性的始作俑者还一脸轻松宛如在看戏，于是觉得受到打压和迫害的郝小枝心里一横，直接就给尤金降了辈分。

“对，就是一个本科学院大三的学弟！他对我们那儿的博物馆很感兴趣，不是前阵子突然又有什么新发现吗，所以他就想趁着假期去看看，然后找我，我就……”

“这样啊，”许沉言放轻松了一点，出宿舍楼的步伐也变得从容起来，“所以他是没有和你买上同一班的高铁票是吗？没关系的，让他和我们一块上去，然后再补票，应该行……”

“不行！”郝小枝下意识地捏紧了自个儿肉乎乎的拳头，隔空摇头的姿势十分之标准，“就是不能坐高铁只能坐大巴！因为他、他……他很矫情！有高铁晕车综合征！”

话音一落，郝小枝就非常自觉地朝着公寓里离尤金此刻位置最远的一个点快速进发。

有句俗话说得很好，人生有得必有失，放在此处翻译一下就是郝小枝嘴上逞了口舌之快，那么身体就一定要快快跑路免得遭受尤金的攻击。虽说她其实也并不是真的那么胆小如鼠，尤金的枪把子敲人也并不是那么痛，但她还是决定了要明智且窝囊地开溜。不过很遗憾，做法虽然正确无误，但正儿八经落实起来就跟敏捷无缘了。因为郝小枝同学在拔腿滚动的过程中太过心虚，从而一不小心，左脚踩右脚，右脚踩拖把，身子整个一斜，开始朝地面上倒去。

完了完了，怕是要扑街了，完了完了，怕是要换一块手机屏幕了，完了完了，怕是连带着这栋楼都要跟着一起塌了。在闭着眼感受种种物理原理的零点几秒里，郝小枝的脑子就像一台疯狂的码字机噼里啪啦地敲出了三种后果，然而就在比楼房坍塌更为严重的第四种后果即将呼之欲出时，这个地球却毫无征兆地停止了转动，于是脑子里的码字机也跟着卡了墨。

哎？郝小枝一愣，先是小心翼翼地感受了会身上是不是有哪些地方的痛觉比较迟钝，然后才鼓足勇气试探般睁开眼——完了完了，她倒吸一口气，这情况……不是扑街，但胜似扑街啊！请问被尤金半搂在怀里是个什么概念？请问眼里被塞满了这样一张令人无比窒息和惊艳的脸该怎么调整自己的呼吸？请问哪位纯情少女能经得起这种类似无言谋杀的行为？

“嗝！”

后知后觉打了一个嗝的郝小枝终于一把推开了不知怎么回事就在半空中捞下了她的尤金，力气之大，令人除了耿直之外想不到第二个词。

“喂，郝小枝，”尤金毫无防备地被推得一趔趄，马靴上齐刷刷晃动起来的流苏让郝小枝差点又陷入了扑街的眩晕中，“你有没有一点被救者的自觉？”

郝小枝垂着眼睑不说话，空出来的左手死死地捂住了自个儿的嘴巴，末了还嫌不够似的将脸都转向了别处。真是的……一紧张就打嗝的毛病到底什么时候才能好啊！表面严肃淡定的郝小枝在心里跪地哭号，中午吃什么榴莲比萨啊！而且还那么刁钻地非要把套餐里的香蕉牛奶给换成可乐！实在要喝汽水的话，蜜桃汽水不行吗！刚刚那个响亮的嗝也太丢人了吧!

“小枝？”

许沉言提着自个儿的行李跟棵树似的杵在了宿舍楼底下，人们来来去去，就他一动不动。

郝小枝曾经说过，她特别喜欢从许沉言嘴里听到她的名字，因为许沉言不仅声音温润好听，而且“小枝”俩字也咬得字正腔圆不带一点地方口音，可现在，许沉言耐着性子一连喊了好几声小枝，她都没有反应过来。

“哎，小枝，”许沉言无奈了，所以只好使出他在长久相处中归纳出的只对郝小枝一人有用的白天梦游撒手锏——喊全名不说，还得加上可爱俩字，“请问郝小枝同学今天可爱吗？”

“啊，没有没有！”果然，此话一出，郝小枝跟被针扎了似的立刻回了神，“那个我不……不可爱！你比较、你比较好……”

啧，三步开外的尤金十分嫌弃地咂了咂嘴。

那头的许沉言说了什么他不知道，当然了，他也没兴趣知道，他只知道，郝小枝这莫名其妙的一系列反应再一次加深了她在他心中的智障形象，而且还是那种一秒变脸，脸上小情绪还挺多的智障——所以，许沉言那家伙到底在电话里跟郝小枝说了什么？要不直接上去问问？可怎么问才能显得自个儿清新且毫不做作？算了！尤金皱了皱眉，也学着郝小枝方才的动作将自个儿的脸扭去了一边。他可是斩获无数男女玩家忠心与偏爱的英雄世界第一帅，才不稀罕研究这只菜鸟为什么傻气冲天、羞中带怯地对别人在乎和讨好呢。这没头没脑的殷勤样子，就差没给她身后安一条尾巴让她摇进电话里头了！啧，庸俗得很！难怪玩不好游戏！该！

第九章

就当我扶贫，赏你个开心

郝小枝从来没想过，有生之年她竟然会因为身边站了两个大帅哥而感到苦恼。

人满为患的候车棚里，她的头发早就汗湿了一大半，黑色衬衫也黏黏糊糊地贴在身上，总之就是哪儿哪儿都不好看，哪儿哪儿都不优雅，但偏生就是这样一个满脸大汗身形臃肿毫无形象可言的她身边，竖着尤金和许沉言两位闪闪发亮的人形吸睛机。

“那个……”

因为高温和紧张，郝小枝的黑框眼镜不断地往鼻头处滑，所以她只好一边吭哧吭哧推着眼镜一边缓和眼下尴尬的气氛——他们仨在这儿碰面都快五分钟了，居然还没有一个人开口说话。不过呢，擅长把所有错处都往自己身上揽的郝小枝同学很快就找到了答案！首先，许沉言不说话是对的，因为她今天第一次放了他鸽子，所以他心情肯定受到了影响，况且他本身也不是个多言多语爱凑热闹的人。再者是尤金，这堆性格本身就不好的游戏数据不乐意开口就更对了！也怪她，一时神志不清竟然听从店员的忽悠给买了好几件粉色 T 恤，于是尤金就有点嫌弃了，觉得粉红色太娘，衬托不出他高贵迷人的气质，可偏偏祸不单行，居然还叫他在此时碰上许沉言这般好看的人类……总之，千错万错都是她郝小枝的错！她很自觉！

“你们……不热啊？要纸巾吗？”郝小枝往左边看看眉眼清爽的许沉言，接着又往右边瞧瞧一脸冷峻的尤金，见两人都只是以摇头来回应她，所以只好在心里将“长得好看的既不怕热也不流汗”这句话给定论下来，“那不热的话，累不累啊？要不你们先把我箱子松开……”

没错，这俩虽面对面的不说话，却很有默契地一人拉着郝小枝行李箱的一边，无论是谁，都没有想先放手的想法。也正是因为这样，站在他俩中间的郝小枝才会遭受到候车棚里无数年轻女性不那么友好的探究目光。这处境就有点类似高中时期那种嘴上说着没复习一定没考好但还是拿了第一名的优等生——这人瞅着不是个美女，怎么还一次占了俩帅哥呢！

“那个……”

在周遭种种令人窒息的眼神中，郝小枝瑟瑟发抖地给自己擦了一把汗，离下一趟大巴车进站还有十来分钟的时间，而且就算上了车那也还得坐上三个多钟头才能到家，所以说怎么着，她都得把这个莫名其妙的僵局给打破了。

“我好像忘了给你们介绍一下彼此了……”

“许沉言。”俗话说得好，良好的开端就是成功的一半，于是在经过了一秒钟的深思熟虑之后，郝小枝干脆地决定了，她要先从脾气好的人下手，“这个男孩子呢，就是我在电话里和你说的那个要去我们那儿参观博物馆的大三学弟，他叫尤——”但话说到这儿，就不得不卡壳了，尤什么呢？叫尤什么才好呢？难不成直接说尤金？可是这也太奇怪了吧，谁家爸妈会给自家孩子取一个这么不接地气的后现代魔幻风格的名儿啊，还跟游戏人物撞上了……这简直就跟许沉言改天拉一个陌生女孩出现，然后跟郝小枝介绍说这女孩叫“嫦娥”一样玄幻……

见郝小枝神色微妙地止了声，许沉言便忍不住拿手在她眼前晃了晃：“小枝？”

“鱼！”迅速回过神来的郝小枝顺着第一反应随口一说，“鱿鱼的鱼！他叫尤鱼！”

“郝、小、枝——”尤金一开口，郝小枝立马抖三抖。

“我知道！你对你这个名字不是那么欣赏！”

郝小枝害怕尤金会接着往下说一些她没法圆场的话，所以只好急急忙忙地抢着打断尤金，还不忘偏过头去对着一脸冷漠与嫌弃并存的尤金疯狂挤眉弄眼。

“但是，鱿鱼是一种很可爱的生物！好看又好吃！我心情不好的时候就最喜欢吃铁板鱿鱼了！所以你这名字在贴近自然的同时还很贴心，是一个非常优秀且帅气的名字。”

一听就是在胡说八道。看着郝小枝卖力扭动着的五官，尤金索性连白眼也懒得翻。请问这不是在欺负远道而来不谙世事的游戏数据是什么？请问躺在热气腾腾的铁板上被撒满香葱辣椒油的鱿鱼有什么帅气可言？这郝小枝，前当他学姐后说他鱿鱼，胆子可是越来越大了！

“尤鱼，很有意思的名字。”许沉言笑笑，礼貌性地朝尤金伸出了右手，“你好，我是小枝从小到大的好朋友，我叫——”

“知道，”尤金眉一挑，像是不耐烦似的伸出手敷衍性地往许沉言手上拍了拍，“许沉言。就是那个在电话里非得跟着一块坐车回去的。”

“是，因为小枝容易在路上睡过去，国庆人多，我怕她丢了箱子。”许沉言向来家教好，所以此时也不是很介意尤金的态度，“还买了一些她喜欢的零食，不一起回去的话就浪费了。”

“哦。”尤金敷衍地点点头，但其实只有他自个儿知道，他平静如水毫无波澜的表面下按着一颗恨不得将郝小枝扔到铁板上撒葱刷油的狂躁内心——吃吃吃睡睡睡！人生还有没有点别的追求了！游戏打得这么烂，居然还有脸吃铁板鱿鱼！尤金咬了咬下嘴唇，忍不住为前一分钟才被归为自个儿同类的鱿鱼们痛心两秒，真是的，老子酷炫的双枪呢！这件粉红色 T 恤上的奶白色花纹也太招人烦了！

“你是本校历史系的学生吗？我怎么好像从来没有见过你？”

许沉言微微沉吟，最终还是按照新闻人的直觉将第一眼看到尤金就产生的疑惑给问了出来。虽说他觉得郝小枝不会对他说谎，但这事，的确有那么些蹊跷了——拥有这么出众外貌的男生，为何他从来没有在校内听到过半点风声？而且上个月他们小组在历史学院做采访，上镜的学生代表都是众人投票选出来的系花系草，而那系草，许沉言觉得不如眼前人一半。

“因为他是个孤僻的小孩！”郝小枝见这形势不对，赶紧又嚷嚷着抢答了，“喜欢自己一个人吃饭睡觉还迟到早退，所以就和大家不熟，反正……你在新闻学院没见过也很正常啊！”

“是吗？”许沉言表示有点怀疑。

“是啊！”郝小枝卖力地点着头，将血和泪往自个儿肚子里吞。她现在算是明白什么叫一个谎言要用一万个谎言去弥补了，这也太心累了！苍天啊！请你给我一个重新打游戏的机会吧！我一定努力操作争取不惹到尤金这尊大佛来现实里教育我！这代价也太折磨人了！

“可是……”

“没有可是！”郝小枝一咬牙，难得在许沉言面前表现得如此硬气，“他就连打游戏也不要队友的，超级孤僻！”因为尤金本尊完全可以一打五，所以有没有队友根本无所谓。

“不过你说到游戏，”许沉言抬了抬眼，“我倒觉得尤鱼和有个人物……”

蒙了一秒的郝小枝这才知道“引火上身”四个字怎么写，不过好险天无绝人之路，就在她欲哭无泪想不到该怎么继续她拙劣演技的那一刻，风尘仆仆的大巴车缓缓驶进了站。

“你晕不晕车？”

三个人挨个上了大巴车之后，郝小枝轻轻地扯了扯走在她前头的尤金的衣角，说实话，这 T 恤手感还挺好。

“你要是晕车的话就坐前几排，坐后面会很难受的。”

尤金应声回头，先是看了看只有几个零散空位没有连坐的前排，接着又看了看暂时还空荡荡的最后一长排，最后又看了看许沉言的脸，很快就给了郝小枝答案：“不晕。”

“真的吗？”郝小枝还是有点不放心，毕竟她到现在还记得和表弟一块坐班车回乡下外婆家时，那个倒霉的小不点吐了她一身的壮烈景象，那简直就是童年噩梦，于是她压着声音再次确认，“你都没坐过车你就那么笃定啊？保险起见的话你还是坐前……”

“霍茨墨的海盗船，还有格列特的烂飞机我都坐过，这个车能有什么问题？”尤金一边说就一边往车尾走，反正他不乐意让郝小枝和许沉言俩人一块坐最后面。晕车什么的，管他呢。

于是在尤金的坚持下，他们仨顺利地带着行李在最后一排安营扎寨，郝小枝自然坐中间。

车上的冷气很足，小电视里放的港式喜剧片也挺搞笑。起初乘客们还玩玩手机聊聊天跟着喜剧片笑一会儿，但车子上了高速之后，基本上就都开始埋着头准备睡觉了。

郝小枝边打哈欠边侧头偷瞄了一眼身旁的许沉言，他总是过得很精致，U 型枕眼罩还有银色的高配耳机……唉，许沉言现在正在听什么歌呢？该不会是罗伊斯推荐给他的吧……

“要看就光明正大地看，反正人家睡着了。”尤金的声音悠悠地从另一边传来，依旧是招牌式的嫌弃与淡淡的不屑，“这样扭着脖子，不累吗？”

“你不休息会儿吗？”郝小枝遭怼成习惯，不仅不生气，还能十分自然地接过这些话并且对发怼者尤金送去亲切的问候，“还要两三个钟头才能到的。”

“不用。”窗外蜜糖色的夕阳涂满了尤金大半张脸，他半眯着眼，瞳孔隐秘地发着光，黑色的长睫像一把小羽扇，“我不会觉得困，所以不用休息。”

“我存在的意义，就是不停地为你战斗。”郝小枝没头没脑地接上了这么一句话，末了还傻兮兮地笑，“这是我最喜欢的一句台词，可惜从来没有在游戏中听到过。”

“当然。”尤金眉一挑，以绝妙的角度瞥了一眼郝小枝肉嘟嘟的脸颊，“那是我五杀后，系统才会跳出来的语音台词——你的话，这辈子都别想在游戏中听到。”

“你又瞧不起我！”

“我这是教你脚踏实地做人。”

“尤金你——”郝小枝握紧自己的小拳头，在脑中疯狂地搜索能击败尤金的语句或者事例，“你先搞清楚在接下来的假期里你都得——”

“行了，你现在打开手机。”

“啊？”郝小枝不明所以，“干吗突然要我——”

“要你开你就开。”尤金不耐烦似的微微皱起了眉头，但郝小枝却能敏锐地感觉到，他的话语里，是带着一丁点笑意的，“登录游戏官网的手机客户端，然后点击个人资料。”

“到底干什么啊？”郝小枝虽然疑惑，但还是一步步照做，“我知道漂亮战绩都是你……”

“个人资料里的个人财产，”尤金别过头去，故意不再看郝小枝，“财产那一页往下滑，去看看你已拥有的——”

“这……”郝小枝简直不敢相信自己的眼睛，她什么时候成了尤金的全皮肤玩家了？而且最贵最难买的金属战士也赫然躺在她的已拥有皮肤里！真的好好看好帅啊……等等！再帅也不该是她的啊！因为她从来没有买过任何一个皮肤啊！

郝小枝惊喜又惶恐地抬起头向尤金求证：“你们那里更新更得出现 Bug 了？这、这是我……这是我的号没错啊，这怎么……”

“送你的。”尤金脸色依旧瞧着冷，声音却软了好几度，“就当我扶贫，赏你个开心。”

被尤金本尊扶了贫的郝小枝开心得不得了，瞬间就忘了是谁曾正义凛然地拍着桌子跟尤金叫板说皮肤这东西最没用了。

“这个，真的是你送我的啊？”郝小枝虽然爱笑，但从来就不是什么幸运女孩，所以这馅饼砸得她有点儿晕乎乎，她不断地刷新着网页，总觉得下一秒这些皮肤就要不翼而飞。

“不然呢。”说实话，尤金想过郝小枝会开心，但没想过她会是这种小心翼翼将信将疑的开心，总之，他莫名地觉得心里头有点堵，“不过几个皮肤，在你们这儿也值不了大钱，你这样子，没必要吧。”

“不是啊，”郝小枝捧着手机笑眯眯地摇摇头，“我只是……嘿嘿，怎么说呢，”她推了推眼镜，又挠了挠脑后的头发，像是下了一番决心才打算开这个口似的，“因为除了我爸妈，没有人会送我礼物啊，我是说除了生日或者节日什么的……就是这种突然的礼物，还有这种类似惊喜的感觉，对我来说，都是很难得很陌生的，所以我才要好好确认啊。”

尤金皱了皱眉，没说话，只是心里头那种堵的感觉更甚了。

不过郝小枝倒是没有注意那么多，她心满意足地将手机按黑之后将它好好地放进了包包内层，过了一小会儿才扭头问：“可是，你为什么突然要送我皮肤啊？”

是啊，为什么突然要送皮肤啊。尤金也很想问自己这个问题。

毕竟作为英雄世界第一帅就得有一点第一帅的自尊和傲气不是，被郝小枝赶回来了不说还巴巴地送上自己的全套皮肤算怎么回事……难怪这智障想不通，换谁，谁想得通？要怪就怪自个儿无聊又躲在草丛里等着郝小枝上线，结果郝小枝没等到，等来了一个比她稍微厉害点的路人玩家，但也属于一人带崩全队那种。不过人家不同，人家用着酷炫的限定皮肤，人家能在队友开骂的时候理直气壮地回嘴说游戏系统永远欢迎人民币玩家，我就坑了你咋地。

虽说尤金并不赞同这种观念，但他也觉得这气势瞅着的确挺唬人——适合那个无论被队友骂得多惨也好脾气应着的郝小枝。于是送全套皮肤的念头，就这么爽快地定下了。

可他能照实说吗。明显不能啊！本来也不是个多了不起的事，而且将礼物动机一五一十摆在台面上讲的感觉也太让人起鸡皮疙瘩了，更何况，堵在他心头的那口气，还没下去呢。

“没有为什么，就是闲的。”尤金抿了抿嘴，接着又伸出手拨了两下窗边的遮光帘，“还有，你要再提皮肤这件事，我现在就把你从车里扔出去。”

郝小枝向来对自己的认识很到位——优点屈指可数，其中最突出的就是很听话。于是，一直到大巴车悠悠地开到目的地之后，郝小枝才扯下了嘴边上那层无形的胶带。

“我们家这边不比学校繁华好玩，但我妈的手艺真的超赞哦。”郝小枝看着已经完全暗下来的天色，心心念念都是家里那顿红烧肉，甚至连尤金从司机手里拿过了箱子都没有注意，“但作为过来人的我劝你一句不要跟雪饼抢，因为它会特别凶地来咬你裤腿。”

“尤鱼要去你家吃晚饭吗？”许沉言打车打到一半偏过头来盯着郝小枝看。他是真的刚刚才反应过来，他和郝小枝再也不是走两步就能见到面的邻居了，虽说旧房子没有卖，家具什么的也都还在，但他也清楚，之后怕是再难住回去了，“和阿姨说了？”

“说啦，”郝小枝和别的小胖妞不同，虽然她也怕热，但在她的内心，她还是挺喜欢夏天这个季节的，特别是眼下这种暑气消散晚风徐徐的时刻，带着一点黏糊又清凉的感觉在身边吹呀吹，微醺又自在，“我妈开始还以为是你要去我家吃饭呢。”

“喂，”尤金脸一跨，朝着一大批开来的空的士努努嘴，“车来了。”

“那小枝，”许沉言往空车的方向走了两步之后又折了回来，“尤鱼住哪个宾馆决定好了吗？要不我把我小叔的电话给你吧，他是芙源酒店的经理，可以打六折。”

“这个他住哪儿……”

“用不着。”尤金站在原地撩了撩刘海，“我睡郝小枝家。我睡床，她睡沙发。”

哎？郝小枝闻言惊悚一僵，这位姓尤的大哥也太过分了吧？回谁家呢这是？

“这个睡我家，不是不可以，就……尽个地主之谊什么的也没什么不对，就，尤……尤鱼不是很孤僻嘛，他不想睡宾馆这个是可以理解的……”

郝小枝结结巴巴不敢看许沉言带着询问意味的双眼，其实说实话，她还真的没考虑过把尤金带回来了他该睡哪儿，毕竟在她的潜意识里觉得这充其量就是一盆子水的事儿，泼到电脑上就完了，但奇怪的是，刚刚尤金说要睡在她家的时候，她竟然并不是很意外……

“算了，”郝小枝咬了咬下嘴唇，将手机递了出去，“你还是把你小叔的号码给……”

“饿死了，回家。”尤金一边说，一边就将郝小枝伸到许沉言面前的手机给拦截下来，但这还远远不够，拦的士、放箱子，以及将一脸懵懂的郝小枝塞进后座，这三个动作可谓是一气呵成、行云流水，放佛在游戏里轻松豪夺五杀。末了，他还将自个儿的手从副驾驶窗口伸出去朝依旧站在原地的许沉言挥了挥，一个字，爽，两个字，幼稚，三个字——还是爽。

第十章

原来你这么喜欢我啊

好巧不巧，二人一下的士，就撞见了骑着单车哼着歌慢悠悠往家门口赶的郝父。

“爸爸！”郝小枝这一声喊得不仅嘹亮，同时还感情充沛，动情到差点连正在拿箱子的尤金都忍不住想应上一声。这最后一个音节还没落呢，人就已经跟海啸似的卷到了郝父跟前。

尤金瞧着郝小枝被风吹乱的头发无声地笑了笑，他好像还没见过郝小枝这么肆意的样子，隔着十来米都能感受到她的快乐和轻松。哎，这现实世界，还是挺好玩的嘛。

“您怎么快八点了才回来啊？”郝小枝亲昵地拉着从自行车上下来的郝父的手，肉嘟嘟的脸颊上笑出了类似小猫的纹线，“该不是又拖着你们班寄宿生给人家义务辅导了吧？他们也是要赶在食堂还有菜的时候去趁热吃饭的！民以食为天！”

“说什么呢你，”郝父笑眯眯地摸完郝小枝细软的头发后就又开始帮着她整理衣领，俨然一副溺爱子女的慈父模样，“是你妈说你改了时间，回来得比较晚，所以我就帮着同事坐了二十分钟晚自习而已。来，让爸爸看看，我的宝贝女儿是不是……”

这本是郝家父女温馨有爱的日常互动之一——只要俩人超过三天没有见面，那么重逢的瞬间就必定是互飙演技的时刻。先由郝父拉着郝小枝左看右看，惊喜又意外地问一句我的宝贝女儿是不是又瘦了？然后郝小枝就会一脸娇羞地摆着手说没有啦没有啦。往往这时候，郝母就会在这对虚伪又幼稚的父女身旁高贵冷艳地耻笑，并用力地吐出四个字——令人作呕！

然而现在，就算没有郝母蓄势待发的嫌弃暴击，郝父也莫名其妙地提前噤了声。

眼前这个帅气又挺拔的男孩子，真的是郝小枝带回来的同学吗？

随着尤金规规矩矩一个微鞠躬和礼数周全的一声叔叔好，郝父心中的疑惑和意外也差不多要交织着冲破他堪堪稳住的淡定表情了。这巴掌大的脸，这立体的五官，这出众的气质……这男孩子真的是他的宝贝女儿从学校拐……啊呸，从学校里带回来的吗？难道他坚持多年的日行一善在今天终于得到回报了吗？那要不要趁热打铁去买个彩票呢？可是中了之后该怎么打理呢？考虑移民的话还真有点舍不得现在这班学生，毕竟他是个光荣又低调的园丁……

“哎，爸爸？爸？爸——”郝小枝张着手，五个肉肉的指头在郝父眼前晃呀晃，偏生晃不回他的神，于是只好憋着气大声喊了一句，“高二（五）班的郝老师！”

“哎，哎，在，爸爸在。”郝父自知失态，便赶紧假意咳嗽了一两声来掩饰尴尬，末了还一本正经地问，“怎么了女儿，有什么事吗？”

郝小枝表示当个所谓的中间人真的很心累：“我学弟刚刚给您打招呼了，您回个话呀。”

“哦哦哦，好，好，”郝父一边慌忙应着话一边朝尤金伸出了手，“不好意思啊小伙子，别介意，叔叔反应有点儿慢。坐车过来辛苦了吧？”

“不辛苦，叔叔。”尤金也笑着回握住了郝父的手，“就是这次假期要麻烦您和阿姨了。”

嗯？什么？一来一去间，郝小枝觉得自己的听力出了点问题，请问我身边这个如此讲礼貌的人是谁？而且卖乖也要讲究个基本事实的好吗！明明这次假期你最麻烦的人是我！是我！

“不麻烦不麻烦，你别这么客气。”郝父越看尤金越觉得心里舒畅，看来他的宝贝女儿果然属于闷声发大财的类型，不鸣则已一鸣惊人呢！欣赏欣赏，佩服佩服，鼓励鼓励，“小伙子很优秀啊，既懂礼貌性格又好，而且还长得这么好看。”

呵呵。郝小枝发现除了呵呵外没有什么能表达她此时的心情了。郝老师怎么识人不清啊！

“叔叔您真的过奖了。”尤金笑得温顺无害眉眼弯弯，仿佛平日里那个对郝小枝无死角嫌弃和以全面欺压郝小枝为乐的人跟他没有半毛钱关系，“我倒觉得您现在去我们那儿教书的话，肯定还能迷倒一大片女孩子。”

虚伪、油腻、做作！郝小枝算是明白她和郝父互动时郝母的感受了！果然一点都不小清新！而且尤金这厮也太不要脸了！简直跟她认识的那个尤金判若两“金”！凭什么差别对待！

“哪有哪有，叔叔老啦，不能跟你们年轻人比啦，”郝父虽然连连摆手，但明眼人如郝小枝，还是能看出郝父是很受用尤金刚刚那番话的，哼，她等会儿就要去郝母面前告状！

“还有啊小伙子，”郝父摸着自个儿的下巴略微停顿了一小会儿，“叔叔总觉得在哪里见过你，有那么点眼熟，你真的是外地……”

“爸，爸，别说啦，你手机好像亮了，”郝小枝感谢天感谢地，感谢命运让这通电话终结了郝父和尤金之间的对话，毕竟单纯忠厚的老爸才不是两面三刀的尤金的对手呢！

“那个小枝啊，你带着同学先回家休息啊，”郝父结束通话之后又重新跨上了自行车，“你妈说今天买了太多菜一时间把葱给忘了，要我现在去后街市场捞两根。你们先回去啊。”

郝小枝乖乖地点头，还特别懂事地将郝父自行车前篮里的教案之类的给抱在了自个儿胸前，最后还不忘冲着郝父远去的背影挥手大喊：“爸爸，再加一只小烤鸭！林伯伯家的！”

“吃那么多。”郝父一走，尤金瞬间就切回了正常形态，精致冷峻的脸上笑意不多，借着身高优势往边上俯视的眼神里还漫着一股松散的懒，“行了，东西给我拿吧。”

“不要！”郝小枝脸一鼓，毫不畏惧地对着尤金龇牙咧嘴，“马屁精！我孤立你！”

尤金被吼得一愣，三秒之后才对着郝小枝的背影反应过来，接着他歪头一笑，这傻子。

郝小枝家住三楼，属于坐电梯吧，有点犯不着，但是自个儿爬吧，又有点累的尴尬区域，所以她也总在这问题上犯难，但这次，她连半分犹豫都没有，就是要靠着双腿爬楼梯！反正箱子也是那位名叫尤金的马屁精提着，谁知道下次这么光明正大压榨他的机会还有没有呢！

才走到二楼，郝小枝就已经闻到了专属郝母五星级厨房的菜香味，这种美食与家混合在一块的眷念，瞬时就让郝小枝高兴起来，于是她笑得只见眼缝和牙缝，将虚掩着的大门一推，准备以柔软又感动的心情迎接雪饼狂奔而来的撒娇和玩闹——等等，门开了，雪饼呢？

“妈——”郝小枝站在鞋柜旁朝炒菜炒得热火朝天的厨房诚挚发问，“雪饼呢？”

“啪”的一声，厨房的开合门被推到一边，郝母戴着一次性的浴帽举着沾满香葱和辣椒的锅铲走了出来。

“你个死丫头，”由于最近打麻将手气特别好，所以郝母此时的眼神就显得更加犀利和霸气，“我是你妈还是雪饼是你妈？一开口就嚷嚷着找谁呢？”

“妈……”郝小枝被郝母盯得脖颈子一缩，“您说什么呢，我就是看雪饼没有像平常一样跑出来打滚就问问，真的，我就随口问问……”

“雪饼午觉都没睡就搁客厅里等你，结果等到快七点睡着了，我嫌它横在路上碍事就给丢到了你床上，”郝母说着说着眼神就飘到了郝小枝身后的尤金的脸上，“这个，就是你在电话里说要带回来的同学？”

“阿姨好。”不等郝小枝出声回答，尤金几乎在郝母问话结束的同时，就带着笑意鞠躬问好了，而郝小枝却敏锐地发现尤金对郝母的鞠躬要大于对郝父的鞠躬！所以说……这厮这么快就看出了郝家的地位排名，并打定主意要更加讨好高高在上的郝母了吗！嚯，小人！

“我叫尤金，是郝学姐的学弟，接下来的几天要麻烦您多多照顾了。”

嚯！还来！还变本加厉换着法儿地来！简直就是阴险小人的最好诠释！郝小枝一边往鞋柜里掏拖鞋，一边在内心无限咬牙切齿，再卖乖，再卖乖！我等会儿就要去游戏官网投诉！

“没事，你就当这是自己家，犯不着客气。”郝母爽朗大方惯了，锅铲一挥就要重新往厨房走，但走到一半，她却突然回头严肃地盯着尤金看，“哎，你不是……你不是郝小枝床上那个大枕头吗？我说怎么瞧着那么眼熟呢！画得还挺像的。”

“妈！”郝小枝惨叫一声，大脑一片空白，“你在说什么啊！什么枕头……”

“就是你床上那个比你还长的大枕头啊，那上面印着的人不就是你这尤金学弟吗？”郝母的语气里尽是将秘密戳穿的小得意，“哦——我知道了，你肯定是暗恋你这学弟，然后巴巴地拿着人家的照片去网上做的，但是又怕我们发现所以特意做了一个动画版！有心机哦！”

“妈！”郝小枝紧紧闭着双眼，只觉得自己的双耳都快要烧起来了，“红烧肉要煳啦！”

“所以说，郝学姐——”

郝母一走，尤金就将自个儿的眼神完完全全落在右前方的郝小枝身上——满脸通红，呆若木鸡，手上还拿着一只淡蓝色的男款凉拖。管他左脚还是右脚呢，现在的尤金对拖鞋没兴趣。他走得慢，但停下的角度却很讲究，长臂一伸，郝小枝就这么落进了他和墙壁的中间。

“原来你这么喜欢我啊——”尤金微微歪着头，迫使郝小枝和他对视，但这不算完，在轻扬着下巴笑得傲气又漂亮的同时，他甚至还往郝小枝的镜片上慢悠悠地吹了一口气，“都到买我的人形枕放在床上的程度了，”说着说着尤金的声音便越发小了起来，到最后都像是靠在郝小枝脸颊边低声耳语，“行啊郝小枝，人不可貌相。你可真的，一点都不老实呢。”

“才才才……才不是呢！”

郝小枝长这么大，还从来没跟除了郝父之外的男性挨得这么近过。她有那么点慌，又有那么点急，但最主要的还是有那么点想去死，她怎么会有一个这么擅长卖自己女儿的母亲呢！

“你你你……听好了！”郝小枝结结巴巴的不太敢直视尤金，最可气的是，她好不容易鼓足勇气，上手推了一把尤金，居然还没有推动，“我是有一个你的人形抱枕没错，但那是、那是你们游戏官方自个儿送我的！论坛抽奖然后抽中了我而已！你别想多了！放床上是因为这个抱枕超过了一米八，我家里的柜子都没那么大，所以我、我才……”

“哦，这样啊，”尤金配合着点头，但一转眼就挑眉笑道，“解释得不错，但我不听。”

由于出现了飞来横祸一般的抱枕事件，郝家餐桌上的氛围就变得相当诡异了——满脸疑惑的郝父，一脸看戏的郝母，持续乖巧的尤金，以及尴尬又僵硬的郝小枝。

“小枝啊，给小金夹菜啊，你妈今天烧的这个鸡翅特别香……”

“不用，”郝小枝大口大口往自个儿嘴里塞饭的同时，还不忘快狠准地打断热情好客的郝父的提议，“尤金自己有手。”

“哎？那去给小金倒杯果汁，”郝父对于郝小枝的反常很是不解，“爆炒鸡杂挺辣……”

“不去，”郝小枝坚定着自己的立场，“尤金自己有腿。”

“那把空调的风向调一下，我觉着好像总对着小金的方向吹，感冒就不好……”

“不要，”郝小枝雷打不动，“尤金不会感冒。”

“哎，郝小枝？你这会儿到底怎么了？”郝父一本正经地将筷子放下，搬出了平常与学生谈思想时的神态与表情，“爸爸不是从小就教你要懂礼貌——”

“咳咳！”郝母一边不耐烦地翻着白眼，一边用力撞了撞郝父的胳膊，“就你能！怎么哪儿都有你瞎指点呢？”说罢，郝母的嘴角又露出了那种令郝小枝不寒而栗的得意之笑，并且还故意压低了音量神秘兮兮道，“咱们女儿啊，长大了，开窍了，害羞了——多不容易啊。”

呵呵，这位连眼尾都在看好戏的女士，你的声音真是小得连桌子底下的雪饼都听不见哦。

然而就在这样令人落泪的情况下，郝小枝依旧目不斜视不为所动，仿佛人生的最终目标只是不让夹到一半的糖醋排骨掉回菜碗里而已。反正这次我不会再受伤了，因为我的心已经麻木了，所以雪饼乖，来吃骨头——等等！我家狗主子怎么回事！不是性格超级怕生的吗！那现在怎么绕着尤金的拖鞋一直撒欢！难道它也认出了这是抱枕的本体吗！哼！吃里爬外！

一顿晚饭吃完，时间也差不多到了九点。

郝家一直有个习惯，那就是晚餐后不管多晚全家都得一块出去散散步遛遛狗，然而这次，身为遛雪饼的头号狂热者郝小枝，却一脸严肃地退却了。因为她开动了一下她聪明的小脑筋——如果一家四口全部出去只扔尤金这个客人在家的话，那很不成体统，但如果一家四口连着尤金一块出去的话……那更不成体统了吧！就冲郝母这看戏的热情，不得逮人就乱说啊！

于是最后的局面，就变成郝父郝母出门遛狗，郝小枝涮碗，而尤金，洗澡休息。

“第一层灰色的那个是我爸的男士洗面奶，第二层两个大蓝瓶子是洗发露和护发素，最上面一层有沐浴露也有香皂，你自己随便用。”郝小枝按亮浴室的灯，将牙刷和杯子轻轻放在洗脸台上后又继续一脸冷漠道，“水温我已经给你调好了，但是也有可能出现你觉得太凉或者太烫的情况，到时候你自己解决，我是不会来帮你忙的。”说罢，潇洒地向着厨房进发。

然而，这些都是郝小枝精心布置的假象！

在听到浴室门清脆的落锁声之后，郝小枝几乎立刻就从厨房里冲了出来，碗可以再洗，但这么好的机会错过了就再也没有了！对，没错，她就是打算趁着此刻家里只有她一个自由人的情况下把尤金的人形抱枕给塞到柜子里头去——随便揉成什么姿势，眼不见为净就行！

掀开碎花空调被，抱起要命的人形枕，再一个箭步冲向衣柜旁——一切都已经在郝小枝的脑海中勾勒好了，她甚至连自个儿在一鼓作气完成这些动作后，要摆出什么表情都想好了，但天不遂人愿，就在她刚进行到第二步的时候，卧室虚掩着的房门，被缓缓推开了……

呵呵，折腾了一天的郝小枝内心毫无波动甚至还有点想笑，所以今天她是在水逆吗？

“你——”尤金立在门口，表情微妙地望向正抱着人形枕的郝小枝，“不该在洗碗吗？”

“那你……“虽说现在的情况有点脱离控制范围，但郝小枝还是勇敢地反问，“不该在洗澡吗？来我房间干吗？”

一时间，四目相对，沉默的空气中尽是诡异和尴尬。

郝小枝暗暗吞了口口水，在内心不断地给自己做心理建设——她现在就是背水一战的哈利·波特，而尤金就是大势已去的伏地魔，刚刚那两句问话就是从他俩魔法杖里迸出来的光芒，所以她一定会众望所归地代表正义消灭……哎，等等！这个伏地魔干吗突然往屋子里面走？！

郝小枝被尤金吓得一激灵，下意识就将怀里的人形枕抱得更紧了。

“你忘记给我毛巾和睡衣了。”相比郝小枝如临大敌的紧张，尤金简直就是细雨化微风的自在，他伸出食指，蹭了蹭自个儿的鼻尖，一直等走到了行李箱边上才扭头冲着郝小枝笑了一下，“所以我自己进来拿一下。”

“哦。”郝小枝僵硬地点头，同时也僵硬地逼迫着自己将眼神挪开。这温馨而小巧的卧室被盈盈的暖橙色灯光灌满，而尤金就这么有意无意地穿行在其中，他轻轻浅浅地看着郝小枝，眼神专注无邪，笑容温柔光亮，于是郝小枝一下子就忘了今夕是何夕了，甚至还诚心诚意地给人道上了歉，“那、那……不好意思哦，我忘记你的东西还塞在我的箱子里……”

“没关系，小事儿，”尤金拿好毛巾和睡衣，十分大方地原谅了郝小枝，然而就在快要走出房门的那一刻，他又特地停下来回头盯着郝小枝看，嘴边还挂着一丝若有似无的调笑意味，“而且要是你一开始就给我拿了这些东西，我又怎么能看到——你如此真实的一面呢？”

郝小枝半张着嘴“啊”了一声，一时间没能将尤金口中的真实和眼下的情况联系起来。

“哎，郝小枝，其实我想问，你是单纯的有点傻，还是脑子不太好？”尤金虽皱着眉咬下唇，却是一脸笑意地斜靠在门板上，“我真人都在这儿了，你却抱着一个烂枕头不撒手？”

什么……什么玩意儿？烂枕头？什么烂枕头——等等！烂枕头！

郝小枝睁大双眼如梦初醒，前一秒还安安稳稳抱在怀里的人形枕，这一秒就已经变成世界上最烫手的大芋头。

“尤金，你你你你……”郝小枝根本来不及考虑更多了，一个用力就将人形枕往尤金身上砸过去，与此同时还配着她愤怒的吼声当背景音乐，“去死吧你！大变态！”

第十一章

我有了解历史的特殊方法

第二天一大早，记挂着尤金要去博物馆的郝母特意比平时早起了半个小时，温好牛奶煮好面条不说，还开着小车绕了一大段路将郝小枝和尤金送到了目的地。

四个轮胎压着灰尘嗖的一下从文化街上消失，而郝小枝还停在原地不断地踮着脚卖力挥手说再见，总之，相比于郝小枝的活力满满，她旁边那位则耷拉着眼皮，一副严重缺觉的样子。真奇怪，尤金自个儿也想不通，明明他是不需要睡眠的——要怪就怪郝小枝家的床，太软了。

“走啊，干吗一动不动地站在这底下？”

郝小枝挥完了手，就开始招呼尤金跟她一块上博物馆大门前的阶梯。在她的概念中，只要不触及原则，那么就没有什么仇恨和怨气是过了一晚还消不掉的——哪怕她也真的觉得人形枕这件事给了她沉重又羞耻的一击，但大家也都是一百多斤的人了，得讲点道理，比如说，这事儿，是尤金的错吗？不是，因为他只是一个无辜的游戏人物，那这事儿，是她自个儿的错吗？也不是，因为她只是一个无辜的中奖幸运儿，所以，无辜的人们联合起来，翻篇吧。

“可是——”郝小枝认真盯了两眼尤金道，“你怎么看起来蔫蔫的啊？”

尤金不情不愿地迈着大长腿，也不打算回话。蔫蔫的——请问我是白菜萝卜或茄子吗？

“哎，你怎么了嘛？”得不到回答，郝小枝在自个儿内心惊恐地放大可能性，“早餐不好吃？昨晚吹空调吹病了？还是说你太久没打游戏会缺电啊？”

呵呵。我看你才需要拉出去电一电。尤金停了步伐，悠悠地看了一眼身边人头顶被风吹乱的发旋儿，说出了今天两人单独相处时的第一句话：“郝小枝，你的水壶，真的丑。”

“尤金！”

是可忍孰不可忍，郝小枝完全不服气，如果这时候不为水壶上的两只粉红猪猪挺身而出，那她以后还有何颜面告诉别人这是她高一时最爱用的小件之一？于是，郝小枝也停下不走了，还特别较真地将挂在自个儿脖间的水壶用双手捧着硬生生塞到了尤金的眼皮子底下。

“虽然我这个水壶是有些年头了，但是你仔细看看！这两只玩在一起的小猪怎么不可爱了？”

“怎么看猪都不会可爱的好不好。不过你既然要这么坚持它可爱——”尤金像是想起什么似的冲郝小枝不怀好意地挑眉笑道，“那为什么不把游戏 ID 改成‘一个很粉红猪的人’？”

“你才是一个很粉红猪的人呢！”

郝小枝后悔了，她甚至开始觉得一分钟前的自己一定是疯了才会担心蔫头蔫脑的尤金，眼下这位“尤怼怼”有什么好担心的！

郝小枝半真半假地气鼓鼓，但绝对一万分的不气馁，既然不能晓之以理那就动之以情：“我这个水壶，其实是一个特别好的水壶。你想，博物馆里虽然有免费的纸杯供人喝水，但那么小一点，喝两口就没了，而且我给你介绍文物和历史的时候又一定会口渴，所以呢——为了方便解说员保洁员，还有你和我自己，我特意带了这水壶出门。”

无聊但善意，幼稚却坚定。尤金怎么看，都觉得这样认真和细心的郝小枝有点令人无奈和好笑——出门前灌了满满一壶水，这会儿还顽强地挂在脖子上，这人，可别真是个小学生吧。

“对了，”博物馆入口就在眼前，尤金却再一次停了下来，“你刚说，你给我介绍？”

“对呀，我不一定比里头专业的解说员差的。”谈到自个儿的相关专业，郝小枝还是有着一定优等生专属的自信心，“我本来就是历史生，读研前有关文物与博物馆的讲座也听得不少，而且这家博物馆我来过好多次了，所以给你这种游客稍微介绍介绍，完全没问题的。”

“没意思。”尤金咂咂嘴，粉红 T 恤前的白色棉花糖图案也很配合地被风吹出了些褶皱。

“可是你——”话刚开了个头，郝小枝就后知后觉地意识到，好像从头到尾，都只有她一个人说过，她这位尤金学弟对博物馆特别感兴趣，既然这话本身就是假的，那就不必非死磕在上面讲究个言出必行吧？可问题是现在都已经到了博物馆门口，不进去的话又总有一种别扭的浪费感，所以思考了半分钟的郝小枝，学着郝父的班主任作风，清了清嗓子，打算跟尤金同学谈谈思想。

“可是不管你觉得多没意思多不感兴趣，但这毕竟是历史，是一定要尊重并了解的存在！不尊重历史就等于不把握现在不放眼未来——你看我们好不容易到了这儿，好歹——”

“嗯，”尤金双手抱胸，煞有介事地冲一本正经的郝小枝点了点头，“说得挺对。”

相处以来第一次被正面肯定，郝小枝忍不住双眼放光拼命地点头：“嗯嗯嗯！”

“所以走吧。”

“哎？”郝小枝呆头呆脑地看着已经开始下阶梯的尤金不解道，“你要去哪里？”

“去你念过书的学校，或者常去吃喝玩乐的地方——”尤金回过头，幅度却不大，郝小枝只能大概看见他百分之三十左右的侧脸，但就这百分之三十的模样，在郝小枝眼里，也抵过了千万人的百分之百，“因为在我看来，学习是一个循序渐进、由小及大的过程。我得先了解了过去的你，才能搞清楚你所处的这个世界的历史——所以，明白我意思了吗，郝学姐？”

于是，郝小枝就这么被晕晕乎乎连骗带哄的，俩人在半个小时后，带着尤金来到了郝小枝高中母校的大门口。

“里面怎么还有学生？”尤金叼着一根菠萝味的棒棒糖，皱起眉发问，“不是放假了吗？”

“大哥，我们人类的高三生除了睡觉、吃饭、上厕所，其他时候都是在念书，没有什么假的。”

郝小枝噘了噘嘴，虽说偶尔也会怀念规规矩矩穿着校服的青葱岁月，但她也记得念高中那会儿她学得有多辛苦。因为她不算特别聪明的孩子，所以想要成绩好，就必须埋着头往前冲，不能有任何松懈的时刻。

“现在还在学校里的应该都是高三的寄宿生，一两天的假期懒得一来一回，刚好学校也开放教室让他们自习，所以咯——唉，一直念书学习很累的。”

“一直干同一件事儿都会很累吧，”尤金深有体会，“比如打游戏。”

“念书和打游戏，哪里会是一回事啊？”郝小枝都快要被气笑了，“打游戏累了的话停下来就好啦，可是念书的话……特别是像高三这种特殊时期，一旦哪个步骤没跟上——”

“那是你们自个儿太紧张，”话说到这里，尤金便自然而然地想到了一个比较现实的问题，“可是既然你们把高三生看得这么重要，那我们还能进得去吗？”

“能啊！”郝小枝将头重重一点，接着就像是一只餍足的小猫儿笑得整张脸都皱在了一起，但这还不够，她甚至还用双手推着尤金往大门口的另一面走，“当然能！相信我，我们学校有规定的——”

“什么规定？”尤金没跟郝小枝提过，郝小枝自个儿应该也没有那种水平发现——其实设计师在他身上藏了许多小心思，比如对方的技能如果是朝着他的背部释放的话，那么伤害则会加倍，所以意思就是，背部，是尤金的弱点之一，与之相对应的是游戏台词里有过暗示性的一句“别绕我的路，宝贝”。但此时，尤金的肩胛骨下方堆着两只肉乎乎的手，他竟然没有任何不适，也没有产生警觉，相反，还有些好心情地开起了玩笑，“帅哥自由行的规定？”

“你这人怎么总是这么贫呢？”郝小枝在鼻间小小哼了一声，但还是一鼓作气地将贫嘴的尤金推到了学校的荣誉墙面前，并自豪地提高了音量道，“看！”

“看什么？”

面对着眼前这堵差不多两三米高的墙和墙面上满满的单人校服照，尤金表现得很冷漠。

“这里呀！”郝小枝急了，也不等尤金下一秒会不会发现，就径直伸出了自个儿的食指，指着右下方的一个小角落，“我呀！我是我们那届的优秀毕业生代表之一。学校规定了，优秀毕业生可以随时回校观看，所以等会儿我就可以把你带进去啦。”

尤金随之一看，定睛的瞬间仿佛就被即时按下了某种开关键，本来毫无表情的脸上立刻就漫出了笑意：“哎，郝小枝，我问你啊，”

说着说着，他又往那照片处挨近了一两步，“你这黑框眼镜，锅盖似的头发，还有占了这照片五分之四的脸——怎么和现在一模一样啊？”

“没关系啊，”郝小枝理所当然就顺着尤金的话理解成她最熟悉的意思，“虽然我还是和当年一样又胖又丑，但是好像没有变老，那也挺好的嘛。”

尤金听得一愣，其实他压根儿不是那个意思。

他本来是想说，怎么这么多年了，总是一副白面馒头的样子，白白软软的，看着挺可爱——但想归想，要真正儿八经解释出来，他才不干呢。所以还是换个不那么瞎矫情的话题好了，比如就着照片下的那行黑色小字说道：“原来你高考还考了个第一名啊。”

“嗯，”郝小枝慢慢地点了点头，看起来却是不太高兴的样子，“其实按理来说，第一名不该是我的，他高考不知道怎么就没考好……”

顺着郝小枝的这番话，尤金才发现，在郝小枝右边的右边，是许沉言的照片。

“高三一整年他都是文科班各种模拟考的第一名，我的话，因为数学不太好，所以总在三到六名之间起伏。但我一直没放弃，我就想冲到第二名。可是我也没想到，这最后一场最重要的考试，我莫名其妙冲到了第一，许沉言却落到了第三，我们中间还是隔着一个……”

“哦，”尤金生硬地打断了郝小枝，“所以说你努力学习考试就是为了名字挨着许沉言？”

“哎？”郝小枝被尤金一针见血的结论给惊到了，这也是她第一次意识到原来自己一开始碎碎念，那脱出而出的内容就会有些不受控制，“那那那……那其实不是啊，我的意思是……就是，肯定还是自己的前途重要，但是如果、如果，许沉言第一名，那他就是我的榜样和目标，这个是没错的是吧？就我、我……”郝小枝在尤金的凝视下结巴了好一阵，最终选择举白旗投降，“算了，说不清我不说了。走吧，趁现在打上课铃，我带你去学校好好逛逛。”

“不了。”尤金的脸一下子就垮了下来，不仅笑意消失，而且还将没吃完的棒棒糖用力投进了不远处的垃圾桶，“我要去打游戏。”言下之意就是老子不爽，老子要去游戏里虐菜。

第十二章

“我存在的意义，就是不停地为你战斗。”

那行吧。

不知怎么着就惹到尤金生气的郝小枝，只能百依百顺地将这尊大佛请到最新潮的网咖里——这个消息还是从朋友圈看到的，新店开业充一百送一百，女生上网永恒半价。郝小枝谋算好了，先用自己的卡开会员给尤金玩，然后她就在边上欣赏操作喊加油，喊累了就歇歇，还能喝喝自己水壶里的水。嗯，很好，郝小枝觉得画面非常和谐，尤金一定会消气的！

然而，比较尴尬的是，俩人一推开网咖的大门就撞上了郝小枝的熟人。

“哎，郝胖枝！是郝胖枝吧？”

准确地说，是先撞上了熟人的声音。

因为郝小枝人还算不错，所以一直以来都没有什么太难听的外号，唯独有一个流传不广的“郝胖枝”。也正是因为流传不广，所以郝小枝一听就知道这网咖里现在坐着谁——许沉言。她交际圈向来不大，异性朋友最开始也只有许沉言一个，但随着时间的推移，一些许沉言的哥们儿也成了她不远不近的朋友，而这个外号，就是许沉言的哥们儿开玩笑喊出来的。

“刚刚那个人叫你什么？”尤金的胳膊肘随意抵在冰凉的大理石前台上，眼神却开始跟着郝小枝的眼神走。他刚刚忙着打量这网咖的环境，的确没听清那个男声到底说了些什么。

“没什么啦，就是朋友间的玩笑话而已。”郝小枝不太好意思地摆摆手，确定了许沉言一行人的具体位置后就想先过去看看，“你在这里等我一会儿，我去那边看看。”说着也不等尤金的同意就迈开了步子，但走了两步之后她又觉得自己好像很大胆的样子，于是又特意回头举着三根手指头冲尤金发誓，“真的，就一会儿。你在这儿先挑着零食吧，我马上就回来。”

“薯片、果盘、软糖、威化饼、巧克力、榛子仁——”

尤金百无聊赖地随意点着单，对面的收银姑娘则是一脸春风、眉目含情地点头说着好，见惯了邋里邋遢、大大咧咧的网瘾少年，这会子终于遇见了一个惊艳又耐看的小哥哥，试问哪位少女的服务热情不会上涨个几倍呢!

“好的，您要的零食我已经为您下单了，然后这边是我们厨房和吧台的菜单哦。”

“不用了，就这些。”

但其实呢，刚刚点的那一堆尤金也不是很爱吃，除了果盘和薯片之外，其他的他都觉得都太过腻味。

那为什么又要点这些呢，怕还是得归结于昨晚前半段的失眠——不知道是因为自个儿枕着自个儿的抱枕太恶心了，还是因为想着这张床躺过小学时期的郝小枝太别扭了，总之，他翻来覆去睡不着。众所周知，一睡不着就想找点事做，哪怕是无聊地抠床板。于是，在窗外清亮的月色和呼呼作响的冷空调下，刚来现实世界不久的游戏数据偶遇了十多年前的“郝小小枝”——字写得歪斜不说，用的笔好像还在漏墨，不过这并不影响小胖妞压在心底的苦恼——“薯条、软糖、威化饼、巧克力还有榛子仁，都好好吃呀，可是吃了胖，我太胖了。”

“哦，对了，果盘里不要梨子和火龙果。”尤金也没忘，小胖妞还跟个美食家似的在床板上对众水果进行了一番深刻的点评，并最后以“梨子太硬，火龙果不甜，这两个是坏水果”结尾，“多放点沙拉——”

“那个麻……麻烦了！”

尤金话还没说完，郝小枝带着些小喘的声音就从背后突然盖了过来——“我还要再加五杯冰柠檬水！”

“一人喝五杯？”尤金淡定得头都没有回，“许沉言那小子属牛的？”

“说什么呢，不过他是金牛座倒没错。哎，等等——”郝小枝从认真解释中反应过来了，“你怎么知道是许沉言啊？他刚刚一直坐着和朋友们打游戏压根没站起来啊，你应该……”

“我不需要看到他的脸。”尤金别过头，意味不明地冲着郝小枝很浅地笑了一下，“你的反应很明显——不管是提到他，还是看到他，或者是跟他说话，都跟对待别人不一样。”

“是……是吗？不，不是吧……”

郝小枝有点意外又有点惶恐地一边追问一边否认，其实她自个儿也知道，这跟垂死挣扎差不多。

可是……她真的有这么明显？虽说她暗恋许沉言已经是周围人默认的一个事实，但既然大家都默契地不去提它的话，那她也可以小心翼翼又理直气壮地装作大家不知道。就像刚才，其实只是许沉言的汽水见底了，但郝小枝觉得，如果要继续维持着“大家只是朋友，我对他绝对没有任何非分之想”这层假象的话，那她就得连着许沉言朋友的那份都一块买了。

“管你是不是，反正跟我没关系。”

尤金面无表情地将一大袋子零食从收银姑娘手中接了过来，并自认为非常冷酷地对郝小枝补充道：“这五杯柠檬水你自个儿端过去送吧，我是绝对不会帮你忙的。”

然而，三分钟后的事实却是尤金端着四杯，郝小枝捧着一杯，二人一块往许沉言的位置走。

为什么出尔反尔帮她一把呢？尤金一边走，一边在内心愤怒地拷问着嘴上说着不要，身体却很诚实的自己——算了，怪只怪刚刚不该回头，郝小枝那委屈巴巴，但是又不敢说什么的眼神，实在是太烦人了！只不过不帮着端个柠檬水而已，又不是怎么着她了，人类的女性可真烦！

尤金就这么严肃地思考起了到底是人类的女性比较烦，还是英雄世界的野兽们比较烦，于是一时间手头上的力度也没个轻重，更不知道柠檬水放到了第几杯，总之，一个不留神，差点就让某一杯直接磕到键盘上。

“靠，搞什么？会不会做事啊？”

键盘的主人着实被这一小出吓得不轻，毕竟这机械键盘是他自己带的，比网吧里的要贵上许多，沾了水就完了，而对面更是聪明地抓住他这零点几秒的迟疑将他一套带走。于是面对着黑屏，这位戴眼镜儿的哥们儿就更不爽了，这他妈的，从天而降一杯来自敌方的柠檬水？

“郝胖枝，你到底会不会端——”

眼镜哥们儿一回头就闭了嘴，一是见来者不是郝小枝有点发蒙，二是觉得这陌生男子的气势莫名有点唬人，但不管怎么样，被吓到然后还被对面单杀的账，得算到这男的身上吧。

“你谁啊？”眼镜哥们儿觉得这人有些眼熟，但又说不上来，于是向站在旁边的郝小枝半真半假地开玩笑，“郝胖枝，这小子谁啊？你带过来的吧？别告诉我你俩是什么……”

“别乱猜，”不等郝小枝回答，打游戏一向很沉默的许沉言先开口说话了，“这是小枝的学弟，为了专业功课上的一些事情来了我们这儿。”

“哦，这样啊！”

眼镜哥们儿了然地点了点头，就又重新转过身去操控着他手底下刚刚复活的英雄，巧的是，他玩的也是尤金，打法极凶，逼得对面连连后退，“我还以为暗恋了你十年的跟屁虫郝胖枝突然想开了呢，然后就走狗屎运找了一个长得还不错的嫩草吃——”

话音刚落，除开许沉言，剩下的三个哥们儿轰的一声就笑开了。

笑声嘻嘻哈哈地交杂在一块，音量不算特别大，周遭也没什么人，或者再退一步来说，其实郝小枝也不是第一次被这群哥们儿开这种类似的玩笑，但不知怎的，眼下这一回，却让她觉得空前的难堪——难道是因为尤金在这儿吗？

郝小枝搞不明白这问题的答案，自然更想不出有什么办法能让时间快进，所以只好沉默地埋着头，紧紧地将自个儿的两只手绞在一起。

“你马上就要死了。”

尤金没什么表情地在这片略微嘈杂的笑声中开了口，声音冷冽得像是一把淬了毒的短柄利器，三两下就把空气里那份不尴不尬的胶着统统碎成了粉。

郝小枝先是愣了愣，然后才想起要抬起头看一看尤金到底在说什么。果然，他双眸微垂认真盯着的，是他面前的那块电脑屏幕。但就算这样，她也默默地感激了一把。

“小子你说谁要死了呢？”

遵循着莫名的“叫谁谁答应”定律，眼镜哥们儿非常灵敏地察觉到他背后那人似乎是在对他的游戏水平产生质疑和嘲讽。

“见没见过我这个 ID，知不知道我是谁？不说我们这儿，就连国服三区的前两百，都没几个能打得过我。你别吓到了，我差点就成了职业选手……”

“哦……”不好，尤金话里的语气刚露个头，郝小枝就知道，这斯肯定马上就要开启正儿八经的嫌弃与不屑的终极混合模式了，果然，他挑了挑眉，似笑非笑道，“垃圾还挺多。”

“臭小子，你懂个屁的游戏？”眼镜哥们儿显然怒了，“没看到老子已经……”

“对面的阿拉希尼看似被你压得很惨，血线已经只有不到三分之一，但实际是他在消耗你。尤金这次更新之后第一个技能的冷却时间缩短了，但相应的，伤害也随之降低。你想的是等你垒到第四层晕眩的时候就能闪上去靠着被动和二段真实伤害斩杀对面，巧的是对面也笃定你会这么做，所以对线时才一直不用第三个技能，为的，就是等你闪上去后反杀你。”

“你他妈的少在这儿放屁！”

眼镜哥们儿明显慌了神，身后这小子是怎么知道他的打算的？他这预备中的操作以及这一整套流程，都是之前在俱乐部试训时教练教过的，一般玩家根本悟不出，所以说这小子到底是真的有所来头，还是运气好瞎猫碰上死耗子？算了，管他的。眼镜哥们儿怎么看都觉得应该是自己稳稳单杀对面，于是干脆心一横，操控着枪口还喷着白烟的尤金闪到了对面脸上。

“你爷爷我今天就让你开开眼，让你知道知道什么叫神级操作……靠！我怎么死了！”

“果然是不会说话，又不会玩游戏的废物东西。”

“操！”眼镜哥们儿这会儿是彻底怒了，鼠标一甩键盘一推就站起来和尤金对着盯，虽说自个儿身高没有尤金高，脸上的表情看起来也没有尤金屌，但眼镜哥们儿还是很用力地甩下了一句天天在江湖里出现的狠话，“哪个区的？报上名来！有本事就跟我 solo 一局！”

“那还是别了，”尤金的语气是盖也盖不住的优越，“我怕吓着你。”

郝小枝算是发现了，这尤金在怼人方面可谓是天赋异禀，挑眉和歪嘴笑的弧度简直就是“高高在上”这四个字的最好诠释！帅是很帅啦，酷也挺酷啦，可是朋友你这样很遭人打啊！我和你只有两个人，对面不算许沉言那也有四个人啊！看我看我快看我，郝小枝一边挤眉弄眼，一边在内心祈祷尤金能大发慈悲地瞥她一眼。然而，上天不仅不给郝小枝留一扇窗，甚至连缝都给她贴上了，因为她听到尤金又火上浇油地加了一句——

“就算你们五个，也照样打不过我。”

这话一出，本来吸溜着柠檬水看戏的仨哥们儿也立刻表示不爽了，你一句我一句地嚷嚷着有本事就开一局。尤金这也没废话，直接拐了个弯，就开了许沉言正对面的机子。

“哎，尤……”

看着尤金飞快地在键盘上输入自己的账号和密码，郝小枝就像是有点不放心似的压低了声音跟他说话：“你真的要一打五啊？他们的水平可不是平常你用我账号排到的那些人……”

“所以你这是在质疑我，还是担心我？”

尤金边说边笑，直到看见自定义游戏的邀请者来自“一个可爱的人”的特别关注后才又重新恢复了有些生硬的语调：“许沉言这 ID——”

剩下半句话都到嘴边了，尤金又给咽了回去，这 ID，一看就像那种酸不溜秋的情侣名儿。无聊透顶，小学生做派，不值得提倡。

“他 ID 怎么了？”但偏偏就有郝小枝这种搞不清状况的热心观众耿直发问。

尤金无语地摇摇头，还没来得及让郝小枝抱着零食和果盘哪儿凉快哪儿待着去时，斜对面的眼镜哥们儿就又迫不及待地探着身子过来喊话了：“小子，可是你自己夸海口能一打五的，等会儿输了可别说我们欺负人啊，站直了给哥哥们道个歉买杯饮料这事儿就算……”

“你想多了。”尤金这会儿连眼睛都懒得抬了，看来不是每一个话痨的人类都能勉强算可爱的。他靠着椅背，食指慢慢地滚动着鼠标，打算选一个和他关系不太好的英雄来给接下来这把毫无悬念的游戏增加一点难度，“废物再有梦想，那也是废物。”

“哎，我说你个臭小子——”

“尤鱼，”许沉言一把拉住了又要发飙的眼镜哥们儿，自己也站了起来，“现在放狠话也没什么意思，不过既然是为了证明开的局，那规则就得提前说好。就按刚刚说的，我们这边赢了你稍微道个歉，买点饮料。那如果你赢了的话，想要什么？”

尤金听得一愣，尤鱼？尤鱼是——靠，尤鱼这傻缺名字的确也只有郝小枝才能想出来了！

“我赢了，你叫你兄弟们给郝小枝道个歉。”尤金看了一圈，最终选了一个射手类女英雄，刚好就是上一把许沉言在游戏中使用的人物，“另外，你再单独出来跟我 solo 一局。”

接下来没什么好说的，大概就是全网吧都替许沉言一行人记下了被尤金支配的恐惧。

起初呢，只是一个送外卖的小哥来网吧送凉面时被尤金夸张的手速和令人眼花缭乱的电脑屏幕所吸引，他睁着眼睛张着嘴，连呼吸都不敢太大声，直到尤金拿到第一个五杀后才诚心实意地大声感叹了一句“哇，好厉害”！

就这样，网吧里的人不仅骚动起来，甚至还朝着一发不可收拾的局面进发。

虽说尤金觉得不管是一打五拿五杀还是 solo 局碾爆许沉言，对他而言都是简单到不能再简单的正常操作，所以真没什么值得鼓掌和喝彩的。但围观群众显然不这么想，两局游戏结束之后，他们依然里三层外三层地围着尤金，其中还不乏催促着尤金再开一局游戏的声音。

还玩个屁玩。尤金鼠标一点，干脆地下了机。在大家伙一片惋惜和不尽兴的叹气声中，他没什么表情地站起身，接着头也不回地走出了网吧。

真是的，尤金一边走一边想，等会儿一定要狠狠地掐一把郝小枝的脸，明明她才是最该站在他身后给他摇旗子呐喊的人，结果一回头，这傻子早就溜得没影了？

第十三章

我能帮你杀穿对面，也能帮你追到所爱

其实郝小枝也没有跑太远，尤金出了网吧没走两步，就看到她跟棵树似的，扎在了街角的移动冰激凌车面前。车子粉粉蓝蓝的，还画上了好多可爱的图案和笑脸，怎么看都让人觉得又甜又可口，甚至连带着郝小枝今天的深灰色 T 恤都变得轻快明朗起来。

尤金没出声，只接着往车跟前走，而郝小枝却像突然产生了心灵感应般回了一下头，她什么也没说，但也没忘冲着尤金傻兮兮地笑一下，笑完之后就又转过身去跟店员交流。

身后的脚步声越来越近，郝小枝估摸着尤金现在应该差不多能一伸手就拍到她肩膀了，就又带着笑地将刚做好的三色冰激凌给率先递了出去，自己则留了一个双色的攥在手里。

“你不在网吧里待着，跑出来干什么？”

虽说尤金伸手接冰激凌的动作没有犹豫，但话里的质问语气依旧很足——好吧，在他咬了第一口粉色冰激凌球之后，他的心情还是稍微好了那么一丁点的。

“里面人太多了……”郝小枝实话实说，“就一下子哗啦啦跟涨潮似的涌到了你身边……我不太习惯身边围着一堆男的，而且刚好我妈又给我打电话，所以我就出来了。”

尤金了然一般挑了下眉，正准备说，大人不记小人过这次就算了，但是下次，哪怕是有海啸，你也得给我乖乖待住了时，郝小枝的神色却蓦然变得有些局促，很快，她就小心翼翼地清了清嗓子，像是举话筒一般举着手里那个已经渐渐融化的甜筒问道：“那个，你赢了吗？”

“废话。”尤金慢悠悠地瞥了郝小枝一眼，他倒要看看这傻子到底想问什么。

“那……那你和许沉言那局，你也赢了啊？”

“嗯。”尤金眸色一沉，扬上去的嘴角已经被隐隐压平了。

“为什么啊？”郝小枝心里虽然有点忐忑，但还是鼓足了勇气要坚持说完，“你既然一打五都赢了，那为什么还要单独把许沉言拉出来再开一局呢？这根本没有必要……”

“有，我觉得很有必要。”

尤金知道郝小枝的言下之意是什么，无非就是心疼了，心疼许沉言被自己单独拎出来虐了一遍，害他在大庭广众之下丢了面子或者影响到心情之类的。

其实郝小枝要这么想的话，尤金也能理解，毕竟这事儿站在边上看，的确像他在针对许沉言多此一举，是完全没有必要的。但今天，在英雄世界里出了名的大气风度拥有者尤金就偏这么做了，而且他觉得，没有做错。

“他没有在他那群朋友笑你的时候站出来制止，就该得到惩罚。”

“可是……”郝小枝明显一愣，她没想到尤金的出发点竟然在这里，可是在感动之余，她还是想解释，“可是那是他们开玩笑的啊，而且他们是那么好的朋友，也不好怎么……”

“玩笑？”尤金盯着郝小枝因为着急已经沁出了一层汗的鼻尖问，“所以你觉得那些话很好笑？”

“因为他朋友们本来就是这样的性格啊，没有什么恶意的，而且许沉言的话……他人其实也很好很照顾我的，”冰激凌球将脆皮蛋筒的边缘泡得软嗒嗒的，于是郝小枝更着急了，“真的，以前我被院子里的小男孩欺负，都是许沉言来帮我，还有念书的时候也是他……”

“那是以前，我只信我现在看到的。”

夕阳把尤金的影子拉得悠长，他看着她，眼里有她暂时看不太懂的情绪。

“你喜欢许沉言，所以原谅他，给他找借口。但是在我这儿，他没有任何理由。”

一时间，气氛就这么诡异地沉默了下来。

坐在冰激凌车上搅奶油的店员表示心里很苦，小年轻打情骂俏吵吵小架就算了，可是为什么非得站在他的工作岗位前放大这种冲击力？

早知道就不告诉这小姑娘买两支打八折了！

郝小枝咬了一口甜筒不说话，尤金也跟着咬了一口不说话。

算了算了，郝小枝觉得自己简直白搭了从小到大那么多次的优秀学生代表发言，怎么这时候嘴跟脑子就笨成了这样呢？什么都说不清，那就干脆什么都不说地转身往家里走算了！

尤金一愣，随即很快地跟上了郝小枝的步伐，边走还边寻思着难道这就是现实世界所谓的冷战？得，冷战就冷战呗！反正跟战字相关的他尤金就绝不认输，更何况，他又不理亏！

就这样，灰灰胖胖的少女走到前头，粉粉瘦瘦的少年走在后头，他们沿着护城河道走啊走，拿着手里的冰激凌吃啊吃，总之，谁都不搭理谁。

“喂，我前面那个。”

粉色方先生在吃完甜筒之后，不堪忍受长路漫漫的寂寞，竟一不留神就先开了口投降，然而灰色方小姐依然内心如铁、冷酷如霜连步子都不带停顿一下地继续埋着头往前走。

“喂，郝小枝，你听到没啊——”

粉色方再次发起攻势，灰色方再次以不变应万变。

望着郝小枝渐渐远去的背影，尤金无奈地呼出一口气，干脆直接停在了分岔路口上：“郝小枝，你家在左边，你现在一门心思往右边这道上走什么呢？”

尤金是真的没想到，他都连说了三句话了，郝小枝居然连回个头的意思都没有，所以平时看起来又傻又软一副肉包子的样子，但其实她的灵魂不羁又刚烈吗？

尤金有些烦躁地皱着眉，本来想对着路边的树来上一脚，但一想到雪饼尿尿的样子就又不情不愿地将脚给收了回来。

气，很气，真的很气，试问他尤金作为英雄世界第一帅，何时受过这种憋屈气？明明是看不惯别人欺负郝小枝，替她出头了结果回头她还不乐意？靠，她怎么能这么不讲理的！

"郝小枝我警告你——"

虽说现在没有猎猎作响的黑金披风，而是只有一件卡通粉色T恤，但尤金还是觉得这一刻的自己既帅气又霸道。

"今天这事儿不是我的错！所以我现在给你三秒钟时间停下！三！二！二点二——二点五！喂！"尤金这会儿真急了，眼看着郝小枝下一秒就要消失在街道的拐角处，他的气焰也只能像被戳破了的气球似的瞬间跑了个干净，同时还得搭上自个儿最后的尊严，"喂喂喂，郝小枝！"尤金小跑着上前，想也没想的就直接拉住了郝小枝软乎乎的手腕，"你别——啧，算了算了，今天这事儿算我不好行不行？我再也不虐许沉言了好吧？老是生气会更丑的，你看你——哎，你看你这么喜欢他，大不了我就帮你追他呗，你别走了，停下——"

"啊！我知道了！我知道了尤金！"

郝小枝幡然醒悟之后一惊一乍的样子，让尤金有点摸不着头脑，所以她知道了什么东西？二十一世纪最新型女追男成功手册五百条？

“卖冰激凌的小哥是个好人！”郝小枝抿抿嘴，又自顾自道，“我还以为他没有给我打折呢，因为钱算来算去不对劲……我想了一路终于想到了原来是因为我忘了算菠萝棒棒糖的钱！”

“所以……”尤金顿了顿，有点控制不住自己脸上的表情，“你一路上，都在想自己的事情，并没有听到我说了什么，是吗？”

“嗯，对啊。”郝小枝天真又用力地点了点头，末了还不忘气死游戏数据不偿命地补问一句，“你有跟我说什么吗？”

“没有。”尤金“啪”的一下松开了郝小枝的手，并转身往回走。合着他刚刚在后面又喊又叫又唱又跳，还生生经历了一番内心挣扎的壮大场景，其实都只是他一个人在寂寞的舞台上自我旋转吗？呵呵，士可杀不可辱，本游戏世界第一帅现在就教你郝小枝“冷酷”二字怎么写。

“可是，”满脸无辜的郝小枝一边跑一边推着眼镜追问，“我好像听到你说许沉言呀。”

呵呵。尤金心中的烈火双枪已经上了膛。这郝小枝，看着傻，结果他妈的还挺会抓重点？

“没有。”尤金见郝小枝追得累，便就地停了下来，并且非常坦荡地与她对视着，“我说没有就是——”

得，结果一对上郝小枝诚挚的双眼，尤金就觉得骗人这件事好像不太道德，于是顿了顿之后还是选择从实招来：“我说，你这么喜欢许沉言的话，大不了我帮你追他。”

“你、你……”郝小枝吃惊地瞪大了眼睛，感觉有一口气儿没有顺上来，“真、真的？”

呵呵，郝小枝这瞬间脸红到脖子根，眼睛里冒星光算个什么反应？光是嘴上说说就能给激动成这样？什么出息。尤金略微不悦地挤了一个假笑，然后又开始往前走。

“当然是假的。”

走了一步，走了两步，走了三步——哎，郝小枝你不跟上来是个什么意思啊？

“干什么？”

尤金回过头，河边的风吹乱了他的头发，同时也吹鼓了他的T恤，他站在树荫底下，身上每一处都落满了如水一般透彻潇洒的少年感。他站在那儿，也不管路过的两个女生用多清脆甜蜜的声音讨论着他的样貌，他现在只想知道郝小枝满脸呆滞失望地站在原地，是想干什么。

“你就这么想追他啊？”

“我、我——是，我想追许沉言。”郝小枝用力地抿抿嘴，终于鼓足了勇气开口，“我喜欢他这么多年，想在一起是人之常情。以前不行，我们还小，是学生，要以学习为重，可现在，我们都二十多了，是可以谈恋爱的成年人了。我之前就想了很久，可是我除了按照以前的方法对他好之外就不知道该干什么……而且他身边还有个那么优秀的罗伊斯，我——”

“够了。”尤金有些烦躁地挥了挥手，想张嘴说些什么，可是又不知道该说什么，毕竟他既不是居委会大妈也不是情感电台主持人，英雄世界里更没有这种曲折心酸的暗恋事件发生，所以安慰不行，开导不行，他只能将挥完了的手又抬到半空中，示意郝小枝走到跟前来。

“哦……”郝小枝噘着嘴狠狠地吸了一口气，边走边觉得心里难受。她喜欢许沉言这么多年，所有的秘密都埋在自个儿心中，哪怕是最好的朋友，她也没有吐露过半分，而如今，却开诚布公地将这些压抑的想法和含羞的欲望都摊在了尤金面前，“你肯定又想骂我，或者嫌弃我没出息了，”她低着头，死死地盯着地面，“没关系，你骂醒我也好，反正……”

“抬起头。”尤金的反应有些出乎郝小枝的意料，他不仅没有骂她嫌弃她，反而还让他此刻的声音变得比平时更轻更温柔，甚至还带着一丝鼓励性的哄，“看着我。”

郝小枝艰难地咽下了一口唾沫，然后揪着自己的衣角，慢慢照做了。

“你真的喜欢许沉言？”

点头。

“喜欢了很多很多年？”

再次点头。

“喜欢到一定要跟他在一起？”

郝小枝一愣，接着坚决地摇了摇头。

“别啊，”尤金的双眸弯了弯，在夕阳的浸泡下变成两道盛满星光和银河的拱桥，“喜欢一个人，连这点魄力跟决心都没有？”

“这跟魄力决心没关系啊，”郝小枝声音小小的，被风一吹，就好像要碎了，“我们人类世界是很复杂的，喜欢这种行为也是很复杂的，它要考虑很多方面的东西才可以……”

“我不管。”尤金挑着眉，以极快的速度将自个儿的脸凑到了郝小枝的鼻尖前，“我不管在你暗恋许沉言的时候他考虑了什么做了什么，也不管那个罗什么的到底有多优秀，我只告诉你，我既能帮你把对面杀得片甲不留，也能帮你追到你喜欢的人，所以——”

郝小枝眨巴眨巴眼睛，一句“为什么你要对我这么好”还没来得及说出口就听到尤金的嘴里蹦出了几个极其残忍的字眼——尤金望着她，脸上的表情怎么看都很认真，但是认真中又带着一丝只有在好看的人身上才存在的随性迷人，然后他笑了一下，说：

“从明天开始，减肥。”

第十四章

减肥这事儿居然来真的?

其实减肥这事儿呢，对郝小枝来说，也不陌生，只是她没想到尤金居然跟她来真的。

“大家早上好啊……”郝小枝一边打着哈欠一边无力地冲餐桌挥手问好，她昨晚帮之前的舍友修改课业 PPT 修到快两点，之后心里头又惦念着许沉言的事情，所以根本就没怎么睡着。但此刻就算她困得一头栽进了碗里也没办法，因为郝母在家里下达过每天都必须按时吃早餐的最高指示，所以郝小枝也只能表面乖巧实际认命地从被窝里爬起来，“咱们今天早上吃肉丝面呀，嗯，真香，我喜欢，哎？可、可是……”

被香味提起了五十分精神的郝小枝有些发蒙地揉了揉自己还惺忪着的睡眼，这桌上，怎么没有她的面？她就迟到了五分钟而已啊！

“你的早餐还搁在厨房里头。”一眼就看出郝小枝困惑的郝母淡定地夹着小菜，“自己端过来吃，不过我觉得嘛，”郝母将小菜放在嘴里嚼了嚼，像是在思索什么人生感悟似的皱眉低声道，“就那么点，你往那儿一站差不多就吃完了。”

哎？什么意思？今天的面下得很少吗？难道她只有两块肉一个鸡蛋吗？

郝母这话说得让郝小枝下意识就往对面的尤金脸上盯，不过人家正忙着吃面没空抬头，此时郝父还特别贴心地给尤金夹小菜。

哼！郝小枝望着那闪着油光的筷尖，命令自己要抬起自己高贵的头颅，这有什么好羡慕的！反正她等会儿就能一样不落……或只是少那么一点地拥有！

她雄赳赳气昂昂地走进厨房，一眼就看到了摆在了电饭煲边的牛奶和……一片吐司半个水煮蛋以及一小碗蔬菜沙拉？嗯？这是个什么操作？喂小鸟吗？雪饼吃得都比这多呢！

“妈——”郝小枝丧着一张脸从厨房里挪了出来，“不给我肉丝面吃就算了，可好歹也得是豆浆油条包子馒头烧卖之类的吧，您放厨房那些……”

“哎，别找我装可怜。你不是答应人小金要减肥吗？这早餐呀，就是我按照小金说的来准备的。”郝母耸肩，整张脸都写着无辜和正直，“对了，碗里有你不爱吃的西芹，克服下。”

“妈！”

您到底是我妈还是尤金的妈啊！郝小枝在心里愤愤不平，左一口小金右一口小金，现在还为了这个小金，逼迫您唯一的亲生女儿吃她最讨厌的西芹！这世界上还有没有爱和温暖了？

“郝小枝，别闹了。”

尤金的手指细长又匀称，随意抓个盛满豆浆的玻璃杯都像在展览一件艺术品，但这还不够，等那些乳黄色的液体接连涌到尤金的唇线间时，郝小枝才发现，为什么她总觉得尤金比身边那些帅哥美女看起来更胜一筹，因为他居然能把五谷杂粮都喝出一股子花瓣浸在露水里的味道，简而言之，就是尤金他啊，压根儿不沾人间烟火气。也正是这种独特的气质让他看起来优越、高雅，以及从头到脚的与众不同。但就算这样，也挡不住他接下来令郝小枝心碎的话语。

他慢悠悠地抬起眼睑道：“我们昨天说好了的。”

“可是，”郝小枝皱着眉，打算垂死挣扎一下，她不是不想减肥，恰恰就是因为先前有过太多次无用功了，所以才导致著名的学霸都对这件事有了些隐隐的恐惧，“你来真的啊？”

“对你，我什么时候来过假的？”尤金放下玻璃杯，嘴边上还挂着一丁点儿奶皮。

不知道是因为这句话太有冲击力，还是尤金的脸摆在朝阳下太过闪亮，郝小枝一下子就觉得整间房子都天旋地转了起来，她慌忙转过身，几乎是左脚踩着右脚给摔进了厨房里。

见状，郝母十分兴奋地在餐桌底下拧了一把郝父的大腿——啊，年轻人可太有意思了吧！

“哦，对了，”这边郝小枝还在苦巴巴地嚼着西芹，尤金就决定救人救活杀人杀死地将所有情况来个一次性告知，“冰箱上有两张一模一样的便利贴，写的是你每天的食谱和应该达到的运动量，你等会儿拿一张回去贴在你自己房间里。”

哎？郝小枝一听这话就愣住了，这尤金，这么专业的吗？他是英雄世界的减肥导师吗？

“早餐是脱脂奶全麦吐司半个鸡蛋蔬菜沙拉，午餐是拳头大小的米饭五分之四的青菜和五分之一的肉类，晚餐是原味酸奶和水果，忌饮料油炸辛辣，多喝水，晚上七点开始跑步……”

等等，这什么玩意儿？一直乖乖念着便利贴的郝小枝蓦然瞪大了双眼，还要跑步？

“你不能这样独裁！”郝小枝鼓着脸颊，严肃地推了一把自己的眼镜，“这、这一整天的食谱下来只有我一顿的量也就算了，可是我提出取消跑步的建议！我真的讨厌……”

“反对无效。晚跑时间增加半个小时。”尤金一边继续着这份独裁，一边又将郝小枝手里捏着的最后一小块吐司撕了一半丢进自己嘴中，“啧，”他短促地皱了皱眉，“有点难吃。”

午饭过后，郝家一切照常——郝母甩手出门打麻将，郝父接过挂在一旁的围裙去洗碗，而本该去厨房打下手，或者陪着雪饼玩耍的郝小枝，此时却万念俱灰地躺在自个儿的小床上。

饿，很饿，超级饿。郝小枝满心痛苦地翻了翻身，接着又顺便掐了一把自己腰上的肥肉。唉，当人也太难了，特别是还要当个苗条的人，郝小枝抱着枕头胡思乱想，要是能像尤金一样是堆游戏数据该有多好呢，只要设计师把数值确定好了，那么吃多少东西都不会长胖……

“尤金，尤金——”郝小枝有气无力地从卧室一路飘到客厅里乱喊，“尤金你在哪里啊，你把设计师的电话给我好不好，我现在饿得能吃下一头牛……”

“别喊啦。”听到响动的郝父慢悠悠地冲热水里倒着洗洁精，“小金带着雪饼出门玩了，不过他说很快就能回来。”

“哎？他带着雪饼出去了？怎么都不跟我说一声啊……”

郝小枝瘪瘪嘴，心里嘟囔着，一开始还担心尤金不适应她小公寓之外的现实世界呢，结果这家伙简直适应得不要太好哦，哼，什么叫作如鱼得水，什么叫作反客为主，什么叫作——等等！一个危险的念头就这么在她脑子里炸开了花——郝母出门打牌，尤金带着雪饼出门玩耍，那这屋子里岂不是就剩郝父和她两个人！此时不跳出来称大王更待何时！

“爸！”郝小枝立刻甩开内心的小阴霾，一个箭步冲向了碗柜旁，“您是最爱我的，是不是？您最疼您的宝贝女儿，是不是？”

“你呀，”郝父边笑边淡定地拧着抹布准备擦擦抽油烟机，“又想做什么？”

“嘿嘿嘿嘿……”郝小枝双手相握抵在自个儿的下巴处，酒瓶底一般厚的镜片也挡不住她此刻饥饿与期待相交织的眼神，“爸，您看看家里现在还有什么能吃的，拿点给我吧……要不您开个火给我烙一张面饼也行，真的，我什么都不挑，我太饿了爸爸……”她一边说，还一边可怜巴巴地扯着郝父的围裙边。没办法，当惯了好学生的郝小枝做不来主动破坏既定规矩这种事儿，就好比她知道其实冰箱里还有能吃的东西，但她自己不能拿，必须是郝父给她拿的，她才能过了自己心里那道坎。

“你不是在减肥吗？你怎么还……”

“爸！”郝小枝十分委屈地皱着一张包子脸，“您和我妈之前都不让我减肥的！我那时不吃饭您急得都想把吃的塞进我嘴里，您变了！也开始嫌弃我不是个瘦瘦的女孩子了！”

“说什么胡话呢。”郝父先是把自己手上的水在围裙上擦干净了，才用手拍了拍郝小枝的后脑勺，“我和你妈嫌弃你什么呀，自己身上掉下来的肉怎么瞧都是好的。之前不让你减肥那是因为你还在长身体，要吸收营养，不然读书压力那么大怎么受得住？”

“那我……那我现在读书压力也不小啊，”郝小枝据理力争，“昨晚还做 PPT 到两点呢！”

“你这是随了我，喜欢当个老好人。”郝父笑着叹了一口气，眼尾的细纹里尽是温厚的疼惜，“小金跟我们说，你俩约好了他监督你减肥，于是我和你妈就寻思着，你也二十几了，要真有这个想法我们也支持。小金呢，还特意提前给我们报备了你每天吃点啥又该做点啥，我和你妈一看，觉得不错啊，三餐既没落下，运动运动也健康。一开始，肯定会因为不习惯而觉得辛苦，但你其实又很听小金的话，他也严格，把你交到他手上我和你妈都很放心……”

“哎哎哎，好啦，爸，您快别说了……”本来呢，郝小枝还觉得有一丝丝的感动，但越听到后面越觉得不对劲，“减个肥而已嘛，怎么就把我交到尤金手上去了？还说什么我很听他的话，压根没有的事好不好，他是我学弟我怎么可能怕他，其实我就是——”

话才说到一半，雪饼脖子间的铃铛声就丁零丁零地从玄关处一路响到了客厅里，郝小枝闻声一惊，赶紧闭嘴，并且特别乖巧地从厨房里探出了半个头冲正在换鞋的尤金挥手笑道：“欢迎回来！这么热的天带雪饼出去玩，真是辛苦你了！”

“不辛苦。”尤金没走两步就歇在了沙发上，他掀眸，盯了一眼正努力笑出几分真诚和无辜的郝小枝，凉着语气道，“雪饼可比你乖多了。”

“不可能！”郝小枝一挑眉，浮夸地在半空中挥了挥手，“雪饼比我调皮！”说着，她就发现雪饼又摇着尾巴准备来咬她的拖鞋和裤腿玩了，“喏，你看！”

有了证明的实例，郝小枝就更有底气地将下巴一抬：“事实胜于雄辩，我就不会咬你的拖鞋和裤腿！”

“可是你会背着我场外求助啊。”尤金伸手拍了拍身边的沙发空位，雪饼就通人性似的嗖一声从郝小枝脚边飞到了尤金腿旁，“不过叔叔阿姨都是站在我这一边的。”

哼，了不起咯！接连被尤金戳破俩事实的郝小枝十分不爽，当然了，是那种暗暗的不爽。

“鞋柜上的东西都是你的。”

哎？顺着尤金的话，郝小枝才发现平常只放着几把伞的鞋柜上这会儿突然多出了两个大袋子。她张张嘴，本来想问一句里头装了什么，但一看尤金正低着头玩雪饼，就还是自个儿老老实实地走了过去。

“运动装和运动鞋啊？”郝小枝大概翻了翻，有点搞不清状况，“这是……”

尤金侧过头，觉得郝小枝乱糟糟的头发看起来实在是很呆：“晚上跑步用的。”

“哦，”郝小枝小鸡啄米似的点点头，愣了一会儿才接上一句不怎么打紧的问题，“你大中午顶着太阳出去……就是为了给我买这个啊？”

“咳——”尤金被郝小枝这刁钻的问题给问出了莫名的别扭之感，甚至开口前都得用清嗓子这种方式，来抬一下自个儿的气势，“我是带雪饼去洗澡。你这些东西，顺手拿的。”

“哦，这样哦……”

郝小枝信了，但不代表尤金手底下的雪饼信了。如果可以，它几乎想立刻一蹦三尺高地告诉郝小枝，这个人明明一出门就把它扔在宠物店，洗完了好久才来接它的！哼！狡猾的人类！

“那你——”郝小枝思索了两秒，成功地将注意点放在了一个不那么重要的位置上，“你的钱从哪里来的啊？雪饼洗澡有充值的会员卡，可是你买这些……”

“阿姨给的。”

哎？相对于尤金的云淡风轻，郝小枝则严肃地将眉头一皱，背着给钱这算个什么发展？郝母已经喜欢这位小金喜欢到这种地步了吗？嫉妒使人扭曲，这个肥，怕是减不下去了哦！

“今天早上陪阿姨出门买菜的时候给我的。”见郝小枝愣头愣脑地杵在鞋柜旁一脸怀疑人生的样子，尤金又接着开口解释，“说昨天打牌赢钱了要给我分红，我说不要，但阿姨坚持给，所以我就拿这些钱给你买了衣服和鞋子。”

“哦，这样哦——”郝小枝张着嘴摇头晃脑地表示了解了，但很快又抛出了一个令尤金很想念他腰间双枪的问题，“可是你为什么起这么早啊？我记得昨晚我差不多三点到客厅里倒水喝的时候，你房间的灯也还是亮着的，你在干吗啊？”

尤金下意识地瞟了一眼贴在冰箱上的便利贴，没有打算回答这个愚蠢的问题。

“啊，你该不会是……”见尤金的脸上写满了“我不想回答”，郝小枝便小心翼翼地咽了口口水，然后赤裸又直白地试探道，“想家了吧？”

呵呵。这人的脑回路还真是一天比一天奇怪。尤金面无表情地从沙发上起身，然后秋风扫落叶般给郝小枝送去了足够抹杀一切好奇心的五个字——“关你什么事。”

第十五章

别不开心啦，我请你吃铁板鱿鱼啊

晚上七点，穿着新行头的郝小枝准时地在即将落尽的晚霞天色中卖力奔跑。

说实话，虽然才出门几分钟，但郝小枝已经觉得自己的体力快要透支，再加之新衣服洗干后暴晒了一个下午，到此时都残留着夏日的烈阳味道，她就更觉得自己像一头在沙漠中费力求生的可怜小猪，而且这头小猪身边还跟着一头虎视眈眈你跑得慢我就把你吃掉的大灰狼。郝小枝尽情地勾勒着脑子里的画面，一时间没刹住车，就直接喘着气咯咯地笑了出来。果不其然，沙漠小猪郝小枝再一次成功地收获到了一枚来自大灰狼尤金的看智障专属眼神。

“哎，尤……尤金，我——”

“闭嘴。”尤金的刘海被迎面而来的晚风吹得让人很想帮他拨一拨，他半眯着眼，跑在靠近马路边的那一侧，面色和语速都十分淡定寻常，仿佛只是在散步，“留点力气跑步。”

“我……我就是为了让我……让我忘记在跑步，所以才要跟你聊天的啊！”

“神经病。”

于是，沙漠小猪再再一次收到大灰狼看智障的专属眼神。

“哎，你真的不想家……就是不想你那个英雄世界啊？”

话说回来，其实郝小枝对于下午那场对话还在耿耿于怀，虽说她跟尤金也不算特别熟，但认识了这么久，起码的了解还是有的吧。在她看来，尤金是典型的刀子嘴豆腐心，而且还是那种表面上越是高傲矜贵，内心就越是脆弱可怜的特殊个例，所以她无比笃定尤金那句别别扭扭的“关你什么事”翻译过来就是百分百真挚的“对，我就是想家想疯了”。

“你要真想家的话，我在我家里的老式电脑上给你下个游戏……”

“不是每台电脑都可以，”尤金顿了顿，“链接点只能有一个，我定在你公寓的电脑上。”

“啊，这样啊……”郝小枝若有所思地推了推眼镜，随即又冲着尤金棱角分明的侧脸笑得傻兮兮，“你看！你还是很想家的吧！跟我你还装什么酷嘛！”

“郝小枝。”尤金深吸一口气，生生地压住了想提着郝小枝的衣领，将她扔进护城河里头的冲动，“你再说一句话，晚跑时间就加十分钟。”

“你——”郝小枝恨恨地咬了咬自己的下嘴唇，哼，不说就不说！识时务者为沙漠小猪！

于是俩人就这样沉默地跑了近乎十分钟。

郝小枝平时运动量少，随便跑跑整个背都已经汗湿，嗓子也难受得厉害。就在她思索着，怎么比画一下动作才能让尤金明白她想喝他手里的水时，尤金就跟个先知似的递了水过来。

“哎，不、不是……你怎么都不出汗的啊？”

喝了两口水之后，郝小枝警戒的精神状态就放松了下来，她一边羡慕地看着仍旧清爽潇洒的尤金，一边非常不优雅地直接用手背抹自己脸上的汗。

“为什么啊？就因为你长得帅啊？还是说因为你是游戏——”盯着尤金那双时刻发光的星空眸念叨到一半时，郝小枝才突然灵光乍现一般想到一句话等于十分钟这件事。完了，她惊得打了一个嗝，这夜跑算是玩完了。

就在郝小枝一边亡羊补牢地捂着嘴，一边在心里飞快且绝望地计算着这夜跑又得加上多少个十分钟时，刚刚才递过水瓶的手，现在又拿着两张纸巾伸到了她面前。

“嘿嘿嘿……你随身带纸的啊，真是个好人，”郝小枝瑟瑟发抖地挤出了一点带着谄媚意味的笑容，并打算用眼下这番不怎么走心的赞美换取到尤金的网开一面，“嗯，好人！”

“霍兰德格说得没错，贪恋是软弱，是万恶之源。”

“嗯？”郝小枝正擦着汗，不知道怎么着尤金就蹦出了这么一句话，不过霍兰德格她知道，那是一个辅助类英雄，面貌凶狠身材瘦小，在背景故事里是一个已经金盆洗手多回但仍旧恶习难改的江洋大盗，“你怎么突然说到他啊？你们关系很好吗？”

“所以我不想家，”尤金认真望着郝小枝，但并没有回答她的问题，“或者说，我不想任何东西。想就是挂念，而挂念和贪念只有一线之隔。我不能软弱，我得是战无不胜的强者。”

尤金说这些话的时候，天色已经完全黑了下来，一整排的路灯像是生日蛋糕上的蜡烛挨个闪耀着橙黄色的光，夜风缱绻地从耳后经过，不远的田野里还藏着阵阵微弱的蛙鸣，眼前这一切，就是郝小枝心里最最温馨的夏夜场景——它柔软，美好，令人感动，只是她不懂尤金为什么突然要说这些高深之余还带着些悲壮色彩的话，她也不知道该接上什么，所以她只好同样认真地凝望着对面的尤金，然后轻轻地，将半干半湿的纸巾攥进了手心。

“傻子。”

面对面盯了半分钟之久，尤金终是先憋不住了，扔了俩字就开始转身往前走。

“哎哎哎，你别走啊你！”郝小枝迈着两条腿滴溜溜地往前追，见尤金嘴边带了点笑意，于是自个儿的胆子也不知不觉地肥了一点，“你要当强者的话，就把你手里这袋巧克力牛奶给我喝两口行不行啊？你自己说的啊，不能想，想就是软弱，所以你就别再想这袋……”

“郝小枝——”尤金一个原地立定，毫无防备的郝小枝瞬间就给撞了上去，不偏不倚，正好撞在了两块肩胛骨中间，“你别以为我不知道你下午偷偷摸摸地拿着雪饼的饼干在研究，连狗的零食你都在觊觎——”

“狗的零食怎么啦！你瞧不起狗啊？”

郝小枝撞得一点都不痛，倒是柔软的棉质T恤，温热的体感，以及青苹果味道的洗衣液让她有些飘飘然，于是乎人一飘，脱口而出的话也非常大胆霸气。

“还不都是你！害我压根儿不敢靠近冰箱和厨房半步，只能去雪饼的小窝那儿望梅止渴……哎，可是你怎么知道我去了雪饼那里？难道你一直默默地——”

“是你自己在空窝面前一蹲就是四十分钟，”尤金有点儿无语，“不注意到你都很难。”

“可是雪饼的饼干看起来真的很好吃，”郝小枝咂咂嘴，决定大方地分享一下自个儿蹲了四十分钟蹲到腿麻的学习成果，“它那个饼干里面有鲜牛肉蛋黄粉五谷还有胶原蛋白大豆蛋白……是吧？不错吧？一听就觉得好吃吧？”

大概是郝小枝描述得太过诚恳，尤金竟一不留神就跟着点了个头，末了还问：“真的吗？”

狗饼干是不是真的好吃不知道，总之尤金在接下来的一秒内得到的，是郝小枝从未如此大声的一连串狂笑，于是乎，大灰狼向沙漠小猪投去了今晚的第三次看智障专属眼神。可是投完这个眼神后，尤金觉得有些微妙——你被一个智障笑，所以说，你自己是不是更智障?

这答案明显使游戏世界第一帅感到窒息，所以他二话不说，又重新跑进了夜色中。

“喂，尤金！你别跑呀，你等等我！狗饼干而已嘛！下次我们一起啊——”

一声拉长变调版的惨叫，令冷着脸的尤金不得不回头，结果跟他猜得八九不离十，郝小枝这次实实在在地扑了街，并且是四肢着地，扑在了这平坦无人的道路上的唯一一个坏了的路灯下头——怎么能有人一离开视线监管就摔得这么惨的?接着笑呀，这傻子，真是自个儿活该。

“摔了?”尤金双手抱胸站在原地,好像压根儿没有往回走的打算。

“嗯。”郝小枝委屈地小声哼哼，趴在地上好像也没有爬起来的打算，“眼镜摔没了……”

于是双方就这么僵硬且微妙地对峙了两三秒后，还是尤金认输似的率先迈开了步子。

郝小枝继续可怜巴巴地趴在地上，没了眼镜后她什么也看不清。但听着尤金的脚步声越来越近，她也十分配合地将头昂了起来。这模糊的世界一点也不友好，她费力眯着眼也只能大概辨认出月光是冷色调的，路灯是暖色调的，还有尤金，是一团移动着的浅粉色，然后这三种颜色像是咖啡搅牛奶一般融洽又奇妙地混在了一块，是温热又香甜的，朝她伸出了手。

“摔哪儿了？”

尤金皱着眉，想了好几秒也没想好，从哪儿下手把郝小枝拎起来才是对的，一是怕碰到了伤口，二是毕竟男女有别，冒犯了也不好，所以干脆只伸了一只手出去：“自己能站起来吧？”

“我、我当然能……”郝小枝望着那只不算太陌生的手，心里头有种莫名的怯懦感，甚至怯到了想问问自己，这只手，真的可以握上去吗？不过尤金好像没有打算给她太多的犹豫时间，他蹲下来，直接攥住了她还撑在地上的右手，从而将她整个人都带了起来。

说实话，尤金的力气真的比郝小枝想象中大多了，不过她也能明显感觉到，一直到他搀着自己坐稳在路边石椅上时，他都将这种力气，用得很小心。

“那个，我的眼镜呢？”郝小枝垂着头，哪怕压根儿看不清正蹲着给她检查伤势的尤金的脸，她也有点不敢看。

真是的，这别扭又矫情的感受令她有点窒息了，不就是摔了一跤吗，难道这么一下就把自个儿好不容易肥起来的胆子全给摔没了吗？一直瞎紧张什么呢？

“坏了。”尤金将摔得满是裂纹的黑框眼镜递了过去，“我不知道还能不能戴。”

“不能戴也得戴啊，我没有眼镜就跟瞎子差不多……”郝小枝心疼又懊恼地将眼镜放在自己眼皮子底下仔细检查着，那距离近得都让尤金觉得这跟直接拿着眼镜戳眼睛没有什么区别了，“啊，怎么办？”她看起来是真的挺难过的，“都摔成这样了，眼镜店应该……”

“郝小枝，要不你先管管你自己摔成了什么样？”

尤金皱着眉，承认这语气带了点恨铁不成钢，可是这傻子都已经把自己俩膝盖摔出血了，怎么就不为自己先喊一声痛呢？眼镜什么的，难道会比自己的皮肉更金贵？

“眼镜坏了明天再说吧，今晚就暂时别管了。”

“不行！”作为近视六百度患者的郝小枝，表示一刻也不能和眼镜分离，她不仅义正词严地拒绝了尤金这种散漫轻飘的态度，并且还特别认真严肃地凑近了去盯尤金扬起来的脸，“眼镜就是我一半的生命，你为什么要我不管它！”

“因为——”尤金被郝小枝盯得一愣，这好像还是他第一次看见没戴眼镜的郝小枝，他没想到，郝小枝竟然有一双这么好看的眼睛，黑白分明，清澈透亮，既像英雄世界里那条永不干涸的河流，又像森林里那只偶尔受惊的小鹿，“因为你不戴眼镜还挺——不，不是，”被盯得久了尤金也有点晕乎了，但好歹在说出一些奇怪的话之前及时悬崖勒马了，他揉了揉仰得发酸的脖子，刻意不咸不淡地说，“我是说，你不戴眼镜的话，看起来头比较小。”

“头大的人才聪明好不好！里面都是智慧，哎呀，你不懂的啦！”

郝小枝气鼓鼓地抿了抿嘴，她的头虽然比一般人是要大上那么一点点，但也在正常范围内好不好，这尤金，她都已经摔得满身是伤了，他还不忘方方面面打击她，一点都不可爱！

“是，我不懂。”尤金挑了挑眉，也懒得跟郝小枝计较，接着他也没急着站起来，只是将自己整个转了个方向，用背部直直地对着郝小枝的正面，“上来吧，现在回去了。”

“你……”郝小枝一惊，下意识地往石椅内缩了一下，“你要背我啊？”

“不然？”

这简洁明了的两个字，以及你是智障吗的反问语气，都是极具尤金风格的表现，他甚至不用转头，郝小枝就能猜到他肯定是一脸不耐烦和嫌弃的表情。

“不……不用了，我自己能走。”顾忌着自个儿体重的郝小枝，有点不好意思地拒绝了到现在为止还蹲在她脚边的尤金，毕竟他看起来那么纤瘦，肩胛骨又那么突出，万一稍不留神，被自己给压伤了那多尴尬，而且像尤金这种性格肯定还会强撑着不开口，算啦算啦，尽管膝盖真的很痛，而且这又是从来没有享受过的好待遇，但她还是觉得尤金的命比较重要，“只是稍微摔了一下，这个伤也不是特别重，我走慢一点的话也行。”

“上来，我背得动你。”尤金嘴角动了动，本想说更多，但还是一切从简了，“真的。”

“我不要。”郝小枝也坚持着自己的决定，“我自己能走。”

“郝小枝你——”

尤金腾地站了起来，不怎么好看的脸色在见到郝小枝已经将坏眼镜戴好的那一刻又瞬间缓和了，怎么说呢，这耍倔耍得也太可怜了。

“算了。”他瞥了一眼郝小枝还在慢慢往外冒血的伤口叹了口气，“你就搭着我走，走慢点，然后去你家院子边上那个小诊所消毒。”

“哎，你还知道伤口要先消毒啊？”郝小枝看得出，虽说尤金在背人这件事上退了步，但他心里肯定还是有那么点不情愿的，所以她才一边倒吸着因为疼痛产生的凉气，一边还笑嘻嘻地跟尤金没话找话聊，“感觉很神奇。”

“这有什么神奇的。”尤金撇撇嘴，恨不得将整条胳膊都塞给郝小枝让她好好扶着走稳路，“在游戏里快死的时候就喝几瓶装备栏里的生命药水和法力药剂，所以，同理可证。”

“是哦。哎，好久没打游戏了。也不知道我的小分队们想不想我。”

“我看就你这技术，戒了才是为他们好。”

“才没有！我有进步的好吗！不然你以为每次我就只给你喊加油？我都有在偷偷学的。”

“哪里是每次？明明上次在网吧就提前溜了。”

“哎，你这人……我不是解释过了吗，怎么又翻旧账啊，长得这么帅心眼却这么小！”

“呵呵。我的心眼肯定不比你的头大。”

“尤金，你——”

“闭嘴，吵死了。”

月明星稀，晚风徐徐，俩人就这么吵吵闹闹、慢慢吞吞地往家的方向挪，虽说也没聊什么具体的开心事，膝盖和手腕也依旧在隐隐作痛，但郝小枝脸上的笑容一直没断过——直到在大院门口看到了许沉言，以及他身边站着的，罗伊斯。

“小枝。”许沉言先是和往常一般笑着打了声招呼，但很快他就发现了郝小枝的不对劲，瘀青的手臂、蹭破的膝盖，还有碎裂的镜片，“小枝你——”他往前走了一两步，打算问清楚一些，却不想被身旁的罗伊斯给暗暗扯住了。

“郝学姐，我们好久不见咯。”罗伊斯一边攥着许沉言的衣角不松手，一边自顾自地笑成一朵妍丽的鲜花，不过这花还是老样子，太多的不屑和挑衅藏也藏不住，“不过这是怎么了呀？好像受伤了？”她笑意不减地打量着郝小枝这一身运动装扮，心下便已了然，“郝学姐，我能理解你减肥心切嘛，可是跑步也还得注意方法啊，怎么摔成了这样子？”

“哦，我没事没事，就稍微摔了一下。”郝小枝站在原地尴尬地笑着摆手，努力地装作没有看见刚刚许沉言和罗伊斯那番不声不响的小动作，“不过你怎么突然到我们这里来啦？”

“伊斯是今天下午到的，过几天在市中心艺术馆有一场舞蹈演出。”许沉言将话接了过来，同时也终于畅通无阻地走到了郝小枝面前，“倒是你，大晚上的去哪儿跑的步？痛不痛——”他边说边下意识地想用手去碰碰郝小枝有点发肿的手肘，但此时杵在郝小枝身边的尤金也不是吃素的，眼疾手快“啪”的一声就把许沉言伸到一半的手彻底打落在半空中，末了还要无谓地耸耸肩，并且不冷不热地添上一句“有话好好说，不要动手动脚”。

“咦，这位应该就是沉言哥哥跟我说的郝学姐在本科学院的学弟吧？很帅呢。”

罗伊斯甜腻娇柔的声音激不起尤金任何好感，眼见罗伊斯踩着尖细的高跟朝这边走了过来，尤金还有意无意地往郝小枝前面挡了一挡。

虽说他刚刚也像个保镖似的拍掉了许沉言的手，但他其实清楚，许沉言没有别的意思，他打落许沉言的手，只是不爽许沉言而已。但这个罗伊斯不同，他能明显地感觉到她对郝小枝有一种别样的敌意。不能让任何伤害靠近郝小枝，这就是尤金脑子里唯一一个想法。

“刚刚沉言哥哥也说了，我过几天有一场演出，如果郝学姐有空就带着这位学弟来看看吧？”罗伊斯笑着站定在许沉言手边，又装模作样地在自个儿的皮包里翻了一阵后才接着开口，“可是对不起哦，郝学姐，”罗伊斯楚楚可怜地眨了眨大眼睛，“我都忘记你和沉言哥哥是老乡了，所以包包里的邀请函只准备了他一个人的。唉，要不是沉言哥哥说要带我来这里看他以前的住址和相册的话，我也就碰不到学姐啦，所以说，这不是我的错嘛，对不对？”

对对对，对个锤子对。

许沉言和罗伊斯都走了十多分钟，罗伊斯最后几句话却还在尤金的脑子里飘个不停。

哎，别误会，这不是什么余音缭绕，这是所谓的魔音穿脑。尤金自个儿也稍微理了理，他在现实世界待的时间也不短了，见过的人也不算少，唯独刚刚那罗伊斯，让他觉得最不待见。

“干吗啊你，”郝小枝强撑出来的笑意还有最后一点没褪干净，她一瘸一拐地走向边上的长凳子，途中还不忘用那只完好的手撞了撞看似在发呆的尤金，“我都缓过来了你还不行呢？还是说终于在我们这儿见到了一个大美女有点不习惯啊？”

“什么大美女，”尤金挑了挑眉，“你说那个螺丝？”

“罗伊斯，伊人如斯的伊斯——人如其名，是舞蹈学院的院花，”郝小枝好声好气地给尤金介绍着罗伊斯，末了才认真又沮丧地盯着光秃秃的地面，“就是她。我之前说许沉言身边很优秀的女孩子就是她，你现在也看到了——”

“看到了啊，”尤金再一次蹲在了郝小枝脚边，胳膊肘抵着膝盖骨，单手撑着脸，跟田野里的向日葵追随太阳似的看着郝小枝，“也就两只眼睛一张嘴，没什么特别的。”

“什么啊，”郝小枝无力地笑了笑，“人家的腰都只有我大腿那么粗。”

“你现在不是正减着肥嘛。”

“许沉言一直带着她玩游戏，一直保护她。”

“喂，我可比许沉言厉害多了好不好。”

“他还带她去看他以前的房子和相册。”

“你俩不一块长大一块念书的吗，那些东西，你不早就知道了？”

“可是，还是不一样啊。”郝小枝用力地抿了抿嘴，“我只是恰好在他身边参与了这些事情，而罗伊斯……是许沉言特意带着她回顾了一遍，所以他一定是喜欢她的吧？”

尤金没说话，只是继续撑着脸看郝小枝。这道题就有点复杂了，而且复杂的同时还不怎么讲逻辑和道理。人类的喜欢是什么样的呢？作为一堆游戏数据，尤金答不上来。

“怎么办啊尤金，我好没用。”

郝小枝摘了眼镜，用双手紧紧地捂住了自己的脸，虽说没有带着号啕的哭腔，但那些隐隐约约从指缝里传出来的声音，也已经是语无伦次的可怜兮兮。

“这怎么才刚开始，我就觉得辛苦和难受了……就好像要买一个一百块的洋娃娃，我一毛钱都没有，而罗伊斯哗啦啦就从储蓄罐里倒出了九十九个硬币……我这比喻打得不好，可就是……执着地喜欢一个人，真的太难了吧。其实以前也是这种情况，我一直知道他对罗伊斯和对我不一样，只不过那时候的我根本不敢想着说要去追许沉言，好像是认识你之后，我的胆子才变得大了些，没有那么自卑了，之前我觉得这是好事，可现在看来，只是被现实的巴掌打得更清醒而已……”

“郝小枝，你为什么那么喜欢给雪饼选草莓味的沐浴露呢？”尤金的语调又轻又柔，就像是在哄一个小孩儿入睡，“我带雪饼去洗澡，老板说你只挑草莓味的，我就故意换了个黄桃味的，然后你今天照样抱着雪饼玩得很嗨。所以，其实你也不是非草莓味不可吧。”

“走吧，别想了。”尤金率先起身伸了一个长长的懒腰，惯用的右手在半空中僵持了好一会儿，最终还是轻轻地落在了郝小枝的头顶，“今天破个例，正好阿姨给我的分红还剩下最后一点点，”细长的手指穿插在温热柔软的发间，尤金突然就垂下眼睑笑得有些温柔，“别不开心啦，我请你吃铁板鱿鱼。”

第十六章

眼神是不会骗人的

罗伊斯的舞蹈演出定在了小长假的最后一天下午两点。

尽管尤金已经明确表示他既对跳舞没兴趣，也对罗伊斯没兴趣，所以更不用说是罗伊斯在台上跳舞了，但郝小枝还是认为怎么着都该去捧个场，甚至还非常积极地订了个小蛋糕。

“哎，你就陪她去吧。”郝父一边将洗好的两个苹果往尤金手里塞，一边看着正在鞋柜旁打电话确认蛋糕口味的郝小枝轻轻摇了摇头，“她啊，就是随了我，当惯了烂好人。”

“哎，你也知道在好人前面加个烂字呀，”郝母冷不丁地从背后插了两句话进来，“不然是不是还很得意？不知道怎么随了你，女孩子这种性格太吃亏了，像我多好，硬气一点……”

“不是，瞧你这话说得，”大概是当着尤金，郝父憨憨的笑容里带了一点不好意思，“这女孩子就要温柔似水不是，你看你，再硬气还不是被我这种烂好人给娶到了。”

“哟，你这什么意思啊郝老师？”郝母这会儿干脆连地也不扫了，双手直接叉上了腰，“整天就知道读书、泡茶、逗鸟，我看把你塞到一百年前去你都能照样当个美滋滋的烂好人……”

“爸妈你们又在说什么呢？我和尤金现在要去看演出了哦。”

挂了电话的郝小枝往玄关的方向探了小半个头，也不等郝父郝母说些什么，就笑眯眯地示意尤金赶紧换好鞋子出门。

“我跟你说，我上次去艺术中心看演出还是我妈单位组织的——看书法家写字，是不是很高端？”郝小枝现在的心情就跟一个即将出游的小学生没什么差别，是轻飘飘的，不知道在高兴什么的高兴，简而言之，就是尤金所谓的，这个智障一看就很嗨。

“叔叔阿姨我们走了，我会注意不再让她磕着碰着了。”

礼貌地和郝父郝母道过别之后，尤金就被郝小枝大大咧咧地拉着出门了。门没有关紧，郝父郝母带着笑意的拌嘴还能从那条小缝隙里听到一些。

楼道里的风穿梭得无比自在，尤金低头一看，郝小枝的手还紧紧地扣在他的手腕上，他笑笑，继续一声不吭地被郝小枝拉着走。

这些细碎的东西混合在一起，让尤金再一次觉得这现实世界是真的还蛮不错，他在电梯里将大一些的苹果递给郝小枝，然后看着她大咬一口笑着说甜。他也笑，哎，是挺甜的。

艺术中心离郝小枝的家比较近，哪怕算上郝小枝在路上一瘸一拐的时间，他俩到场还是算特别早的一批。观众席稀稀拉拉的，抱着花束的许沉言就特别显眼。

“来啦。”许沉言站起来打招呼，并用手示意了他身边两个座位，“给你们留的。”

尤金站在原地敷衍似的点了点头，然后让他身后的郝小枝越过他，坐在了许沉言的手边。既然都已经说了要帮郝小枝追许沉言，那么让他俩挨着坐这种事，应该是最正常不过的吧？

“你们这么有心，还买了蛋糕来？”

一提蛋糕，正放着空的尤金就稍微回了一点神，这蛋糕是来的路上坐车去取的，刚刚做好，最上层的芝士香得郝小枝挠心挠肺、潸然泪下，但就是一口都不能碰，所以就由他一路提着。

“郝小枝非要买的。”言下之意就是本帅跟这块芒果芝士没有半毛钱关系。

这蛋糕虽然轻巧无辜，长得也好像很好吃的样子，但一想到是要送给罗伊斯的，尤金就恨不得赶紧脱手，难道那天在院子门口罗伊斯明摆着的敌意和挑衅还不够多吗？可能全天下也就只有郝小枝这傻子不仅不计较还一片好心要祝人家演出成功吧。

尤金越想越不爽，手上的动作也已经快过大脑思考地将蛋糕直接横着递到了郝小枝面前：“你不是要祝罗伊斯演出成功吗，趁现在人少，赶紧去。”

“小枝的腿不是还不方便吗，我去吧。”在郝小枝还没有反应过来之前，许沉言就主动将这差事揽了下来，“现在观众席人少，但后台还是很挤的，我刚去过了，路比较熟。”

嗯？尤金看着许沉言伸过来的那只手，眉头一皱，发现事情并不简单。

这个姓许的小子怎么回事呢？是想借着送蛋糕的机会再去后台看一眼罗伊斯呢，还是想在郝小枝面前展现关心和体贴？不，不行，前者为了郝小枝不能忍，后者——总之更不能忍！

“算了，还是我去吧。”尤金眉一挑，又将蛋糕的主动权收回了自己手里，“后台也就那么大的地，我随便找找，总能找到罗伊斯的。”说着，他就站了起来，但在站起来的那一瞬间他又想到了一件更严重的事——他去送蛋糕了，那许沉言和郝小枝岂不是在这儿单独相处？这么一想好像也不是很能忍啊？靠，心态崩了。

唉，算了算了，再崩也没办法，既然已经站了起来，就没有道理再坐回去，出尔反尔什么的，娘们唧唧的。于是尤金咬了咬牙，一鼓作气地往后台走，连郝小枝在后面喊他，他都很爷们地没有回应。所以坐在位置上一脸茫然的郝小枝表示，刚才发生了什么？

许沉言说得没错，后台的确挺挤的，管得也比较严，说了好几次那保安才肯放行，不过罗伊斯还是很好找，推开舞蹈演员休息室的门，被一堆人围在中心位置奉承的，肯定就是她。

尤金的到来引起了休息室里一片小小的骚动，在大家都捂着嘴小声猜测，这么好看的小帅哥到底是新来的演员，还是哪位的探班家属时，尤金就已经一脸漠然地找到了贴着罗伊斯三个大字的凳子，然后轻轻地，把蛋糕放了上去——郝小枝在来的路上一直念叨着的，蛋糕就是甜食届的小公主，必须轻拿轻放，绝不能怠慢。

“什么嘛，送完就走，一句话也不和我说？”

罗伊斯的声音带着炫耀的味道盖过了所有情绪不一的窃窃私语，同样，也绊住了正准备离开的尤金的腿。

尤金面无表情地回过头，诚然道：“郝小枝送你的。”

“我知道。”罗伊斯妆容精致，稍稍噘个嘴都像是在面对最严苛的镜头，“沉言哥哥知道我要管理身材，哪怕就是喝个水都要计算卡路里，所以是不会送我这种东西的。”

尤金兴趣阑珊，并没有要和罗伊斯探讨她和她的沉言哥哥默契的打算，但是刚准备转身走人时，罗伊斯却莞尔一笑，嘲弄似的提到了郝小枝。

“她怎么不自己送过来给我？自卑呀？”罗伊斯随便找了一个凳子坐下，纤细的腰肢曼妙地弯着，葱管似的手指拨弄着舞鞋上的缎带，“要我说呢，郝小枝也够可怜的，执迷不悟地缠着沉言哥哥也就罢了，毕竟有眼睛的人都知道沉言哥哥是怎么着都不会喜欢她的，可是——”罗伊斯拉长语调，重新仰着正脸面向了不远处的尤金，“她怎么能那么好笑啊？自己糟糕成这样了还要买蛋糕给我，难道她以为我会和她一样吃这种一口胖三斤的东西？拜托，这一整块下去，跟慢性自杀有什么区别？”

休息室里为了方便给演员们补妆而临时架起了好几排的小灯泡，罗伊斯的脸浸在其中，被它们照耀得更显闪亮与艳丽。吊带舞裙也好，浓烈香氛也罢，哪怕周遭的一切都和郝小枝没有半点关系，但尤金就是在此刻，想起了甜品店里捧着蛋糕笑得软乎乎的郝小枝，她又惊又喜地赞叹着糕点师的手艺，满眼都是诚挚的开心、满足和自己不能吃的惋惜，最后还要一本正经地交代，蛋糕是公主，要轻拿轻放不能怠慢——是，是公主，所以要轻拿轻放，不能怠慢。

想到这里，尤金就再懒得管罗伊斯不满的脸色，直接折回去拿了蛋糕就走出了休息室。

“喂，尤鱼！尤鱼——”但是罗伊斯不甘心地追了出来。

尤金走得有些快，因为他压根儿就没打算停。罗伊斯在他心里算是已经定了型了——傲慢无礼、虚荣做作以及没头没脑得过分自信，但她好歹是个女孩子，怎么着都得给她稍微留点面子，所以他也只能笼统地给自己催眠，将她概括成“果然很不受待见”。

“你走那么快干什么，你等等我呀尤鱼！”

走那么快当然就是不想等你呗。尤金想着赶紧拐过前面最后一个弯就算是出了后台了，但谁晓得屋漏偏逢连夜雨，本就狭窄的走廊中突然冒出了几个抬着大道具的工作人员，他无奈，但也只得先让道，罗伊斯便趁这时候追了上来。

“你生气了？”罗伊斯走到尤金的正前方，冲他抬了抬眼睛。

“没有，”尤金什么账也不买，他只想尽快结束这场对话，“还有二十分钟演出就——”

“你就是为了郝小枝生气了，”罗伊斯像个恶作剧得逞的小孩子一样短促地笑了一下，“因为我说她不好，说她胖，还说她对许沉言痴心妄……”

“罗伊斯，”直到这一刻，尤金才认认真真地看了一眼面前的人，“你别太过分了。”

“过分？我怎么过分啦？”罗伊斯故意疑惑地瞪大了自己的双眼，“我哪一句不是实话了？难道就因为我说了实话，你就要替郝小枝打抱不平觉得我伤害了她？哦，我想起来了，上次也是这样呢。”罗伊斯笑着用手挡了一下自己的唇，“在大院子门口碰见的那回，你对沉言哥哥什么态度，对我又是什么脸色，我都还记得的，所以说——你真的那么喜欢——”

“哟，小罗怎么还站在这儿跟人聊天呢？不是快上台了吗？”路过的化妆师本来只是顺嘴那么一问，但在她看清尤金那张天价美颜脸之后她就有点走不动路了，“哎，小罗这是……没见过啊，你男朋友还是你的追求者？”

尤金对这两个离谱的身份轻轻地嗤了一声，然后有些不耐烦地别开了脸。

“罗伊斯，我现在要回观众席——”

“化妆老师您怕是看走眼咯，”罗伊斯突地将声音里造作的甜度又添了几分，“这位帅哥呀，眼光独特，喜欢的人可不是我，他呢，超级喜欢我一个学姐，叫郝小枝——”

无聊。也不管罗伊斯还想说什么，尤金已经冷着一张脸转身了。

“尤鱼，你不承认也得承认，你就是喜欢郝小枝，你就是自己糟蹋自己是帅哥还非要喜欢丑女！”罗伊斯从小就被男孩们捧在手心里甜言蜜语地哄，还从来没有被谁一而再再而三地摆过脸色，特别是现在还当着别人的面，她便更加沉不住气地跟在尤金身后气急败坏地吼，“郝小枝看许沉言什么眼神，你看郝小枝就是什么眼神——眼神是不会骗人的，你就是喜欢她！”

“走。”离演出开场还有五分钟时，尤金终于再度出现在郝小枝面前。

本来呢，郝小枝是不太能理解一个蛋糕而已，居然送了这么久，还打算等尤金一回来就给他套上“重色轻友”这四个大字的，结果怎么这一回来就嚷嚷着走?

“干什么啊？”郝小枝困惑地皱了皱脸，“这演出马上就要……”

“就是快要开始了，所以赶紧走。”

尤金也懒得解释那么多，罗伊斯最后那几句话，简直就跟龙卷风似的在他脑子转来转去，这下看到郝小枝本人，就转得更凶了。

“我说了，走，你要不走，我直接扛着你走。”说完，他口干舌燥地吹了吹自个儿的刘海，有些话是真的开不了口，比如他就是不愿意郝小枝坐在这下面给罗伊斯叫好鼓掌，这就是罗伊斯在欺负郝小枝。欺负郝小枝就等同于打他尤金的脸，他作为游戏世界第一帅，这么宝贵的脸可不是谁都能打的，所以得走，立刻马上现在就要走。

“尤鱼，发生什么了？”许沉言听着觉得事态好像有点严重，便也开了口，“要不……”

“郝小枝,”尤金灼灼地盯着郝小枝镜片后的双眼,“我说最后一遍，跟我——”

“尤金！”郝小枝嗷的一声也将尤金给盯牢了，“你偷吃我送给罗伊斯的芝士蛋糕！”

“瞎说。你哪只眼睛——”

“我两张眼睛都看到你鼻头沾了奶油！”

呃，尤金一愣，气势瞬间下降了半截。是，他是偷吃了，但为什么要偷吃，里头可是很有学问的！蛋糕是无辜的，它不应该为了罗伊斯的讨厌被丢进垃圾桶，但是也不能变成脂肪继续坑害郝小枝，更不应该顺水人情似的走到许沉言手上，所以，它最好的归宿，就是被他偷偷吃掉！尤金意犹未尽地咂咂嘴，嗯，是真的挺好吃的。

“尤金你居然——”

郝小枝愤怒的控诉才刚出口，就被尤金干脆利落地扛到了肩上——妈哎，大哥来真的？

“尤金你……你你……你干什么！你快放我下来！”这恰似偶像

剧的一幕在观众席内激荡出了一片不小的水花，有笑声，有惊呼，还有许沉言那转瞬即逝的低落眼神。尽管郝小枝现在很没有面子地被倒挂着，但最后的尊严还是咆哮着不肯屈服，“你快点把我放——”

“我说了，你走也得走，不走也得被我扛着走。”尤金在灯光渐渐暗下的大厅里隐秘地扬了扬嘴角，听说甜食令人开心，但这块芝士蛋糕的作用好像有那么点滞后性，“还有，我背得动你，也扛得起你，所以你下次再扭扭捏捏、磨磨叽叽的，我就——”

郝小枝呼吸一紧，瞬间觉得自己小命不保：“你就怎么样？”

“宰了你。”

“那……那你现在打算把我扛去哪儿？”

“菜市场，然后宰了你。”

“尤金，我劝你做人不要太过分——”

“喊，反正我又不是人。哎，不过你脸怎么那么红啊？害羞了？”

“我被倒挂着血往头顶涌，脸当然红啊！这是人体反映跟害羞……算了，你还是宰了我吧！”

第十七章

完了，回不去了

郝小枝觉得尤金变得很奇怪。

在家里吃最后一顿饭时，非要把睡得又香又沉的雪饼给搬到饭桌上来，为的就是隔开他俩的座位；紧接着就是在回学校的大巴车上，这次特别坚决地不和她坐一块，还说什么一个人孤傲地欣赏风景才是尊重大自然的正确态度，结果就真的独自抱着一大袋零食坐在了她和许沉言前面，整整一路，连个头都没有回；最后，就是现在这刚在小公寓里落下脚的时候了，行李箱一着地，就立刻找起了马靴和披风，说要赶紧回到英雄世界里头去。

“你这么着急干什么，不是不想家的吗？”郝小枝打开小冰箱，从里面拿了瓶椰汁递给尤金，“哎，你先喝点东西歇歇吧，我看你一路光吃东西没喝水。”

“我不渴，我也不是什么想家，我就是得回去一趟。”

尤金有些烦躁地拧开椰汁的瓶盖，咕咚咕咚灌了一大半。

椰汁很甜，冰度很够，但他急着回去的心还是一刻都不能耽误。为什么呢，还不是因为罗伊斯那堆无聊的屁话——他喜欢郝小枝？拜托，他只是一堆被设计师精确计算出来的游戏数据而已，有什么喜不喜欢的，更何况还是对一个玩尤金玩得这么菜的傻子玩家……可他也不能否认的是，虽然于情于理他都觉得自己压根儿不可能喜欢郝小枝，但整天看着郝小枝在他眼前晃来晃去也不是个事儿，还说什么看她的眼神不会骗人……啧，本游戏世界第一帅，天生一双多情桃花眼，看谁都风流多情行不行？

总之呢，狂躁晕乎了好几天的尤金受够了这种莫名的单向折磨和不断地自我拷问，所以他需要立刻回到寡淡无味的老家怀抱里静一静。

“哎，等等，”尤金头一歪，连带着抓在手里的椰汁盒也紧了紧，“你怎么知道我一路没喝水？郝小枝，你干吗一直看我？你都跟许沉言坐一块了就不能专心——”

“大哥，你坐在我前面好不好！”郝小枝蹲在地上开始清理起了行李箱，出发前不知道尤金犯什么病，非要把他的衣服另外装个袋，“当然一抬眼就看到你了啊。”

哦，这答案还真是一点都不意外，一点都不惊喜呢。

为了冲刷掉由这段没什么内涵与意义的对话所带来的小尴尬，尤金决定原地耍个帅，他晃了晃手里的空纸盒，然后左眼微微眯起，瞄住了五步开外的垃圾桶，好，一二三，开始本帅今天迷人的表演——靠，扔歪了是个什么意思？

随着哐当一声响，尤金和郝小枝眼睁睁地看着盒子被垃圾桶的边缘弹开不说，连垃圾桶本尊都不堪打击地朝后仰去。

“那个——”郝小枝推了推眼镜，声音里明显带着调笑的意味，“神枪手尤金？”

呵呵。尤金皮笑肉不笑地盯着这个由他亲手造成的小破局。

没意思，真的没意思，现实世界果然不能久待，看到那个倒霉的纸盒子没，看到那个脆弱的垃圾桶没，它们统统都是我被这个迷人又危险的世界无声无息扼杀掉的一部分啊！

尤金心里虽然在极具舞台剧效果的咆哮，但面上还是一如既往的冷静，冷静之余也没忘了要高贵地朝想笑又不敢笑的郝小枝下达酷酷的命令：“开电脑接水，我现在就要回去。”

“好好好，开开开，大哥您少安毋躁。”

郝小枝见尤金似乎是来真的，便暂时放下了折到一半的衣服然后转向了电脑桌：“本来呢，我是想说等明天下课了给你带一份海鲜饭回来尝尝味道，就是你之前说意面很好吃的那家，老板昨天告诉我出了海鲜系列的新品，不过你着急回去的话，就下次来了再吃吧。”

尤金含含糊糊地点了个头，没听太清刚刚的郝小枝到底讲了些什么。

郝小枝没有驼背的习惯，向来坐得很端正，尤金觉得视线方便，就一直盯着她的后脑勺看。她的头发好像长长了，细细软软的，一直垂到肩膀，被头顶的小夜灯镀上一层柔和的光，像极了她家院子里那些柔嫩有生机的绿植，这么一想，郝小枝跟她的名字还是挺搭的。哦，还有她家用的洗发水，不知道是什么牌子，但是香味馥郁又复古，有点浓，但是意外地好闻。

然而认认真真登录游戏的郝小枝压根儿就不知道背后的尤金正经历着如此曲折又丰富的心路历程，因为从她登进页面的第一秒起，她的信息栏就被之前那个失恋的哥们儿给塞满了。

——大神！大神你诈尸……啊呸！大神你终于上线了呜呜呜有人带我飞了。

——大神你最近干什么去了啊，我看了你战绩只打了两把自定义，但还是帅得飞起！

——大神假期过得开不开心？一定是乐不思蜀才没有打游戏的吧！

——大神大神你说句话呀！嘿嘿，我偷偷跟你说，我最近遇到了我想追的女孩子。

——唉，不过也不知道追不追得上，算了算了，网瘾少年不需要爱情。

——大神，我们开一把新出的深海模式吗？我玩了一下午了，挺好玩的，我邀请你？

哇，郝小枝被失恋哥们儿……哦，不，从最新的信息来看，人家已经成功走出失恋阴影是个有第二春的哥们儿了，反正郝小枝被这哥们儿的手速给深深折服了，应聘打字员，月入两万不是梦！

“这 ID 我都记得了，怎么老给你发信息啊？”尤金慢悠悠地走过来，口气很是不满。

“什么叫给我发信息，”郝小枝为这单纯的哥们儿无奈地叹了口气，“你自己看看，人家口口声声喊的都是大神，我又不是大神，这些话其实都是他给你说的，要不你来回他两句什么？”她仰着头，眼神诚恳得不得了，“网络一线牵，相逢即是缘。不容易的，尤金。”

“神经病。”尤金细长的手指扣着他多日不见的短枪，想了想，最后还是没敲到郝小枝头上去，“要回你自己回。”

我回就我回咯。郝小枝一边小声嘟囔着，一边再次点开了跟那哥们儿的对话框。

——我才刚到学校，放假回家了，家里的电脑上没有装这个游戏。

——哦哦，没事儿！那大神现在玩不玩?

——现在啊……最近应该都玩不了了，等会儿我要送一个朋友回家，然后明天开始上课了。

——唉，可惜了，新出的深海模式今晚十二点就没了，真挺好玩的，大神只能等下次了。

——深海模式？怎么玩啊?

——就是场景什么的变成海底的样子，然后怪兽什么的也成了各种海底生物，那个水和气泡做得特别逼真！还是十个人一局，不过全是队友，一路杀到最底层，救出人鱼就算赢。

郝小枝看到最后一行字整个人都愣了一愣，人鱼吗……她记得整个英雄人物库只有绮丽儿一条人鱼，所以，这个深海模式是为了救绮丽儿？

想到这里，郝小枝心情复杂地关闭了对话框，犹豫再三，还是点开了游戏官网。

果然，最先使人注意到的就是深海模式的介绍，她点进去，与一张制作精美的图片面对面——被海草困住的绮丽儿眼神无助又可怜，头上的珍珠王冠不见了，法杖也被折断丢弃在鱼尾旁，而在这张图的右边，也就是在紧挨着拯救人鱼四个大字的旁边，有一个黑色的剪影。

那是尤金的原画。纤长的身形，飘逸的披风，还有冒着火焰星光的双枪。郝小枝太熟了。

“尤金……”

郝小枝也不知道自己的声音怎么就飘忽了起来，她关掉网页，然后在客厅一角找到了尤金——是已经换好披风马靴，此时正垂着眸将枪塞回腰间的尤金。

她盯着看了几秒，然后用力地以抿嘴这个姿势来压下心里头微微酸涩的滋味，难怪一开始尤金那么嫌弃自己给买的粉红色T恤呢，果然他自己的衣服才最衬他的俊美和英气，所以同理可证，尤金自己的世界，还有他自己的失忆爱人，才是最最适合他的去处。哎，想什么呢。她丧气地挪回目光，人家尤金也就是觉着好玩才来现实世界到此一游的而已，他的真实存在本来就不在这里啊……

“干什么？”尤金准备完毕，就又走过来摸了一把郝小枝的头发，那动作和神态都像极了在呼噜一只带毛的小宠物。

“啊，没事没事，我现在就去给你接水。”

被尤金一碰，郝小枝就立刻慌张地站了起来，一边摇着头一边连跑带摔地冲进卫生间。

水声哗啦啦地灌进郝小枝耳朵里，让她不得不再次想起深海模式和绮丽儿那双快要流出眼泪的眼睛，于是她将水龙头拧小了些，朝着外头大声问：“尤金，你今晚一定要回去吗？”

问完之后，郝小枝简直快要窒息了，她的意思其实是，你今晚一定要回去救绮丽儿吗？

“啊，对。”尤金看着从洗手间溢出来的灯光和郝小枝一小截的影子笑了笑。郝小枝是不是坐车坐到昏头了？往常都是她旁敲侧击地催着他走，而这次他主动要走了，她的话里却好像有了点挽留的意味。

“很快的，我就回去一下。你要是想我过来，别关游戏就行。”

“嗯。”郝小枝简单平静地应了一声，内心却卷起了一阵不小的风暴。

来，让当了十多年三好学生的郝小枝解读一下尤金这番话的中心思想——前半句的意思就是说对，本帅今晚一定要回去救绮丽儿，后半句的意思则是说，反正这深海模式还有几个小时就要完了，所以救完绮丽儿之后本帅会很闲。如果本帅要是实在没事做的话，就会再来现实世界玩玩，所以某些凡人开着电脑等就行了。是不是这个意思！尤金你就说你是不是这个意思！

郝小枝愤怒地将一整盆水往桌子上重重一放，无比干脆地开口道："站好，我要泼了！"

哎？尤金的脑子有一点转不过来，这人咋回事？

难道这就是传说中的女性特技，翻脸如翻书？刚刚不还黏糊糊有点舍不得我的感觉吗？怎么一转眼就像秋风扫落叶似的冷酷无情？还有，这是郝小枝第几次赶我走了？胆子也忒肥了一点吧！我长那么帅，我不要面子的啊！

呵。郝小枝冷冷地盯了一眼尤金，他现在一脸神色复杂又是几个意思？

难道从这一秒开始，他就在想着要怎样才能用最快的速度和最帅的姿势救下绮丽儿吗？行吧行吧，我知道了！郝小枝莫名气鼓鼓，手起刀落般将一整盆水毫不含糊地给泼了出去，赶紧回到英雄世界去救你的爱人吧！赶！紧！的！

然而三秒钟之后，郝小枝望着尤金，尤金也望着郝小枝，气氛很是诡异和凝重。

滴答滴答，随着湿漉漉的电脑发出一命呜呼的叫声之后，俩人才同时在这间小公寓里爆发出了痛心的哀号——

"我的电脑！"

"怎么回事？"

“尤金，”双双再度沉默十分钟之后，郝小枝僵硬地挤出了一个尴尬但不失礼貌的微笑，“请问你怎么还在这里？”

“我——”尤金面无表情地朝着还在滴水的电脑桌伸出了手，是实打实的触感，那道能让他重回游戏世界里的链接之门，居然真的消失了，“我也很想知道。”

“那……那现在怎么办啊？”郝小枝揪着一张即将出一笔昂贵修理费的苦情脸，开始了不着边际的猜测，“你该不会被英雄世界除名了吧？我们学校缺课一个月以上也要开除的……”

尤金没有说话，只是挨着郝小枝的床边慢慢地滑坐到了地上。

眼下这件事情的确有点超出他的掌控范围了，链接之门怎么会说不见就不见了？

按理来说，只要服务器没有崩坏，或者游戏系统没有进行大型的更新和维护，那么链接之门是不会受到任何影响的，而郝小枝刚刚还成功登录了账号，并且和网友聊了天，这恰恰就证明了游戏世界里一切如常，没有出现任何能导致意外发生的问题。至于她刚刚假设的那种情况，更是不存在，虽说上一个这么来去自如的英雄已经被永久性删除，但那是因为游戏官方觉得那英雄本身已经落了伍，而他尤金现在正是炙手可热，人人都追捧的英雄，这种倒霉事，轮不到他的。

“哎，尤金……”

郝小枝本来是不愿意打扰一脸沉思的尤金的，可是她拿着小抹布在电脑边擦呀擦，每擦一下就觉得心中那笔修理费又贵了一倍，虽说她的银行卡余额因为奖学金的缘故看起来还挺富足，但是飞来横祸似的划走一大笔也很肉痛的啊！

“你说，”郝小枝看起来诚恳得不得了，“我现在拿电吹风吹吹电脑，它会不会好？”

尤金眼皮子也没抬一下就给出了答案：“我看你是想炸死我们俩。”

“噢，那干脆炸完之后再撒点香葱和酱料好了。”

郝小枝泄气地撇撇嘴，也跟着尤金一块坐在了地上：“反正你现在有家不能回，没法去英雄救美，而我明天在上完一天的课和晚自习之后还要抱着电脑去——”

“等等，”尤金不确定他听到了什么奇怪的东西，“英雄救美？谁？”

郝小枝一时语塞，想着人之初性本善，还是不要戳人家伤口比较好，特别还是尤金这种嘴比死鸭子还硬的。算了，忍字头上一把刀，念在深海模式还有俩小时就结束的份上，郝小枝决定照顾一下尤金装什么都不知道。

“没……没谁，我就念着英雄两个字然后顺嘴了而已。”

“算了。”尤金看了看郝小枝床头的闹钟，时间不早了，便摆摆手示意她去洗澡，“你明天满课，先休息吧。至于电脑的话，交给我。”

郝小枝顺从地点完头之后又将头一歪，惊喜地问：“原来你还会修电脑啊？”

“闭嘴！”尤金凉凉地瞥了一眼郝小枝，“赶紧拿着你那条全是猪的浴巾和那件老婆婆睡衣去洗澡睡觉。”

见郝小枝还磨磨蹭蹭着没有起身的打算，尤金便皱着眉作势要凶人：“快点，十一点钟之前必须睡着。”

去就去，装个啥子凶嘛。一切以唬人为目的的纸老虎，都该被丢进马桶里冲掉！

郝小枝哗的一下将花洒的出水口调到最大，其实话说回来，她是有那么一点点高兴的——虽说这种高兴来得好像有那么点不善良，但是情绪这种东西，也向来不是可以人为控制的。郝小枝就得承认，听着现在客厅里偶尔传来的脚步声，雾气迷蒙的镜子里的她自己，是挂着一个大大的笑脸的。至于她倒霉的新电脑……哎，既然尤金说了交给他，那就一定没问题吧。

相比之下，一直嘲笑郝小枝心思太小的尤金反倒没有平常那么四平八稳了。

他为什么要回去，还不就是为了少看两眼郝小枝，从而达到让自个儿身心静一静，也让罗伊斯那堆屁话都去见鬼的目的，结果呢？链接之门这个不争气的东西！分明就是在针对他尤金的帅气！

除此之外，尤金还发现这公寓是真的小，隔音效果也不好，比如现在浴室里那花洒，细细密密敲打瓷砖的声音简直让他烦上添烦。想着今晚回来的时候，小吃街在整顿没什么人，他便放心大胆地穿着自己的老行头走到了露天阳台上，清凉的夜风在哪里？吹老子，快。

然而夜风没等到，尤金只撞上了一对骑着自行车路过的母子，后座的小孩儿天真烂漫也没见过什么世面，只知道指着他大笑：“哇，妈妈你看！那里有一个穿得好好笑的怪叔叔哦！”

靠，熊孩子！什么叔叔，我是哥哥！

第十八章

六十分之一的可爱

第二天一大早，郝小枝就发现尤金不见了，和他一块不见的，还有昨晚那台倒霉的电脑。

与其思考尤金到底是躲着修电脑去了，还是带着电脑一块跑路了，郝小枝表示倒不如先想想看，怎么着才能让自己在十分钟之内出门。

说来也是一把辛酸泪，虽然郝小枝昨晚乖乖听从纸老虎尤金的命令早早上床休息了，但在家里睡了一段时间之后再出来的第一晚总是有点矫情地认床，特别是翻来覆去间，一垂眸就能看到地上摊着的尤金的被褥……于是，郝小枝失眠了，还是那种假装自己睡得很香，偷偷摸摸的失眠。唉，大半夜的辛辛苦苦演了好几个小时，难怪今早上没能听到手机里的第一个闹铃。

草草地收拾了一下自己，郝小枝又飞奔着赶去客厅拿自己扔在沙发上的笔记本，却不想在途中看见了摆在餐桌上的早餐——当然了，没什么意外之喜，就是尤金之前写在便利贴上的那些东西。但郝小枝活得简单，也学不会贪得无厌，所以在她看来，尤金能在起早的清晨里特意为她准备一份早餐，这件事本身就够惊喜的了，更别说今天的蔬菜沙拉里还没有西芹。

——尤金你知不知道节食什么的会反弹的！

——行，还没瘦下来就开始跟我谈反弹，想得挺美。

郝小枝边往嘴里塞吐司，边回忆曾经和尤金的对话，这位大哥的怼人语录，简直是想一遍就要被重新气一遍，可也的确奇怪，他怎么总能说出这种超级欠扁，但又实在叫人找不到反驳点的话呢？吃完吐司之后，郝小枝又开始咕咚咕咚地给自己灌牛奶，在空杯子重新回到桌面上的那一刻，郝小枝也想明白了。

尤金这人吧，一个小时里有五十九分钟是可恨的，只有一分钟是可爱的，但就为了这一分钟的可爱，郝小枝也愿意屁颠屁颠地将备用钥匙塞在门外的鞋垫子下面。她今天上完课晚上还得开班会，不知道几点才能结束，所以万一尤金回得比她早却进不了家门的话，那岂不是就得在五十九分钟的可恨里给他匀一点出来变成可怜？不，不可以，好学生式自尊在郝小枝心里摇着旗子大声呐喊，我们要拒绝既定的结论被未知的现实推翻。

晚上十点二十，郝小枝终于拖着头昏脑涨的自己回了家，然而一开门，就看到穿着睡衣的尤金正坐在电脑前面擦头发，匀称好看的手臂拿着一块方格子毛巾，毫无技术性地在深褐色的头发上蹭来蹭去，这种粗鲁随意的擦法简直让每一个理发师都想跳出来劝尤金办张卡。另外，尤金还将小餐桌搬到了他腿边，上头摆着没吃完的芝士海鲜焗饭和一杯未开封的蜜桃味汽水。电脑不知疲倦地重复唱着几段单调的背景音，看样子尤金是刚结束了一局游戏。

“回来了？”

尤金也不回头，只慢悠悠地拒绝了上一把队友们的邀请。游戏什么的乃身外之物，他马上就有更重要的事情要去做，比如将手往边上一伸，说：“帮我放个毛巾。”

“哎？哦，好，好。”

郝小枝愣了愣，不禁被尤金这副怡然自得反客为主的样子深深折服，放毛巾是吗？好的大哥，电脑是你的，餐桌是你的，整个公寓都是你的，小妹我这就来了。

“那你呢？”郝小枝放下书包，走过去接下了大哥的擦头毛巾，“出去得挺早的，什么时候回来的啊？”

“四点多吧。”尤金的声音有点儿含含糊糊的，这时郝小枝才发现原来他嘴里还叼了一个棒棒糖，她敢打五毛钱的赌，肯定还是菠萝味的。“修完电脑然后买点——”说着说着，尤金就眉头一皱开始生硬地转换话里的方向，“你在学校搞到这么晚才回来，吃东西了吗？”

吃东西了吗？

本来呢，郝小枝已经打起十二分小妹的自觉，拿着毛巾就要往浴室走，结果没有想到人生处处有惊喜，硬是被这五个字给生生地绊住了脚步。怎么，吃东西了吗？那当然是没有的啊！

“没有吃！”想着怎样才能在大哥手里讨到一点食物的郝小枝恨不得把头摇成拨浪鼓，“哪有时间啊，今天满课，然后晚上开班会，而且导师还说了以后要我去跟一下大二、大三的选修讲座，说逃课率和早退率都太高了。”她叹了一口气，觉得自己的卖惨技术还需要几滴眼泪的加持，“对了，我今天还帮着另一个教授做了学术论文的资料整合，就真的……”

“哦，”尤金冷漠地应了一声，然后朝着小冰箱扬了扬下巴，“买了新的水果和酸奶。”

哦，原来就是这样哦。果然没有最冷漠，只有更冷漠。郝小枝的喜悦之情就好比刚刚才冒出一点小火苗就被狂风暴雨浇湿的篝火堆。这人生啊，还真是一点意思都没有呢。

郝小枝悠悠地将毛巾挂好，又悠悠地走到冰箱前。算了，好死不如赖活着，有一口总比饿肚子来得强，她一边安慰自己一边去开冰箱门，然而在冷气和橙光争先恐后铺到脸上的前一秒，她又啪的一下反手关上了这张门——请问我家的冰箱怎么回事！里面是突然装进了一片果林和超市里的一整个酸奶柜吗！它那么小，为什么要把它塞得那么满！很有压力的！

“尤尤尤……尤金！”郝小枝激动得口齿不清，“你你你……你搞什么为什么把冰箱——”

“我就随便都拿了一点啊。”尤金则无辜地眨了眨眼，又稍微停顿了两秒，最后才扔出了一个十分清新淡雅的理由，“钱太多了。”

“我一大早去了趟网吧，”尤金的口气漫不经心，仿佛在聊别的事，“看谁要帮忙上分上段位的，然后就——”

郝小枝几乎已经能想到，尤金高高在上地坐在网吧卡座里，而众游戏少年在门外流着眼泪哭喊大神帮帮我的恢宏场景了。

“那你这样挣了多少钱啊？”

尤金眉一挑，用手比了一个数。

“嗝！”郝小枝的惊吓紧张之嗝再次重出江湖，不过她也管不了那么多了，眼前这个数字，简直就是继今天的冰箱事件之后给她的第二个冲击！大哥行行好，给我的心脏放个假吧！

“不就是帮人打几把游戏而已吗……”

郝小枝还是不可置信地用手捧着自己的脸，她之前只知道那些有很多限定皮肤的游戏账号可以卖到高价，而今天，算是真的开了眼了。

“尤金，你的心也太黑了吧！”

“你懂个锤子，”尤金懒得解释那么多，一句话概括足矣，“我这叫艺高人胆大。”

逼迫着自己接受了这个事实之后，郝小枝开始觉得有些心虚了，原来她先前那么多次心安理得地让尤金帮她打游戏竟是一种隐形的奢侈消费！不行不行，郝小枝一边摇头，一边又重新打开了冰箱门，她要给大哥做一碗水果拌酸奶来抵抵债——虽然这些也全都是大哥买的。

“打游戏厉害的话真好啊，能赚这么多，简直是暴利行业。”

郝小枝垂着眸给苹果削皮。

“以前啊，我们老师总劝大家不要沉迷玩游戏啊，学习才是第一出路之类的，但今天我发现了，我一个学期的奖学金都抵不上你打一天的游戏。唉……”削着削着郝小枝就自己先尝了一小口，“虽然心里苦，但是这个苹果还是又甜又脆的。”

“那你就别念书了呗，”尤金有时候觉得郝小枝真挺傻的，还是那种特别单纯的傻，他一边握着鼠标随意瞎晃，一边望着郝小枝的头顶无声地笑，“从明天开始跟着我去网吧打游戏，我给别人打，你就在边上喊加油，喊完了就收钱，怎么样？”

“我觉得不行。”郝小枝严肃地抬起了头。

“我觉得 OK。”尤金也同样严肃地丢开了鼠标，开始摸下巴。

“不行啦。”虽然知道尤金是在开玩笑，但郝小枝的脑子里，还是出现了她和尤金狼狈为奸地在各大网吧里，打劫青少年网费的血腥画面，“这样的话我良心不安，感觉跟夫妻犯罪团伙没两样……”

哦，天啊！郝小枝猛地反应过来，然后迅速抓着一瓶酸奶就开始灌自己，她刚刚口不择言地说了什么？比喻能这么瞎打的吗？嘴能这么瞎顺溜的吗？请问尤金的耳朵能突发性失聪吗？如果不能的话，这酸奶能让她立刻喝醉倒在地上不省人事吗？也太丢人了吧！

一片诡异的寂静中，尤金再次开口道：“那个——”

“对不起，大哥，我错了，你刚刚什么也没有听到！”郝小枝觉得自己整张脸都要烧起来了，手足无措到差点将先前剥好的橙子，扔进一旁的垃圾桶里，“真的，我刚刚就是……”

“行了，没事。”尤金还从来没有见过郝小枝这种样子，又傻又好笑，嘴顺溜了而已，搞得跟如临大敌似的，不过看在她真的很窘迫不安的份上，他那一丁点打算故意逗弄的心思也随之消失了，反而还很温和地冲她招了招手说，“你先过来一下。”

“你、你你你……”郝小枝还是有点慌，“你该不是要打我吧？”

尤金瞬间垮脸，难道自己在郝小枝心里就是这么一个暴力、无脑、性格极差的美男子吗？不，不行，还是很有必要身体力行地展现一下自己的耐心和风度的，于是再次招手：“过来。”

“干什么……”郝小枝紧张兮兮地坐在了小矮凳上仰着脸看尤金，耳根子依旧是红的。

“我这不是暂时回不去了嘛。”尤金其实也有点别扭，特别是郝小枝还要用这种无辜受惊的小鹿眼神望着他。哦，忘了说了，郝小枝先前那副黑框眼镜由于烂得太厉害，修理的时候就干脆重新配了一副金属边的大圆框，尤金选的，因为他觉得只有这种的才算不碍眼——他的意思是，就是不碍着他去看郝小枝的双眼。

“所以，可能就得住在你这儿了。”

嗯？郝小枝眨巴眨巴眼睛，尤金在说什么？什么叫因为暂时回不去了，所以就得住在她这儿？难道之前他能回去，但是不想回去的时候不是住在她这儿的吗？这就跟太阳每天东边起西边落一样正常的事儿，为什么要突然拎出来特意讲一讲？今天赚钱赚傻啦？

“就，你就、你就住嘛。”郝小枝也不知道自己怎么就结巴了，明明刚才她还在心里质疑了一番尤金的不正常，结果现在一张口自己也变得奇怪起来。算了，氛围使人同化，这一切都是由于大哥的引领出了偏差。

“我觉得挺好的，也不会不方便，所以你要住多久都行。”

“嗯，”尤金貌似无意地应了一声，但手上却不知道什么时候多出了一个塑料礼品袋，里头还装着一个扁平的纸盒子。他拿着它，像是不耐烦似的，将它直接塞到了郝小枝怀里，语调听来平常，但只有他自个儿知道他现在有多僵硬和尴尬，“这个，给你的。”

“给我的？”郝小枝望着礼品袋上硕大的商场名称有点受宠若惊。

她知道这个商场，里头摆放着的都是各种大牌的化妆品、小裙子、香水和皮包。很早之前她陪着大学舍友去逛过几回，当然了，她什么也没买，一是太贵，二是不适合。这种对漂亮女孩来说都算是人间天堂的地方，就更别谈她郝小枝了，每次一进去，里头的水晶灯都会叫她眩晕，然后让她明白什么叫作可望而不可即，所以此刻她才要更加认真地向尤金确认，“这个东西，真的是给我的吗？”

尤金看了看天花板，又看了看木地板，最终不情不愿地点了个头。

“为什么又要送我东西啊？”赶在尤金皱着眉头问为什么是个“又”字之前，郝小枝就已经像个得了糖果的小朋友一样，高高兴兴地给自己接了话，“上次你已经送了我尤金的全款皮肤，这次又送我……你这样老送我礼物我会有点不知道该怎么办的，要不你喜欢什么——”

“我什么都不喜欢，”尤金此番抢话的速度大有他打游戏时的风格，既快又狠还特别准，“而且这个也不是礼物，你别瞎说，这个只是我——”他抿了抿嘴，眼珠子在公寓里转了一大圈到最后也只敢落在郝小枝白白胖胖还沾了点墨水的手背上，“对，房租。这是房租。”

那行呗，大哥说啥就是啥。

郝小枝乖乖地闭嘴了，决定给尤金留两分面子和一点消费者的尊严——是，是房租，但就算是房租也改变不了，这东西是你尤金特意逛了商场之后买下来的事实呀。

郝小枝笑眯眯地拆着纸盒子上的蝴蝶结，心里漫着的全是忽闪忽闪的喜悦。她倒不是开心能拥有什么很贵的虚荣品，她就是单纯地开心这件事本身而已，所以哪怕这盒子里装的是五块钱十粒的水果硬糖，她都能满怀期待地猜测着具体的口味。

但是随着粉色缎带缓缓坠地，郝小枝脸上的笑容也渐渐凝固了。

来，尤金你给我解释一下，你为什么要在画满爱心和绑着丝绸的纸盒子里给我塞一个卡通电子秤？这是礼物吗？不是，这是房租吗？不是，这是什么？是毁天灭地却又不着痕迹的沉重打击！好，我郝小枝现在就实名制建议，我对面的尤金先生立刻滚出我的肥胖小天地！

“我觉得这个不算特别丑，就买了。”然而尤金压根儿就不觉得自己的电子秤有什么问题，甚至还跟邀功似的有意无意地指了指上面的小粉猪，“你看，还有你最喜欢的猪。”

呵呵，谁喜欢这个礼物谁才是真正的猪呢！

“干吗，你不喜欢啊？”尤金歪着头，一副要把迟钝发挥到极致的模样，“电子秤很好啊，让你每天都认识一下最真实的自己，正好督促你减肥不是吗。”

“是。”郝小枝鼓了鼓脸颊，又抿了抿嘴唇，在心里给自己做了一万遍灵魂疏导后，终于熬出了一句二十三年来最血泪心酸的道谢，“谢谢你，我很喜欢。”

“扑哧——”

望着郝小枝那张明明生气失落，但却因为礼貌，所以强撑着说喜欢的脸，尤金终于忍不住地笑出了声音，怎么会有这么傻的人啊？不行，光笑还不够，必须用手揉乱她的头发，才能够确保这么傻的人是真实存在的，当然，手法相较于尤金给自己擦头发时的要温柔得多。

“逗你玩的，真正的礼物——”尤金一顿，像是被自己下意识脱口而出的两个字给烫了一下似的，立刻就把手里另一个高一点的银色盒子给盖在了电子秤上头。

“我是说，”他装模作样地咳了一两声之后才接着开口，“真正的房租，是这个。”

不过受了一次伤的郝小枝，现在已经不会再计较这到底是礼物还是房租了，她只是跟盯炸弹似的盯着膝盖上的银盒子，然后正经发问：“所以这盒子里的，是一台迷你甩脂机吗？”

“不是，”尤金边伸懒腰边开门见山地给郝小枝交了底，“是一双鞋。”

是一双鞋，是一双牌子响亮、款式经典、颜色百搭的高跟鞋。

“你……”郝小枝一下子看傻了眼，被惊艳了好一会儿后才慢慢地反应自己还从来没有拥有过如此女性化的东西，“尤金你、你为什么要送我这个啊？”

她将其中一只鞋子小心翼翼地从盒子里捧了出来，然后又小心翼翼地放了回去，她虽然不追求潮流也弄不懂时尚，但她也知道就这双鞋子的价格，已经比市中心许多大三室的租金都要高了。

“太贵重了，我不……”

“贵重？不会啊。”

尤金给郝小枝买这双鞋的原因非常简单，就路过商场时觉得摆在橱窗里挺好看的，然后又想到郝小枝全是清一色的平底鞋，所以就走进去给买了下来。就跟一加一等于二似的，好看加上你没有，那就等于我直接给你买下来，十分自然的一套操作，跟贵重什么的根本不沾边。

“只要你喜欢就——不是，反正我买都买了，你有空就穿穿，要真不想穿，看两眼也行。”

虽然话是潇洒大方地放这儿了，但尤金还是觉得照郝小枝摔伤了都不肯让他背的性子，这双鞋怕还是难逃被拒绝的命运。正当他想着，要怎么样板着一张脸，才能成功将郝小枝唬得半个不字都不敢说时，却一转头就看见了抱着鞋盒子笑得傻兮兮的小圆脸。

“谢谢你尤金。”郝小枝的眼睛弯成了小拱桥，整张脸都流淌着软乎乎的无辜和信任，“这是我人生中第一双高跟鞋，所以我一定会好好珍惜它的，也会找个时间穿给你看的。”

砰——尤金感觉有什么东西跟子弹似的射进了他心里，是不带任何硝烟味的一击即中，紧接着罗伊斯那段阴魂不散的话又再次在他耳边响了起来，你就是喜欢郝小枝……

不行，尤金唰的一声站起来，钥匙往手心里一攥，然后就跟阵龙卷风似的就冲出了门。神枪手感觉到中枪可不是什么好事情，所以郝小枝很危险，这个世界也很危险，望遍整条街只有烧烤最安全——老板来两根玉米肠、一手烤牛筋让我冷静一下，谢谢，哦，再拿一瓶冰啤酒。

尤金是成功地溜了，但坐在小凳子上的郝小枝还很茫然。

小吃街明明要整顿到后天，现在楼下就只有一个手机贴膜的路边摊，所以刚刚扔下一句我去吃点烧烤就跑了的尤金是怎么回事？难道他跟贴膜小哥有什么不可告人的秘密吗？

算了，不计较，郝小枝挑挑眉，跟捧着传家宝似的将鞋盒子放在了鞋架的最上面，末了还觉得不够似的，就又折回去把和它并肩的一双帆布鞋给下放到了第二层，嗯，独门独户，这样就很有面子。至于电子秤嘛，郝小枝想了想，最终还是决定将它安置在了床边上，每天早上起来的时候称一称，毕竟那是一天中人体最轻的时刻。

将礼物——哦不，是将“房租”都一一安排好的郝小枝最后坐在了电脑前，想着尤金等会儿回来应该也不会再玩游戏了，就打算直接退出登录，鼠标才刚刚握上，郝小枝就发现好友申请处那儿堆着几十条陌生人的来信，所以今天尤金大神又带着网友们领略游戏的躺赢魅力了吗？

哎，可是不对啊。郝小枝往屏幕前凑近了半厘米，这 ID，不是那个失恋了的哥们儿嘛！

——啊！大神！你终于把我加回来了呜呜呜！

——大神你别再一声不吭地删我好友了啊，我哪里做错了你吱一声啊。

——你要不想吱的话给我点暗示也行啊，你可是我见到的最粗的大腿，我不想失去你！

郝小枝对着最新的三条信息满脸问号，尤金删她好友干什么？

——那个……我可能是手滑哈，我真的没有想删你的打算，真的，我发誓。

——呜呜呜大神，我就说嘛！你才不是那么冷冰冰的人！

——不过，我是什么时候删的你？还有我们之前……是在聊什么吗？

——大神你不记得啦？就是下午咱们一块把对面打穿之后我说我得下线了，因为我得给我喜欢的女孩子排队买化妆水去，然后我就顺嘴感叹了一句，喜欢一个人就是真的很想送她礼物啊，结果你就把我删了！呜呜呜……我这话没错啊，喜欢一个人就是看到啥都想给她买啊！

“嗝——”郝小枝望着这些字脸红耳赤地打了一个响亮的嗝之后手一抖，按下了删除该好友。

第十九章

十个蛋糕的约定

别别扭扭的礼物之夜过后，二人再也没有对此进行过探讨。

电子秤每早郝小枝都踩一踩，高跟鞋也依旧放在专属位置上等待着一个出场的机会，至于那个被删了两次的失恋哥们儿嘛，郝小枝和尤金也没有人再去把他加回来。二人虽然嘴上零交流，但心里都默默地觉得就让这哥们儿在时间的缝隙里慢慢生灰也挺好，毕竟这种人在电视剧里也活不过三集，一般死因都是话多。

日子像是一小锅需要慢慢熬出味的高汤，不惊不爆，却敦厚温热。

郝小枝依旧是那个读书、开会、默默写论文的三好学生，尤金也依旧是那个随随便便打几把游戏，就能在网吧被众人疯狂膜拜的传说男子。不过随着在游戏界的名气越来越大，尤金在街上被网瘾少年认出来的概率也越来越高，所以郝小枝总是能时不时地目睹到一堆网瘾少年恭敬又可爱地扯着嗓子大喊大神好的滑稽场景，她笑称这很像一个邪教，而尤金就是邪教头头，每个教员走街上碰见了都必须给教主问好。

尤金一听，立刻严肃地纠正了郝小枝的措辞，什么教主，他分明是那群小屁孩儿的偶像。偶像懂不懂，就是那种时时刻刻都得揣着包袱行走的人，所以麻烦这位好学生，不要再继续给偶像的衣柜里添加任何粉色了，谢谢配合，乖。

叮！

郝小枝被口袋里的手机小小振动了一下，她应声停笔，手底下是几本年代久远的古籍文献。今天下午没有课，她在小公寓里睡了个午觉后，就来到图书馆里头看看那些非外借书籍。

果不其然，亮着的手机屏幕上显示发件人来自“比天还大的唯一的帅大哥”。

这备注，狂妄中带着一点幼稚，蛮横里带着一丝俏皮，总之，是尤金本人没错了。

其实一开始尤金也没打算用手机，但是在他发现给郝小枝换了一台大冰箱之后他仍然还有很多余额的时候，他就被这现实世界里所有有钱人共同的烦恼给包围了——老子不管，说好要花完的钱就一定要花完。结果正巧郝小枝在边上按手机，他斜眼一看，得，又是许沉言。

“给我。”卡一办好，尤金就朝着郝小枝伸出了手，“我看看你给我存了个什么备注。”

“哈？又不是小孩子……”

郝小枝觉得尤金这行为很好笑，但这句话也没有胆子说太大声，所以只好一边憋着笑嘟囔一边乖乖地将手机上交。她给的备注是大哥，言简意赅，重点突出，是她做笔记时的风格。

但尤金皱着眉，对郝小枝的主观能动性表现了极大的嫌弃与质疑：“你好歹加个帅字吧。”

哦，这样哦。郝小枝顿悟般地将手机一爪子抢过来，啪啪两下，“帅哥”变成“帅大哥”。

可是大哥变帅了也依旧不满意。因为他突然想到，郝小枝的通讯录里，连小吃街上卖豆花的奶奶的电话都有，凭啥他的通讯录里就只有一个郝小枝？可是他又的确不想将他的号码告诉那群网瘾少年，所以只好曲线救国、自欺欺人地命令郝小枝在帅大哥前面再加上“唯一”两个字。

“那这样总行了吧？”郝小枝一五一十地照做，然后将屏幕对着尤金的脸摇了摇。

本来事情到了这里就该圆满的告一段落，但尤金又想到还有一个姓许的小子现在正躺在郝小枝通讯录的星标位置里，于是他也一爪子将手机抢了过来，啪啪两下，在“唯一的帅大哥”面前非常生硬地加上这几个字。哼，星标有什么了不起的，星星再怎么亮也还是没有天厉害！

“那我呢？”郝小枝看着自个儿通讯录里从未有过的大长串，觉得还挺好玩的，于是也跟着尤金一样，向对面人打开了手掌，“我的备注是什么？”

“没有。”尤金不仅不配合，甚至还将手机藏到了身后，“不给看。”

“喂！”郝小枝有一种被耍了的感觉，“你这人怎么这样啊？我给你看了，你就要给我看一下啊，这样才公平！”

“我不要，我又不是一杆秤。”

尤金眉眼弯弯，笑得和小学男生一样淘气和得意：“你不是说我独裁吗，那今天也接受我的制裁好了。”说罢还特别付诸于行动地将手机举到郝小枝根本够不着的地方摇了摇。

气死了，气死了，一米六八的郝小枝快被一米八六的尤金给气死了。

——今天天气不错，比较适合你来看我吃火锅。

又是火锅，郝小枝瘪瘪嘴，想念牛油麻辣味和番茄肉粒汤的眼泪，只能往自己肚子里咽。

最近天气开始转凉，各大火锅店的生意也越来越好，新品也越来越多，不过这跟她郝小枝有什么关系呢？她坐在那儿只有看着尤金吃的份儿，连半口火锅底料都分不到。

——上星期下暴雨那天，你也说适合我去看你吃火锅。

哦，那你还挺适合看我吃火锅的。

嘁，就直接明说自己是个火锅偏好症晚期患者嘛，大家都是同病中人，一起鼓励一起进步嘛，多大的事儿，今天的尤金嘴硬了吗？硬了。

郝小枝虽然在心里默默地吐着槽，但脑子里飘着的却是尤金吃火锅时的脸——翻滚的红油辣椒上，袅袅的迷蒙热气后，以及香浓的人间烟火里，那张脸，一点也没失了分寸和高贵。真是奇怪，明明吃火锅是一件那么令人丢弃优雅的事儿，尤金居然还能那么优越，看来隔了一个次元就真是不一样呢……

想到这里，郝小枝的手指在九宫格上微微停顿了，其实最近这段时间里，她总是忘记尤金，是尤金。

——你今天没有去网吧开粉丝见面会？

——偶像也得给自己放假。

——也好，休息休息，摆脱一下疲惫的劳动者身份。

——五点四十五，我来图书馆门口接你。

——哎？不用啦，我今天不去火锅店。

——给你一次撤回信息的机会。

——你又不是不知道服务员看我的眼神……凭啥每次我只能啃着圣女果看你烫羊肉！

——因为我瘦。

瘦就瘦，了不起咯！郝小枝鼓着脸掐了一把自己肚子上的肉，我最近也有瘦一点点的！

——今天是真的没有时间，我七点半要去检查学弟学妹的选修课，不是和你说过这事嘛。

按下发送键后，许久没有音讯。郝小枝一直等到手机电量自动掉了百分之二，才看到尤金的回复不情不愿地从世界的另一头露了脸——你们那个选修课，准不准点外卖火锅啊？

尤金肯定不可能真的带着火锅进教室，他一手提着郝小枝的酸奶水果，另一只手拿着的也只是一个不大不小的牛皮黄纸袋而已，哗啦一下，所有的东西都堆在了郝小枝的手边。

离选修上课还有二十分钟，所以郝小枝也比较随意，她咬着酸奶的塑料吸管，右手握笔用笔头清点着已经到了教室里的人数，边点还边问尤金那纸袋子里装着的是什么。

“没什么，”尤金坐在郝小枝身边回答说，“下午在家无聊的时候剥了点栗子。”

“栗子？”郝小枝这人的喜好非常应季，春天和蜂蜜同生共死，夏天与冰激凌白头偕老，秋天唯糖炒栗子马首是瞻，冬天的主角就必须是炭烤红薯，“哇，你居然无聊到剥栗子，你真是太神奇了，我前几天还跟你念叨，为什么栗子就不能懂事点自己不带壳儿地长呢。”她在本子上记下一个数之后就立刻将纸袋子拥入了怀中，“哎？你好像还剥得还挺多的……”

“二十五。”尤金顿了顿，抬起眼扫了一圈教室发现周围的女孩了都扎着堆偷看他，所以就又把眼神给转回了郝小枝身上，“我剥了二十五粒。”

郝小枝头一歪，这人竟然还数着数剥的？看来偶像的今天可真够无聊的……

“代表了你是个二百五。”

呵呵，一句补刀之语杀人于无形。郝小枝干脆地将自个儿的头立正，然后又猛塞了一粒还温热着的栗子到自己嘴里，今天的尤金，也是百分之九十九的不可爱！

其实眼下这门选修课还是挺简单轻松的，老师在台上稍微介绍一下今天要看的纪录片的大体内容，然后就按下播放键坐在一旁去了。

“这种课都有人逃？”尤金本来以为要郝小枝来坐镇的会是什么特别无聊、特别艰难的课程，结果一看，这不就跟低配版的电影院一样嘛，“你们当代大学生怎么回事？”

“选修课在大家眼里本来就是混学分的嘛。”

郝小枝苦恼地皱着脸，这教室里一片漆黑，实在不利于夜盲症中级患者，打算隔十五分钟就清查一轮人数的雄心壮志：“而且历史纪录片赏析这门课的老师人又特别好，从来不点名，上次校领导路过发现只有几个学生坐在里面就给历史系下批评了，现在带着我的教授就是历史系的主任，所以咯……”郝小枝说着说着就打了一个哈欠，眼里也即时地泛出了一些水渍，老旧的银幕颤巍巍地投下盈动微光，那一丁点泪花就跟放大了十倍似的无比明显。

“你哭什么？”尤金盯着郝小枝的眼睛看，“我又没骂当代研究生。”

“啊？我没、没……”郝小枝一个没忍住，嘴一张就又打了一个哈欠，这一打，把和她对视的尤金也带着打了一个短哈欠。不成定律的连锁反应那么多，郝小枝觉得打哈欠这个是最可爱的，于是她一边伸手给擦自己眼泪一边笑得软绵绵，“没哭，我就是有点困，昨晚上不是为了作业熬了会夜嘛，你还特别没良心地在我边上煮拉面，还往里头倒芝士蛋黄酱……”

尤金也不知道自己是从什么时候开始，一听郝小枝拖着这种小孩儿腔调说话他就不自在，就好比哪儿哪儿都有蚂蚁排着队在叮他。那怎么样才能让这种不自在消失呢？尤金作为一个自傲又聪明的剥栗子小能手，第一个办法自然就是直接上手，简单粗暴地让郝小枝闭嘴。

“睡吧。”尤金跟拎小猫似的握住了郝小枝的后脖颈，然后稍稍一用力，就让郝小枝栽在了桌面上，“困了就睡会儿。”

“不，不行，我得看着学弟学妹们……”困意跟座大山似的压在了郝小枝眼皮上，但她残留的最后一丝理智和好学生的乖巧都在双手握拳对着她大吼大叫：郝小枝，振作一点！

“就你这关了灯都能在自己公寓里摔跤的人看什么看。”尤金有点儿无语地从郝小枝手里抠出了那支被她紧紧攥着的钢笔，“我跟你说话之前就溜了三个了，第二排第七个，第五排第八个，还有第八排第三个。”尤金垂着眸，行云流水似的在郝小枝先前留下的数字旁一一将漏缺补好。

“睡吧，”他顿了顿，声音轻得像是在喃喃自语，“睡吧。”

那行吧！坚持不一定胜利，但就地放弃一定会比较轻松！

郝小枝深吸一口气，决定让自己任性地堕落一回："那你一定要好好看着教室……"

"郝小枝，"纪录片放到了一件精美的瓷器以及它背后的朝代故事，尤金目不斜视地看着，嘴里的话却是一定要让郝小枝听见，"我们下次去电影院看个电影吧，我还没有去过。"

"好呀。"郝小枝闭着双眼，肉嘟嘟的脸颊，舒舒服服地蹭着自己棉质外套的两只袖子，"那就下个月去吧，刚好一个我喜欢的导演导的新片上映……到时候我提前买好票来通知你哦。"

"好。"尤金在黑暗中无声地微笑，"我请你吃爆米花还有乌龙奶茶。"

"那我还要蛋挞、炸鸡、比萨、鸭脖、寿司、凉面……"

"做梦。"

"哦，"郝小枝委屈巴巴地应了一声，"那我睡了。"

"睡吧，"尤金侧着脸，瞥了眼郝小枝耷拉成一排的黑睫毛，"天大的事也不会吵到你。"

但是郝小枝做了一个很恐怖的梦。

上到幼儿园里的牛奶派送阿姨，下到研究生院的保安门卫大叔，差不多二十年遇见过的教职员工这会子统统冲进她的梦里对她进行了一番痛彻心扉的思想教育——你可是个好学生怎么可以上课睡觉？上课睡觉你都敢干了，那下一步要做什么举动？作业写了吗？任务完成了吗？你居然就在这里睡觉？你对不起我，对不起爸妈，对不起同学们，更对不起你自己知道吗?

啊，我知道了，对不起别骂了！郝小枝猛地一睁眼，从椅子上弹了起来。

哎？怎么日光灯只剩最后一排还在亮着了？滑到脚边的这件男士外套是从哪儿来的？我是谁？我在哪儿？我在干什么？我今晚吃饭了吗？怎么周遭这么安静？刚刚骂我的人呢？

“醒了？”尤金的声音伴随着一阵清凉的夜风从右后方传来。郝小枝闻言，便揉着眼睛扭着僵硬的脖子去找他，可他却没有看她，脸是面向窗外的，像是在看风景，“那就回家。”

“你在干吗？”郝小枝捡起了地上的外套，嘟着嘴认真地拍了拍上面压根儿就看不见的灰。

“没干吗，”尤金从最角落里起身，一步一步朝着郝小枝靠近，“就是想了一下，如果我先走了，你半夜在这醒过来的话，会不会把这栋楼给哭塌了。”

“胡说，我很少哭的——除非是特别特别特别难过的事。”

郝小枝这说的实话，虽说她善良性子软，可从小到大掉的眼泪的确没几颗。

“我睡了多久啊？难道我直接睡到了大课结束？可是中途休息十分钟的时候我也没听到吵闹啊……”郝小枝郁闷地拍拍头示意自己不要想了，“算了，走吧，再晚一点教学楼的大门都关了。”

“等等。”尤金走过来，单手拽住了郝小枝双肩包上挂着的那只猪猪玩偶，“你桌兜里还有东西没拿。”

桌兜里？郝小枝不明不白地就顺着尤金的话和动作停下了往门外走的步伐，可是她的桌兜里能有什么东西呢？从上大学开始教室里的座位就是公开和流动的，所以她再也没有把东西往桌兜里塞的习惯，可是尤金也没必要骗她吧？郝小枝身子弯了弯，一眼就看见了躺在一长排空隙间的大盒红茶包，她把它拿出来，仔细看了两眼，然后问：“许沉言来过了？”

尤金微不可察地皱了一下眉头，郝小枝什么时候活得这么明白了？还是说许沉言耍心机，用了一种只有他们人类才能看见的笔，在这个盒子上写了字？靠，不带这么欺负游戏数据的！

虽然内心各种交战，但尤金还是淡定地点了个头：“嗯。中途下课的时候过来的。”

“那你为什么不喊醒我？”郝小枝瞪着眼睛，满脸都是大写加粗的问号。

“我——”尤金毫无防备，直接被郝小枝盯得一愣，“我说过天大的事儿也不会吵醒你。”

“那……那那万一就是什么天大的事呢？”

见郝小枝急成了这样，尤金不禁反问道：“他找你能有什么天大的事？”

“那我就是不知道啊！”郝小枝跺了跺脚，像是踩油门似的把自个儿的音量也踩了上去，“我不是在睡觉嘛！我说的是万一，万一！”

“我劝你最好看一遍你的手机通讯录之后再来跟我吼。”

尤金说完便迈着大长腿走了出去，只留下老实人郝小枝更加搞不清状况地翻起了通讯录——通讯录咋了？翻它干吗？是能翻出一朵花吗，还是它冥冥中能代替所谓的答案之书？郝小枝的大拇指滑呀滑，一眼就看见了尤金的最长专属备注，“比天还大的唯一的帅大哥”。

所以……比天还大的……哎？尤金生气了？可是他生什么气？怎么想都不应该啊！

郝小枝越是弄不明白就越想弄明白，于是带着这一堆疑问号，她埋头就跟在尤金身后吭哧吭哧地跑了起来。虽说她也不算特别矮而且也坚持晚跑了一段时间，但毕竟拗不过脖子以下全是腿的尤金非要跟她保持距离。不轻的书包和必须两只手才能抱住的茶包盒现在就像是尤金派来拖垮她的猪队友，害她一直追到湖滨路上才堪堪赶上早就开始散步的尤金。

湖滨路之所以叫湖滨路，是因为这条路边上有一片很大的人工湖，不过郝小枝很少从这里走，一是这里情侣多，二来是这里水多草多招蚊虫。但今天尤金走这儿了，她也只有跟着来的份。

“尤、尤金……比天还大的唯一的帅大哥……”郝小枝小心翼翼地试探着。

不理。

“尤金，你你你……你生气啦？”

还是不理。

“可是……为什么啊？”

当然还是不理。

“你别不理我嘛，有什么问题大家要说出来才能沟通，才能——”

郝小枝话才说到一半，尤金就一把将她从靠近外边儿的道上给扯了过来。

原来是后边突然出现了一群拿着奶油蛋糕追逐打闹的人，每个人都夸张地扯着嗓子笑和叫，是十足的疯癫和快乐。尤金往后瞥了一眼，怕这些人撞到郝小枝，所以才忘了要装模作样生生气这回事，就直接伸了手，不过因为时间短促难免力气用得比较大，尤金怕郝小枝失去平衡，再次施展原地扑街这种绝技，便只好特意一手护头一手捧背地将郝小枝牢牢按在了自己的胸膛前——扑通，扑通，郝小枝瞬间就涨红了脸。原来尤金的心跳是这样的呀，扑通，扑通。

“哈！是郝学姐！你瘦了好多哦！”

人群中有个刘海都沾满了奶油的女孩子回过头冲着郝小枝不好意思地笑了笑，然后接着又冲着她的那群伙伴们招手大喊：“你们这群疯子！差点撞到郝学姐啦！”

“哎？没关系，没关系的啦。”虽然这一刻的郝小枝已经脱离了尤金温热的怀抱和那件泛着茉莉花香的衬衫，但她还是觉得像踩在云朵上一样轻飘飘。她边飘边努力地在这个晕头转向的世界里辨认着眼前学妹的脸，看了好一会儿，才想起来这是之前同一个社团里的金融系学妹，人很是活泼开朗，期末的时候，郝小枝还帮她在图书馆占过几回位。

“不过你们……这是在干什么啊？这么晚了还不回宿舍——哦，不过你现在也大四了，辅导员应该管得不是很严了。”

“嗯！”学妹重重地点了个头，脸上的开心怎么都掩不住，“因为今天我生日啊，所以朋友们就说出来玩个通宵！可是他们欺负我，那么多人都往我一个人身上抹奶油！都是浑蛋。”

“生日快乐。”郝小枝笑着向学妹祝福，“今年期末可就不要再临时抱佛脚啦。”

“谢谢郝学姐！我会努力不挂科的！不过——”学妹笑嘻嘻地看了看郝小枝，又看了看刚刚将郝小枝一把捞进怀里保护的尤金，内心的八卦之魂已经熊熊燃起，“他是谁呀学姐？我今天听朋友说你去监督选修课了，然后身边跟着一个超超超级大帅哥！所以……男朋友呀？”

“啊，不是不是！”郝小枝被男朋友三个字一惊，差点就要冲上去直接捂人家学妹的嘴，“他就是、就是我一个——”

郝小枝结结巴巴有点不知所措，对啊，尤金对她来说，到底是一个什么身份呢？

是一个看她打游戏太菜了，所以来现实里教育她，结果玩脱了回不去，现在只能跟她同居的游戏人物？还是一个热爱博物馆，所以小长假跟她回家研究，并且成功获得了她爸妈芳心的学弟？或者说是一个来历不明，每天都被怀疑开挂用脚本，但就是能虐得每个人心服口服，赚了钱就喜欢给她买这买那的天才游戏少年？要不就近一点地说，是一位二十分钟前跟她生了气，但五分钟前又照顾了她一把的比天还大的唯一的帅大哥？

郝小枝真的不知道该怎么办了，她求救地往边上望了一眼，可尤金依旧是面无表情地冷漠着，所以她也只好选择了一个最为折中和烂俗的身份：“他……他就是我一个，男性朋友。”

“嘁——”学妹扫兴地撇撇嘴，“我才不信呢，学姐就是害羞，所以不肯告诉我！”

“真的，我没骗你，他就是一个跟我关系很好的普通朋友而已。”郝小枝诚恳得差点就要举起三根手指来发誓了，说完了还在想，关系很好这四个字，应该不会惹大哥火上添油吧。

“你看你看，你自己都招了，从朋友变成一个关系很好的朋友，那这样的话，下一步是不是就要升级成男朋友啦？学姐，我也觉得这样的感情才是最——”学妹正要高谈阔论一番当代爱情观，结果当即就被等在一旁许久的朋友们给叫停了，于是只好叹着气非常遗憾地跟郝小枝挥手道别，“我们订了一个唱歌的包厢，那边打电话来催了，所以学姐我得走了。”

“好。”郝小枝也抬起手，笑眯眯地给她挥别。

“嘿嘿，郝学姐看招！”学妹趁郝小枝不备，眼疾手快地也给郝小枝脸上抹了一道奶油，“学姐也要沾一沾我生日的快乐嘛，这回是真的再见啦。”学妹一边笑一边蹦蹦跳跳地跑开了，但没跑多远又反过头冲着尤金大喊，“那个大帅哥，对我学姐好一点儿！她人超好的！”

“真好啊！”见学妹和她的朋友们渐渐跑远了，郝小枝才悠悠地感叹，“可真好。”

“哪里好？”尤金垂着眸，伸手将郝小枝脸上的奶油抹干净了，“喜欢被人糊奶油？”

“他们可真好啊！”郝小枝答非所问，自顾自地向前走着，影子被路灯拉得又长又细，“我从小到大都没有过过这么肆意的生日，一群人闹哄哄的多好玩呀。以前在家里念书的时候，都是爸妈和我一起过的，因为我爸不吃甜食，所以每次买的蛋糕就特别小。到了大学，就算记得要过生日，可我也只能请到那么几个人来吃饭，蛋糕什么的，也是小小走个形式，好像还有一两次我压根就忘了这回事……反正啊，他们真好，生日蛋糕都能糊十来个人的脸。”

尤金没插嘴，只是默默地跟在郝小枝身后听她说话，然后望着指尖上的奶油晃了神。

“哇，尤金你快来看啊！我已经瘦了六公斤了！”

郝小枝刚刚那副看起来好像很难过的样子，但其实她也没有觉得很难过。她心思细腻敏感，所以有时便难免多想，但值得放心的是，她也同时大气且通透。她明白每种不同的活法，也了解各有差异的境况。生日是个快乐的仪式，所以对于之前，她一点也没有责怪或是不满意的意思，只是今天偶然看到了学妹这种潇洒热烈的方式，就产生了一些单纯的羡慕而已。这不，走了两步看到便利店门口的称还摆在那儿，她就自然而然地将羡慕给丢在了体重后头。

“你快来看呀！”郝小枝笑着朝还停在原地的尤金挥手，“你来看看你首次当减肥指导师的成果。六公斤哎，请问导师我能不能申请明天午餐多吃半碗饭啊？”

“今年我给你买五个——啊，不对，”尤金斜靠着墙，连看一眼体重秤的兴趣也没有，他的眼神，专注又坚定地透过镜片落进了郝小枝的黑色瞳孔里，“我给你买十个生日蛋糕。不用觉得别人真好，他们十来个人只能有一个蛋糕，但是你一个人，就可以有十个蛋糕。”

说罢，尤金还冲郝小枝笑了笑：“然后我把蛋糕上的奶油糊你一脸。”

哈？尤金后半句说的是什么鬼东西？买十个蛋糕的目的就是为了糊她一脸好玩？

呵呵。郝小枝感动的笑容才绽放到一半，就遭上了这种不可抗的因素，从而凝结在了嘴角。什么？你问我这本该是一个凉风有信，秋月无边的温馨时刻？不不不，不存在的。

“怎么，”没有收到预期效果的尤金也感觉有点僵硬，“哦，我知道了，你肯定是觉得还不够热闹，那到时候我去网吧喊一些人跟我一起糊你好了，这下总行了吧？”

哦！原来不仅仅是你要糊我，你还打算呼朋引伴地一块来糊我！神经病嘛这个尤金！我又不是受虐狂！郝小枝冷漠又忿然地跳下了体重秤，并暗暗决定再也不去看尤金吃火锅了！

第二十章

本来以为抬起眼看到的第一个人，会是你

其实那天晚上，许沉言来教室找郝小枝除了送茶包之外，还真的有一件正事——学校一年一度的大型辩论赛开始了，每每决赛前都需要有一名非参赛学生代表发言，去年就是许沉言上的台，而今年当领导们再问他的时候，他推荐了郝小枝。

上台发表演讲这种事对郝小枝来说并不陌生，甚至在刚挂下许沉言的电话的那一刻起，她就已经在脑子里决定好了演讲稿的整体风格，以及正式上台的那天她要穿什么鞋子。

想到这里，郝小枝就迫不及待地放下了手里那杯喝了一半的脱脂奶，这是尤金今早出门去网吧开巡回粉丝见面会之前给她热的，为了奖励她最近瘦了挺多，还特别开恩准许她能在牛奶里加些别的东西，可她现在也没什么心思去冰箱里掏那包她垂涎了许久的果干麦片了，她甚至连她唇边沾着乳白色的奶皮都懒得擦，就直接向着鞋柜的方向走了过去。

说起来也挺不好意思的，自从收到这双鞋子以来，她就像小时候过年买了新衣服一样，整天在心里念叨到底什么是除夕呢，除夕还有多久呢，而现在，属于这双高跟鞋的除夕，终于算是来了。刚好尤金不在家，她也能偷偷试一试，不然当着尤金的面穿得很丑那就糗了。

郝小枝算了算，她长到现在这么大，除了小学时偷穿郝母的高跟鞋，在家里臭美然后摔了个狗吃屎之外，她好像就再也没有碰过这种美丽又优雅的东西了，因为她总觉得，这鞋跟细细高高的，不是她会踩折它，就是它会再次让她摔跟头，反正怎么看都和她不合拍就对了。

但这双高跟鞋，特别好看。

郝小枝站在镜子前，有些不好意思地推了推眼镜，眼前这个女孩子真的是自己吗？虽然她还是肉嘟嘟，许久未修理的头发此时也半长不短地垂落颈间，穿的还是最简单朴素的睡裙，但她的一切都和脚上的这双鞋子神奇地相得益彰起来。它们服帖地跟着她，让她一下子就变得美好和轻盈起来。

看着看着，郝小枝就脸红地咬着自己的下嘴唇悄悄地笑了笑。

可是冒着气泡的美梦才做了两秒钟，就随着郝小枝的移动而哗啦啦地破碎一地。

谁来告诉她，这双鞋子怎么走起路来这么不跟脚！郝小枝十分没有形象地直接席地而坐并开始捧着鞋子研究了起来，原来尤金是按照她的运动鞋尺码拿的高跟鞋，非常不凑巧的是，她最近瘦得连脚背上的肉都少了不少……难怪走两步就要掉！

算了，郝小枝享受着有生以来第一次因为尺码偏大而不适合的烦恼，并决定自己去商场换一趟，顺便再看看各大专柜有什么打折的裙子，毕竟也不能太委屈这双鞋子嘛。

不过非常不凑巧的是，她还没有走进店里，就在橱窗外看到了正在试鞋的罗伊斯。

时节已经入秋，但罗伊斯的短裙依旧维持在膝盖上方二十厘米左右处，两条纤长笔直的腿被店内华丽的灯光照得耀眼夺目。她在镜子前走来走去，似乎是在审视到底是左脚的鱼嘴高跟更好看还是右脚的及踝靴更出色。

就在郝小枝有些退缩地想要，不干脆等罗伊斯离店后再进去时，罗伊斯却已经一扭头，带着不明笑意盯住了站在一道玻璃之外的郝小枝。

“你来干什么？”罗伊斯最后还是选择了那双有着防水台的鱼嘴高跟鞋，她坐在绒布沙发里，像是一个优雅的主人看着偶然闯错门的窘迫路人，“难道是学校今年奖学金缩水了，你来这儿勤工俭学？”

郝小枝摇摇头，面对着罗伊斯和四周的模特海报，她还真的有点羞于启齿说自己是来换鞋子的，毕竟这么好看名贵的鞋子，的确就是为了这些有着出挑容貌和身材的女孩制造的。

“这位小姐是不是来换鞋子的？”到底是导购眼尖，一下就看见了郝小枝手里提着的袋子，“是码数不合还是鞋子哪里出了问题？我们这里是一概售出，概不退货的哦。”

“哦，我不、我不是来退货的。”郝小枝被动地将袋子递了出去，然后老老实实地说，“发票什么的在袋子里，我穿着有些大了，所以来换小半码或者是一码。”

“好的。”导购轻车熟路地将盒子打开，“请您等一会儿哦，我们按照规矩先检查一下。”

郝小枝居然是来换码子的？

这显而易见的事实摆在罗伊斯的眼前让她觉得很不痛快，从换码数这个关键性要素来看，可以说明两件事，一是这鞋应该是别人买的单，二是买单的同时郝小枝还不在现场。

“尤鱼送的？”罗伊斯笑吟吟地往柜台上看了一眼。这一看，直接让她脸上的笑容都僵了不少，这双鞋子是当季新品里最贵的一双，也是这次她来买鞋最心仪的一双，可是偏偏超出了太多预算，所以她刚刚才在两双不那么喜欢的鞋子里犹豫了特别久。

“就是他送的吧。”这次罗伊斯换上了肯定口气，“不管是牌子价格还是风格款式，都不像学姐你自己会买的呢。”

郝小枝揪着双手站在原地，点头也不是，摇头也不是。

“我看学姐你还真是可怜呢。”罗伊斯站起来向郝小枝步步逼近，

“该不会以为尤鱼送了双鞋子给你就是喜欢你的表现吧？送鞋可不是什么好兆头，是要送你走的意思哦。”她娇滴滴地笑笑，在郝小枝面前停顿时，还特意用指尖划拨了一下郝小枝的发尾，“我觉得吧，女孩子贵在有自知之明，你缠了沉言哥哥那么久本该参透这个道理的呀，怎么还越发糊涂了呢？尤鱼啊，肯定就是看你可怜而他又贪新鲜图好玩。哪有帅哥不喜欢美女的道理呢？我看他迟早有一天会醒悟过来哦。”

“小姐，小半码和小一码的鞋子都给您拿过来咯，现在要过来试试吗？”导购招呼她。

“嗯，”郝小枝点点头，然后轻轻地憋着一口气从罗伊斯身边经过，“罗伊斯，我一直把你当作一个很好的学妹来看，也从来没有觉得你哪里做得不好。但是这次，我还是想说，我和许沉言也好，和尤鱼也罢，这些都是我和他们之间的事情，你可以不必发表那么多意见。”

“你！”第一次感受到郝小枝反击的罗伊斯不可思议地提高了声音，她精致的面部微微颤动着，每一个字眼都像是从牙缝里挤出来的一样，“学姐这是瘦了一点点就有底气跟我对着喊话的意思？我没所谓，反正沉言哥哥不接受的人是你，尤鱼未来厌倦嫌弃的人也是你。”

罗伊斯接过打包好的鞋盒后就气冲冲地往门外走，末了还不忘回过头狠狠地瞪了一眼正在试鞋的郝小枝：“学姐应该是为了下个星期的辩论赛演讲所以才来换鞋的吧？我呢，是那天的官方礼仪小姐，到时候就站在台下看学姐如何释放才华咯，我可真的，非常期待呢。”

辩论赛决赛那天天气还不错，又正好撞上了郝小枝喜欢的导演新片上映，于是在去礼堂之前她就和尤金说好了，等会儿尤金就坐在下面看她演讲，结束之后俩人一块去吃饭看电影。

“你——”在进入礼堂前，尤金拉了一把郝小枝示意她停下来，“一定要穿成这样啊？”

“我这样怎么了吗？”郝小枝将双手摊在两边，然后自我怀疑地转了个圈圈，但由于对高跟鞋太过生疏，这个圈圈转得歪歪扭扭，要不是尤金眼疾手快一把抓住她又得在原地扑街，“我……我觉得还好吧？很丑吗？这个裙子的话是有点儿紧，可是导购说没问题这样才……”

“怎么想都是许沉言的错。”

蜜糖色一般的午后秋阳缓缓落下，尤金的口气是百分之百的不爽——连衣裙高跟鞋，还有在校外日化店里让店员给帮忙化的淡妆。这些因素垒在一起，导致郝小枝在来的路上被好几个男生用探究的眼神从头看到脚，可真叫人火大。尤金舔了舔自个儿的下唇，又用凶狠的表情逼退了一个路过的男生，真是的，老子的枪呢？

然而，事故的女主角郝小枝压根儿就不知道尤金此刻在不爽什么，她只是逆着光仰着脸去看他，觉得他耳郭后的那一点绒毛特别有意思。

“许沉言又怎么惹到你啦？”

“演讲什么的不能自个儿上？非要你站台上去，台子那么高，所有人都能看见你……”

“没关系的啊，我不会觉得麻烦或者怯场的。”没有捕捉到尤金重点的郝小枝笑眯眯地摆了摆手，“因为许沉言呢，今年已经升级到了学生评委，所以这个演讲他没办法上了，反正我从小到大总是站在国旗下讲话或者大厅里边背稿子，也不差这一次帮帮他啊。”

“反正你喜欢他，肯定帮多少次都不会觉得多啊。”

尤金声音不大不小，却正好被礼堂里开始试音的演奏给盖了个干净。郝小枝就这么懵懵懂懂地站在原地被突如其来的音乐声吓了一跳，一边揉着耳朵一边问尤金刚刚说了什么。

“没什么。”尤金当然没有再重复一遍的兴趣，“我说等会儿好好演讲，别丢脸。”

“放心吧。”郝小枝推了推眼镜，一边自信握拳一边向尤金展示了什么叫学霸的坚定眼神，“打游戏我不行，天天在英雄世界里丢你的脸，但是上台演讲就绝对不会啦。说来也蛮奇怪的，你好像总是看见我又笨又傻的一面……”

郝小枝说着说着眼神就飘到了脚上的高跟鞋，因为你总是看到我很蠢的时候嘛，所以也很想让你知道，其实我还是有那么一些些小优点的呀。上台演讲真是个再好不过的机会了，特别是穿着你送的鞋，就一定会做得更好的。

“好。”尤金走上前，本来是想揉一把郝小枝的头发，可是一想她出门前才认认真真梳过的就作罢了，转而给她理了理锁骨处的蝴蝶结，然后笑了笑，说，“加油，我会在台下看着你。”

难得和尤金有一个这么正常且温馨的时刻，演讲界老将郝小枝此刻更是从容不迫地背诵着稿子上的内容，左手抚桌右手扶麦，她带着笑意，语速适当地在最后一句谢谢说完时，成功地赢得了台下的热烈掌声——包括猫在最后一排，但仍旧特别打眼的尤金。

郝小枝从讲台后走出来，在掌声的余音里想着今晚的菜单。

尤金前几天就跟她说了，看电影是件开心的事，所以他大赦天下，允许她在时隔几月后的今天吃一顿正常的晚餐。

那么，是要吃海鲜拉面还是铁板炒饭呢？郝小枝走到了舞台的侧边正准备下阶梯时却十足傻了眼，怎么上面全都是玻璃弹珠？可她又的确不是个遇见问题就求助的性格，所以身体最先做出的反应是试探性地让脚小心翼翼地落在弹珠和弹珠的空隙之间。

这舞台边的阶梯不长但却陡且高，郝小枝生疏地穿着高跟鞋，每一步都落得缓慢且艰辛。可守在后台过流程的同学就急得不行了，在耳麦里不断地催促着郝小枝快点走下来回后台，校长还等着发言呢。郝小枝一被催促便慌乱了起来，脚步也随之加快了不少，终于在倒数第二个阶梯上踩到一颗玻璃珠，她重心一偏，狠狠崴了一下脚踝，最后半倒着摔在了地上。

刺骨的疼痛伴随着大厅里的尖叫声、笑声像海浪似的一叠又一叠地朝郝小枝扑了过去，她自己当然知道当众摔跤这种事很丢脸，而且也在一定程度上影响了辩论赛，可是她真的没有力气再挪动半分了——直到她看到有一只手臂出现在她的眼前。

“尤金……”她忍着痛小声呢喃着，一抬头，看到的人却是许沉言。

“小枝，”许沉言着急的脸不断地放大在郝小枝的眼前，“你怎么样？还好不好？摔到了哪里？痛不痛？”

郝小枝很想挤出一个微笑，示意许沉言稍微放松一点儿，可是许沉言却不给她这个缓冲时间就直接将她抱了起来。

“忍着点，我带你去医务室。”

许沉言说罢就抱着郝小枝突破了混乱的人群和已经游离在状态外的辩论赛，可一直到他抱着她跑出大礼堂的前一秒，郝小枝用尽力气睁大的眼睛都没能看见尤金的半分影子。

尤金……去哪儿了？明明在演讲结束后还看到他坐在位置上，怎么一下子就不见了呢？

“你就这样带我来医务室，没关系吗？”郝小枝脚踝的扭伤不算严重，手肘之类的地方也只是蹭破了皮，没有伤到骨头，她坐在床上，看着许沉言正认真研究着刚刚校医给开的喷雾就忍不住开口，“你评委缺席……”

“没事，学生评委本来就是个虚职，礼堂里总有人能顶上的，不用担心我。”

许沉言抬起头，朝着郝小枝温暖地笑了笑：“不过，你摔倒这件事——你放心，那些玻璃珠，我一定会去调查清楚看是谁在恶作剧。”

“算啦。”郝小枝了然地摇摇头，“没关系的，我这不也没什么大事嘛，就是挺丢脸的……不过更对不住等会儿还要接着辩论的同学，也不知道我有没有把地上摔出一个坑来。”

听到郝小枝这种类似自讽的话，许沉言便不禁皱着眉头轻轻地握住了郝小枝叠放在膝盖上的双手，他微微仰着脸，面色柔和地凝望着郝小枝："我忘了说，你今天很漂亮。"

"我……"郝小枝一惊，下意识地就从许沉言手里抽出了自己的双手，但这一抽，配合着许沉言似乎有点尴尬和意外的表情，就把整个医务室的气氛都搅得僵硬起来。

"那个，我……"郝小枝低着头，有点不敢看许沉言，"我，谢谢你、谢谢你夸我，其实我……"

"好了，"许沉言倒是很快调整过来，他不介意地笑笑，又拍了拍郝小枝的肩膀示意她放轻松一点，"现在你演讲完了，我的虚职也让人顶了，所以等会儿喷完喷雾，我们要不要一起去市中心吃个饭？好久没一块出去了，我知道你演讲之前没有吃饭的习惯，怕打嗝。"

郝小枝慢慢地抬起眼睛，偷偷地看了一眼正等待着她回复的脸，他照旧温和有礼、分寸有度，也照旧让她无法拒绝，可是今天，她已经和尤金事先约好了。

"许沉言，其实、其实我也很想和你一块吃饭，但是我今天已经和……"

"尤鱼？"许沉言虽然用的疑问语气，但他想郝小枝的反应已经给了他答案，"你们提前约好了？那就去吧，失信总是不好的，我们可以以后再约，没关系。"

郝小枝沉默地点了点头，可是又忍不住开口请求许沉言帮她一个忙："我和尤金，今天都没有带手机出门，我现在又在这里……所以，许沉言，你能不能帮我找礼堂的人问问？"

"他今天也来了吗？"许沉言看起来有点不相信，"那他怎么……我还以为按照他的性格，会在你摔倒后的第一时间冲到舞台边把你扛走……"

说到这里，许沉言便打了止，然后从外套口袋里掏出了手机："你好好坐着休息，我出去打个电话问问，别担心，应该没有出事。"

五分钟后，许沉言重新走进了医务室。

"怎么样？"郝小枝看起来既着急又在意，"在礼堂的人有没有看到他？他现在在……"

"真奇怪，学校认识他的人还真的挺少的。"许沉言不急不缓地走到茶几旁给郝小枝泡了一杯绿茶，"不过幸好他长得帅，足够惹眼。我问了在后台的学弟，他说他看到一个长得很帅的男孩子跑去了礼仪小姐休息室，然后他就不知道了。要不要我再打电话问问伊斯？"

郝小枝木然地接过水，又心不在焉地抿了两口，茶叶进了嘴里也全然不顾，此时此刻，她的脑子已经被那天商场里的罗伊斯给塞满了——没有帅哥不喜欢美女的道理，他只是短暂性贪新鲜又觉得你好玩，迟早要厌倦，迟早要醒悟过来……所以，从她摔跤到现在，在医务室待了接近一个小时尤金都没有出现，他是个什么意思呢？是已经开始不耐烦了吗？

也是，谁会一直对一个又胖又丑还总是出糗的人好呢？

郝小枝垂着眼，眼神再一次落在了高跟鞋上面，经过弹珠风波，新鞋上也刮出了一道不深不浅的划痕，她看着它，心里的那股难受憋得快要让她喘不上气了。

“小枝？”许沉言的声音再度响起，“要不，我先送你……”

郝小枝一口气将剩下的茶水全都喝完了，然后抬起头问：“我们今晚去哪里吃饭？”

第二十一章

未握到的手

许沉言带郝小枝去的餐厅是一家新开的泰国餐厅，四处都摆放着可爱的大象装饰物。

“我出去一下。”许沉言点好菜，就从椅子上起了身，“要是等会儿菜上来了，不用等我。”

“可是你要去哪儿啊？”郝小枝不明所以，“菜都点了，是有什么急事吗？”

许沉言只是笑，然后将离他最近的一只彩泥小象放到了郝小枝正捏着的小象布偶旁：“去给一位美丽的女士去买一双舒适的平底鞋，算不算急事？”见郝小枝说不上话但一脸紧张的样子，他便笑得更柔软了，“你的脚踝还受着伤，穿平底鞋会舒服很多。我很快就回来。”

郝小枝知道许沉言一直对她是照顾着的，但是他的照顾，从来都是仅仅局限于朋友间的点到为止，她虽然没谈过恋爱，但是最近她却懂了起来，那眼下这个行为又是怎么回事呢……

“那……那好吧。”郝小枝虽然还是很想一直穿着这双高跟鞋，但是她受伤的地方早就在喊着罢工了，这时候许沉言的建议的确是又好又正确的，“你随便买，到时候我给你转钱。”

许沉言明显一愣，没想到郝小枝会说这种话，但他也只是愣了一小会儿，就点头说好：“当然不能送鞋子了，万一送走了怎么办。这么多年下来，我会不习惯的。”

这大概是郝小枝近几个月来吃过的最自由和舒适的一顿饭了。

既没有人在身边打着她的筷子，命令她这也不能吃那也不能吃，也没有人假公济私地把他不爱吃的菜统统丢进她碗里，更没有人吃着吃着，就一定要绞尽脑汁地气气她，最后又让她完全生不起气来。相反，许沉言吃饭虽然沉默，但一直很有绅士风度地把每道菜最精华的部分都一一夹到了她的餐碟里，还会笑着跟她讲趁热吃。

“你自己吃啊，不用给我夹了。”尽管很努力地给自己嘴里塞食物，但郝小枝还是觉得胃口全无，甚至连桌面上的那几只小象都在她眼里失去了可爱和憨厚，“我已经吃饱了。”

许沉言看了看郝小枝几乎没怎么动过的餐碟问：“就吃饱了？”

“嗯，大概是摔了一跤，胃口也摔没了。”郝小枝慢吞吞地将筷子和勺子摆回了原状，“你吃吧，不用管我，我喝果汁就好。”

“那等会儿去看电影吗？”

许沉言好脾气地也跟着郝小枝放下了餐具：“我去一楼给你买鞋的时候碰到了影院在发传单，刚好看到你喜欢的那个导演今天上映一部新的喜剧片，要不等会儿一块去，反正还早。”

郝小枝愣了愣，然后后知后觉地发现吃饭也好，看喜剧电影也罢，这些本该是她和尤金约好在演讲结束后该做的事情，为此她还特别低声下气地求了尤金两天，要在看电影的时候多加一个芝士蛋挞，而现在看来，好像十个芝士蛋挞都不是问题了。

“看电影可以啊，”郝小枝扯着嘴角笑了笑，“但是不看那个喜剧片吧，我现在没有那么喜欢那个导演了，而且今天初上映人肯定很多，吵吵闹闹的，我们看别的吧。”

“好。”许沉言笑着给郝小枝的玻璃杯里填满了果汁，“都随你，你开心就好。”

两个人在电影院里挑来挑去，发现除了那部喜剧片之外，其他的电影要么就是给小孩儿看的动画片，要么就是都市励志类的快餐爱情片。许沉言见郝小枝左右为难地皱着脸，便直接决定去看已经上映了好一阵的由青春小说改编而成的电影。

因为排队买爆米花的缘故，所以俩人在开场后才进入放映厅。许沉言也知道郝小枝有点夜盲症的毛病，所以主动伸手让郝小枝来抓。郝小枝垂着眸，稍稍犹豫了一会儿才决定抓住许沉言的袖口，这动作让她想起以前和他以及他的那些朋友去看电影的时候，哪怕也是这种迟到入场她什么也看不清的情况，许沉言向来是用饮料品代替，从而带着郝小枝入座。

“许沉言，”郝小枝望着大屏幕里男女主穿着蓝白相间的校服在操场里打闹的场景，忍不住轻轻地叫了一声身旁人，“我觉得你今天有点……”

“小枝,”许沉言也看着大屏幕,面上浮动着一种很遥远的温柔,“以前我的高中同桌帮他朋友给我递情书，我拒绝了，他就问我，到底喜欢什么样的女孩子，我说不知道，然后那时候你正好从走廊上拿着扫把经过，你推眼镜，和我打招呼，最后走到我的面前，从校服口袋里掏出了一袋牛奶给我，说这是我最喜欢的口味。你走后，我的同桌问我，是不是喜欢你，当时我没有说话，只是觉得那感觉很陌生很奇怪，但不讨厌。我想，我现在可以回答他了，我喜欢你，其实我那时候就喜欢你，我只是——不懂什么叫少年情事和心动。”

许沉言突然降临的一番话让郝小枝的脑子变得一片空白。

高中三年，她给许沉言送了整整三年的牛奶，所以她并不知道他确切说的是哪一天，不过她现在可以知道的是原来她并不是一个人苦苦支撑着这份所谓的暗恋，原来许沉言也是喜欢着她的，原来上天也是听到过她的请求和希冀的，原来她和许沉言是真的可以在一起的。

“许沉言，我……”

“不用急。”许沉言将爆米花递给郝小枝，然后又从里面拿走了一两颗，“我们都已经一块过了这么久，不差现在这一会儿，所以先看电影吧，我觉得女主最后肯定和男主在一起了。”

电影散场后，许沉言和郝小枝选择了末班公交车回家。

月色凄清，一路上都是许沉言在说话，他聊小学时的郊游，初中时的运动会，高中时的篮球赛，还有大学时的社团活动，每一件事情，都与郝小枝有关。

郝小枝一直低着头在听，没怎么开口说话，但是她能明显地感觉到，随着许沉言话里的内容，她再次遇见了之前的自己。那个为了能让许沉言觉得自己不无聊不烦人，甚至偶尔贪心想让许沉言一直觉得她可爱的自己，为了这个目标，这么多年，她总是小心翼翼地处理关于许沉言的任何一件事情，不管多难多委屈多受人忽视，她都是满脸笑意，并且心甘情愿。

“许沉言，”在两人终于走到郝小枝的公寓楼下时，郝小枝终于问出了她憋了许久的问题，“我想知道，为什么今天你突然要为我做这些事，要对我说这些话。我这么问，没有别的什么意思，我就是单纯地觉得，很意外，然后是真的没想到。就感觉有点像在做梦。”

“突然，意外，像做梦。”许沉言精炼地提取着郝小枝话里的关键词，然后像是有点抱歉似的将双手轻轻搭在了郝小枝的肩头，“小枝，你是在怪我说得太晚了吗？”

郝小枝抿着嘴用力地摇了摇头，喜欢一个人，又怎么会晚呢，至少在许沉言表白之前，她根本只敢在梦里幻想这类似的情景，所以，许沉言这么说是不对的。她没有怪他。

“那为什么我感觉我说了之后，你的反应好像跟我想象中有点不一样呢？”许沉言耐心地询问着郝小枝，希望能得到一个确切的答案，“小枝，是我今天把你吓到了还是……”

“许沉言，你给我点时间想想吧，其实我现在还是晕的，有点不知道自己是谁，”郝小枝一边说一边抬头往自己的小公寓看，每一处都是黑着的，尤金还没有回来，这个认知让她一下子就觉得站在这里讲话是一件特别疲累的事情，“我先上去休息了，今天谢谢你，晚安。”

告别许沉言之后，郝小枝慢慢地挪进了楼梯口。

楼道里的灯光昏昏黄黄的，像是一个没睡醒的梦境，郝小枝靠着总是在落灰的墙壁，给自己找了一个还算靠谱的支撑点。

都摔了这么久了，眼下才是郝小枝第一次认真查看自己的伤势，她低着头，发现脚踝真的肿得跟个发面馒头似的，看着看着，她就觉得委屈又好笑，可是有什么好委屈的呢，不就是被尤金放了回莫名其妙的鸽子吗，今天可是长达十四年的暗恋终结日呢！

郝小枝叹了口气，脑子里的景象跟放画片似的哗啦啦翻个不停。算啦，她也懒得提起步子往楼上走了，反正家里也没有人，还不如就在这儿静静地倚上一会儿清理清理思绪。

黑暗中一片寂静，郝小枝任由自己变成无数粒小分子往四处去游离，然而就在她放松的过程中，她却隐隐地听到背后好像出现了一阵轻轻的脚步声。她猛地睁开眼，有些害怕地想喊应声灯，结果那阵脚步声的主人反而先一头栽进了她的后脖颈和发尾里——是尤金。

她认得他的体温，和身上的气味。他们用一样的洗衣液，她熟得不能再熟。

“饿死了……”尤金懒洋洋地哼着，两只手也从后方将郝小枝整个都圈了起来。

随着尤金的这阵响动，楼道里的灯也再次亮了起来，郝小枝的世界恢复了光明，所有散落在外的小分子也瞬间溜回了她的身体里。

“我饿得快要站不住了，你让我挂会儿。”

“你——”郝小枝用力咬了咬自己的下嘴唇，然后不由分说地挣开了这个莫名其妙的亲密姿势。

她回头，狠狠地瞪了一眼大半天不见的脸，捏紧了拳头喊道：“你放我‘鸵鸟’！”

“嗯？”尤金头一歪，眸子里晶亮的星光在昏暗处闪得更加明显，“‘鸵鸟’是什么？”

“一米八的人卖萌你不要脸！”郝小枝气鼓鼓地盯着尤金看，然后发现就算她站在上台阶尤金站在下台阶，她也还是得稍稍仰着脸说话时就更气了，“鸵鸟就是比鸽子更大的爽约！”

“哦，这样啊，”尤金点点头，笑眯眯地伸手去摸郝小枝的头，“你好像气得奓毛了哎。”

“你不要碰我——”郝小枝一边说一边就乱挥着手去拍尤金，结果挥着挥着自己重心不稳了，话都没说完就直挺挺地摔进了正下方的尤金怀里，“你、你你你……”

“我什么我，”尤金稳稳当当地接住了郝小枝后还不忘故意再招惹她几句，“你这是给我拜年呢，还是趁着夜黑风高投怀送抱？”

说实话，尤金也觉得自己挺欠扁的，不过没办法，他忍不住，他这好像还是第一次看见郝小枝这么生气的样子，虚张声势地龇牙咧嘴，就像是一只被踩了尾巴，但其实谁也挠不过的小奶猫。哎哟喂，这个人类，怎么能这么可爱啊？有没有服务器可以举报一下啊？太犯规了。

“你有病！”

是，尤金点头，我有病。

“你神经病！”

是，尤金接着点头，我神经病。

“你，你你你就是个浑蛋！”

是，尤金继续点头，我就是个浑蛋。

“你，你你你你……你给我滚！”

是，尤金跟小鸡啄米似的点头——哎，等等？就算我有病，我有精神病，我是个浑蛋，难道这就是你喊我滚的理由了吗？喊我滚？我偏不！

“不滚。”尤金双手抱胸，一副秋后算账的样子，“我坐在楼梯口等了你这么久，你倒好，跟许沉言吃好喝好回来之后还喊我滚？”

“你这是什么意思啊？”郝小枝蓦地将眼睛瞪得圆溜溜的，“本来就是因为你放了我鸽子，所以我才去跟许沉言吃饭、看电影的……”

“哦，”尤金皱着眉点头做了然状，“原来是去看电影吃饭了啊，难怪这么晚回来。”

“我……”郝小枝半张着嘴，觉得很不可思议，请问她作为被放鸽子的一方为什么要觉得良心不安？现在这个世道已经这么玄幻了吗？这个世界到底是一个怎样神奇的大染缸？

“谁叫你在我摔了之后一声不吭地消失掉！”

“我这是擒贼先擒王你懂不懂！游戏中打团战的时候，就是要先集火向对面的最高位输出我们才能获胜啊！结果我一搞完就发现你不见了，今天又没带手机，所以只能在这里等你咯。”

“你乱找借口！”

“你妇人之见！”

“不管怎么样，你就是态度不好！”

“如果你要这样想，我也没有办法！”

“我摔得那么惨，你一句安慰都没有！”

“那我提醒你明天后天都多喝热水！”

天啊天啊天啊！郝小枝真的要被尤金气死了！请问链接之门到底什么时候能修好啊！

“吵吵吵什么吵啊！”

就在郝小枝绞尽脑汁，准备再从之前看过的电视电影小说中搜寻一些台词来跟尤金交战时，二楼的大妈突然开了门就往楼下喊：“小年轻要吵架找个没人的地方吵嘛！站在楼道里像什么话！吵完了还不是恩恩爱爱的！腻味得是我们旁边这些人哦！”

“啊，对不起对不起！阿姨对不起！我们不说话了！”被大妈从上方投掷了一堆教育的郝小枝，瞬间反应过来她和尤金还身在所谓的公共场所里，她一边诚心跟大妈道着歉一边又在心里犯嘀咕，怎么回事呢，明明自己也不是个没有素质没有公德心的人，长这么大也从来没做过影响大众的事情，怎么刚刚就完全以为这地球上只有她和尤金两个人了呢，真是奇怪。

然后她一转头，就又不偏不倚地对上了尤金笑得过分好看的脸。

“笑什么笑，”郝小枝吸取了经验，此时只敢小声说话，“还不都是因为你。”

见郝小枝如此，尤金便笑得更开心了，边笑还边说：“好玩，看你生气好像比打游戏还好玩哎，我能在你这儿注册一个会员玩家吗？”他挑了一下眉，然后又伸手去拉郝小枝的手腕，“哎，我跟你说，其实我刚刚跟你对吼的那些话，都是我上次从一本书里看到的——”

“什么书？”郝小枝凉凉地瞥了一眼尤金，手上却没有躲开他的意思，“《如何气死你身边的地球女性》吗？”

“差不多，差不多。”尤金拉着郝小枝的手腕晃了晃，没有告诉郝小枝得把地球女性这个称谓换成女朋友，不过也不要紧，今天不说，也还有以后，所以他只是咂了咂嘴，然后卖乖似的跟眼前人保证，“别气了，我以后不惹你了还不行？你的脚……我背你上去吧？”

“不用啦。”郝小枝嘟了嘟嘴，她不得不承认，就算眼前这人放了她鸽子，然后又故意惹她生气，但她却实实在在地感受到身体里被灌进了一种名为快乐的东西，让她觉得就算刚刚放飞自我地无良扰民也是攥着一颗糖喊出的声音，“那罗伊斯……你是怎么跟她说的啊？”

“这你就不用管了。”尤金挑了挑眉，“反正她以后不会再找你麻烦了。”

“哈？”郝小枝被这话一惊，赶忙问，“你该不是出手打她了吧？”

尤金脸上的表情顿时很复杂：“在你心中，我就是一个这么没风度、这么恶劣的形象吗？”

“呃，其实也不是啊……”

郝小枝认认真真地在脑海里回忆起了有关于尤金的所有场景，从初见到如今，她见过尤金太多样子了，什么高傲的、不屑的、霸道的、嫌弃的、酷炫的、贪吃的、温柔的、诚挚的、幼稚的、傲娇的、傻气的、嘴硬的，真的太多了，如果非要用这些去给尤金垒出一个具体的形象的话……她眼珠子一转，想到了一个贴近得不能再贴近的生物——那就是一条大狼狗！

“我想到了，”郝小枝信誓旦旦地看着尤金，然后说，“你在我心里，就是 条狗。”

尤金眼睛一瞪，气得直吹自个儿的刘海：“你再给老子说一遍？”

“我——”世界第一胆小的郝小枝再一次成功地被尤金给唬到了，

她嘿嘿地边笑边摆手，然后体贴关心地开口问，“你为什么要在楼道口等我啊？钥匙我一直放在垫子下面的。”

“我知道啊。”尤金无所谓地耸耸肩，“但是我就是觉得在这里等你比较好吧，反正不管你在外面怎么浪，也总归还是要从这里走回去——必经之地，还能提前几秒逮到你。”

“神经病……”郝小枝小声嘟囔着，然后又想起最开始的尤金埋在她背后喊饿，“你是不是饿了？”当时好像还不觉得有什么，现在想来，那姿势也太令人脸红了，“回去吧，我给你喊外卖。”

“我不要。”尤金嫌弃地啧了啧嘴，但转眼就跟性情乖僻的小孩儿找大人要糖吃一般别扭，“外卖难吃，小吃街的我也吃腻了，我要吃你做的，什么都行。”

郝小枝表示很无奈，这人还瞪着眼睛吓自己，可这分明就是大型狼狗摇着尾巴撒娇要粮吃的直播现场嘛！她以前在乡下遇见的狼狗都这样——哦，不对，那些狼狗，都没有尤金好看。

“可是大哥，”郝小枝眨巴了下眼睛，“家里压根儿就没有任何原材料啊。”

“那就去买呗。”尤金双手插在裤兜里径直往下走了两步，然后又像想起什么似的折返回头，并将其中一只手伸到了郝小枝面前，然后他扬了扬下巴说，“走啊，一块去。”

二十四小时营业的便利店里，郝小枝和尤金是唯一在逛生鲜区的客人。

“我想吃鱼粉。”

郝小枝摇头：“我不会切鱼。”

“那就咖喱饭吧。”

郝小枝接着摇头：“我不会煮咖喱。”

“鸡丝凉面？”

郝小枝顶住压力，勇敢表达自己的疑问：“那面要怎么凉下来啊？煮了不就是热的？”

“郝小枝，你怎么什么都不会——”尤金转过头，有那么一个瞬间是很想伸手在郝小枝的脸上狠狠地掐上一把的，但一看到她无辜的眼神和瘦了不少的脸颊时，就只能含恨举着白旗连连败退，“那行吧，你会做什么？要不随便买点方便面……”

“报告大哥，我会做肉丝汤面！”郝小枝像是小学生回答问题似的将右手举得高高的。

“那好。”尤金被郝小枝这个举动逗笑了，他左边是泛着一点咸腥味的海鲜区，右边是不断制造冷气的速冻食品区，他就站在这一点儿也不浪漫的地方，轻轻地抓住了郝小枝的手腕不让她落下来，他垂着眸，温温柔柔地凝视眼前人，“你等会儿就给我做一碗肉丝汤面。”

郝小枝紧张地咽了口口水，甚至连呼吸都不敢太过放肆。

因为她能明显地感觉到尤金的手正在往上走，先前还按在手腕，而现在已经慢慢地升到了手掌间，她甚至有些期待地想，如果再等一会儿的话，尤金是不是就会和她指尖对指尖了？

“尤……尤金。”

“嗯？”

“今天、今天晚上看电影的时候，许沉言跟我表白了，我……”

“啪”的一声，郝小枝的手就这么直直地从半空中坠了下来。尤金望着她，笑着将手松开了。

“那很好啊，”他转过身，头也不回地向前走，“辛苦这么久终于追到手了，恭喜。”

第二十二章

你这么喜欢尤金啊

尤金不见了。

起初郝小枝只是以为尤金一大早出门了而已，毕竟他之前也不是没有这么干过，可是直到这次的出门时间从一天变成一天一夜，再从一天一夜变成好几个一天一夜的时候，郝小枝开始慌了，她害怕尤金出了什么事，可是他既没有带手机出门，又因为不是普通的公民所以没法报案，她没办法了，只能连着翘了好几天的课，就是为了在短时间内跑遍全市所有的网吧，可是不管她气喘吁吁地到了哪个网吧，反而是那群少年围着她追问大神去哪儿了……

是啊，大神去哪儿了呢？郝小枝木然地冲每个人摇头，大神去哪儿了，她也不知道。

她甚至都不知道是哪一步做错了，才惹得尤金连一句话都不说地就消失不见了。

是那晚肉丝汤面做得太难吃了吗？可是他虽然嘴上说了咸，却连汤都喝了个干净。又或者是那晚因为她白天太累了所以入睡前没有记得和他说晚安吗？可睡得迷迷糊糊的途中，她明明感觉到尤金在给她掖被子……

郝小枝躺在尤金曾经打地铺的被褥上，手指一点一点戳着尤金的手机屏幕。

说起来也令人有点哭笑不得，明明是尤金自个儿说了无数次粉红小猪一点都不可爱，可他的锁屏壁纸偏偏就是两头正在吃饭的小猪。这个人哦，怎么能那么口是心非呢。

郝小枝默默地在心底里笑尤金，手指头却一而再、再而三地停在了输入密码的界面，数字无非就是那么几个，可是她有点不敢猜，要是猜错了锁了机，岂不是又丢脸又糟糕——万一尤金突然又回来了呢，他还得接着用的。

虽然很不想承认，但郝小枝也必须承认，当尤金这次的出门时间已经从几个一天一夜变成现在无数个一天一夜时，她也慢慢地平静下来，并开始接受尤金也许是回到了游戏世界这个设定。所以她才会不管什么时候都将电脑开着，也将游戏登着。不过这么挂了大半个月之后，关于尤金的惊喜倒是没有出现，反倒是电费噌噌噌涨得跟外头残酷的北风有得一拼。

嘀嘀嘀……

郝小枝听到不远处的电脑发出了游戏好友信息通知的提示音，便慢吞吞地从被褥上爬了起来，入冬的天气，她又不习惯开热空调，在地上躺久了整个人都冻得有一些迟缓。

——大神啊，我有一点真心话想说……可是又不知道该不该说，怕你又把我删了……

——你想说什么就说啊，放心吧，我这次不会再删你的。

郝小枝蜷着腿，打完了字就把下巴磕在膝盖上。说来也奇怪，以前尤金管着她这也不能吃那也不能吃的时候，她什么都想吃，现在没人管了，她反而对百分之九十的食物都失去了兴趣。本来冬天是该疯狂囤脂肪御寒的时候，她却一路狂瘦体重都快要跌成两位数了。

——真，真的?

连着被删了两次的失恋哥们儿表示这种话不能信，哦不对，现在已经不能叫他失恋哥们儿了，人家对女神情深似海痴心一片无悔付出，终于在不久前抱得美人归，于是郝小枝非常跟进时代发展地在游戏好友列表里，给他改了一个十分直白的备注——第二春成功的网友。

——真的，我真的不删你。你有什么话就直说，没关系的。我等会儿还得出去一趟。

——也是哦，今天周六可以和朋友们一块出去玩玩，然后大神你就会发现不管出去玩什么，都不如对着电脑玩游戏来得爽嘿嘿嘿……哦，除了陪我女朋友!

行行行，谁谈恋爱谁厉害，我们旁人只有羡慕到质壁分离的份儿，说话这么烦，也难怪会被幼稚鬼尤金删掉之后还瞒着装作没事发生。

郝小枝无声地笑，想着要是尤金看到了今天这两句话，也许就直接拉黑了这哥们儿时，摆在一旁的自己的手机也幽幽地亮起了讯息提示。

是许沉言，问她今天下午是想吃东西还是看电影。郝小枝鼓着脸，对这两样都没什么想法。她本来就是一个比较喜欢待在家里的闷人，现在尤金不在了，她就莫名地对这个游戏依赖了起来，好像一直登着这个游戏，一直玩着这个游戏，她就能更靠近游戏世界里的那个尤金。所以，除了学习吃饭睡觉和必须要出门的事情之外，她基本上所有时间都耗在了这上面。

“去网吧玩游戏吧。我看官网说今天有双倍金币奖励。”

许沉言很快地回了信息，说好，然后郝小枝就没有再回了。

他俩现在关系有点微妙，外人看起来是郝小枝暗恋多年终于打动许沉言，有情人终成眷属了，而真实的情况却只有他们自个儿清楚。许沉言表白之后郝小枝没有接受，但许沉言也不觉得气馁或者没有希望，他开始对郝小枝加倍地好，俗称就是一个字，追。

——你再不说我就真的要出门了。

——哎，好好好，就是我想问一下，大神你最近还好吧？我总觉得你有点……怎么说，不知道是因为心情不好才导致的状态不好，然后因为状态不好导致的心情不好，反正怪怪的。

郝小枝默默地望着这两行字，将手里的手机越攥越紧。

——大神？呼……吓死我了，你这么久不回话，我还以为你又把我删了。

——我，最近是遇上了一点事……不过，有这么明显吗？

——明显啊！平常你一把能杀三四十个，现在一把要送十几个！四舍五入就是你差不多送了一百个人头给对面哎！次次都是负战绩什么的……不过还好我认识你啦，不然说你是大神谁信哦，搞不好还要举报你恶意送人头，是对面派来的第六位敌方。

哦，原来还是硬实力上不过关。

不过也是，郝小枝小小地叹了口气，尤金和她，本就是一个天上一个地下的水平，就算她再怎么努力回忆尤金教她的方法和攻略，也还是没办法做得更好。看来她果然应了尤金说的那句话——郝小枝，你知道你游戏中最大的天赋在哪儿吗？那就是非常擅长于丢我的脸。

回忆这种东西最好点到即止，郝小枝不敢想得更多，就强迫自己去看对话框边上的时间，还有差不多三个小时。今天晚上八点整，就是此次尤金火焰系列的新限定皮肤首次公开售卖的时间。热门英雄又要出限定皮肤自然是噱头和热度都十足，这几天她也一直泡在论坛里，看各种玩家猜测设计师会不会又做出什么大胆精美的举动，比如星空眸改成火焰眸，比如双枪变成火把的样子，再比如马靴上的流苏用火苗来代替等，所有人都嘻嘻哈哈地谈论着外表和特效，只有郝小枝一个人默默地敲了一行字上去：我希望这次的尤金能多出一句新台词。

——不过，也不光是大神你最近游戏状态不好啦。我就觉得你说话都有点跟之前不一样了。虽然之前你总是奇奇怪怪、颠三倒四，一下子凶一下子傻的，但我还是能感觉到你挺开心的，可是现在吧……不管聊什么都感觉你很闷，你最近欠谁钱了吗？

好，郝小枝的双手离开了键盘，所有的感动都在看到最后一句话的时候随风而去。

——还有就是我昨晚查自己战绩的时候，顺道看了一下大神你的战绩……真的大神！你相信我！我真的是单纯地、顺道地，没有任何要探究你隐私意味地查看了一下你的战绩！我很好奇为什么每晚都给自己开一场自定义啊？还就你一个人对着电脑打，苦练技术？可是每次你的战绩都是零杀零死零助攻啊……大神，你在游戏里面看风景吗？

——那个，其实不是我。

——哈？不是你？大神你号被人盗着玩啦？赶紧改密码啊！

——不是，我的意思是，你一直喊着的大神，不是我。

郝小枝也不知道自己在发什么神经，但她就是突然很想说实话，很想告诉所有人，曾经她的身边的的确确有一个叫尤金的存在——虽然这看起来很没必要，也没有人会相信。

——大神你什么意思啊？我有点晕。

——这个号子是我本人的，但是每次和你打游戏打得特别好的时候，都不是我在玩，是另外一个……人。现在他离开了，不在我身边，所以最近都是真的我在玩，真实水平就是你所看到的那样，每把都要把对面养肥。骗了你很久，对不起。

就在郝小枝以为对面会狂甩五十个惊叹号来怒斥她时，失恋哥们儿却恰好相反地只轻轻地丢了几个字过来，他问——所以你的意思是你和大神分手啦？还有和好的可能吗？

——啊？不，不是，他不是我男朋友……就我们的关系其实比较简单……

——行了我知道了！大神是你在网上找的代练，结果你喜欢上了人家，是不是？哎，你是真的喜欢上了大神，还是只是因为不想付代练费啊？大神那疯狂的高等操作，很贵的吧？

好，郝小枝心如止水地将键盘推进了电脑桌里后，又不禁在心底绝望地骂自己，明明世界上可以诉说心事的陌生人千千万，你非要找一个谈恋爱谈傻了的！郝小枝你真是一只菜鸡！

过了晚饭的时间，郝小枝依约来到了学校附近最好的那家网咖。

许沉言在前台接她，手里还拿着一杯热奶茶和一大包芝士蛋仔："就算你不想跟我吃饭，但上网的小零食还是要给你备好的，走吧，已经给你开好机子了。"

郝小枝点点头，有些不好意思地跟在许沉言身后走。她是为了能和许沉言有共同话题才开始玩这个游戏的，也是为了能帮到许沉言才去练的尤金，可这么久过去了，等到现在一切都已经不同了，她才等到之前梦寐以求的和许沉言一块上网打游戏的机会。

"就我们两个吗？我玩得很差劲的，怕连累你赢不了……"

"没关系，还有两个我的同班同学，"许沉言贴心地将包厢的门给郝小枝推开，“他们打游戏必须抽烟，怕熏着你，所以我俩坐这里。”他说着，又十分体贴地将郝小枝的围巾给取了下来，“这里暖气很足，等会儿怕出汗。还有，我之前带伊斯打游戏的时候，没进过包厢。”

郝小枝拿耳机的手一愣，然后说：“没关系的，我不介意。”

“你会什么英雄？等会儿你先拿，跟我走一路吧，我可以——”许沉言说着说着就发现有点不对劲，他的鼠标停留在邀请界面上，然后侧过头问郝小枝，“你什么时候改 ID 了吗？”

“啊？我的 ID？”郝小枝没想到许沉言会注意到她的 ID，毕竟之前他们俩都没有一起玩过，“对啊，我之前那个 ID 用了挺久的，刚好上次看到改名卡限时半价，所以就买了两张。”

“一个很粉红猪的人——”许沉言照着郝小枝的 ID 轻轻地念了一遍，然后就被这个既幼稚又有点语法错误的名字给逗笑了，他边笑还边帮着郝小枝用吸管戳奶茶，“有什么特别的含义吗？虽然和以前一样可爱，但我还是觉得，有点不像你自己会取的 ID。”

“没有啊，”不擅长撒谎的郝小枝强撑着摇了摇头，然后也没有去碰那杯被许沉言服务到位的奶茶，反而是抓着蛋仔就开始有点急切地往嘴里塞，“没什么意思，随便取的。你按开始吧，来选人了，你刚刚说要我和你走一路是吗？我没怎么玩过辅助类英雄我不知道……”

“没关系，你就拿简单好上手的辅助就可以了，开团做视野我来就好。”许沉言选好自己的人物之后就过来操控郝小枝的界面，“人鱼怎么样？模型很好看，你们女孩子应该都……”

“除了她。”郝小枝看着屏幕上绮丽儿的脸，声音坚定地重复道，“谁都可以，除了她。”

“那——”说起来，这还是许沉言第一次看到郝小枝这么干脆地拒绝他的提议，以往不管他说什么，她都会笑着点头同意的。

许沉言看着郝小枝被屏幕映照得发光的侧脸，将鼠标的主动权还了回去：“你自己选吧。你玩这个游戏的时间好像也不短了，你自己顺手最重要。”

郝小枝说好，没有扭捏地推脱，也没有刻意客套，她滑动着鼠标，最终选了一个比较简单的主加血次控制的英雄爱尔贝，同时，这也是她在这个游戏里接触到的第一个英雄。

不过当初尤金知道的时候特别不屑，说这类英雄，哪怕就是拿脸去键盘上滚着玩也不一定会输，然后他顿了顿，嘴角勾起很欠揍的弧度说也对，反正像郝小枝这种菜鸟，本来也只能驾驭得了这种白痴英雄。于是在一旁苦苦玩着游戏的郝小枝就不服了，捏着拳头回喊道我一定会征服尤金的！尤金闻言一笑，将脸凑到了她跟前，说，来啊，我尤金本人，就在这里。

那天天气很好，郝小枝话里的征服喊得豪气冲天，而尤金的眼睛里，也全是透亮的光芒。

“小枝？”许沉言张开手，在郝小枝眼前晃了晃，“游戏开始了哦。”

说真的，郝小枝以前没觉得现在手底下操作的这个辅助英雄有这么简单，也许是因为长时间练习尤金的缘故，她如今的走位技能视野还有意识，都让许沉言小小地吃了一惊。他没想到郝小枝作为一个女孩子，特别还是一个读书的女孩子，能有这样的水平。

——哎沉言，这个女孩子技术还不错哦，几个大招放得真挺是时候的。

——就是，比之前带那个罗伊斯轻松多了，所以你快努把力赶紧把人家追到手啊。

——对对对，从此情侣包下一路吵架！哈哈哈哈。

郝小枝本来是没打算回应的，因为她觉得这毕竟都是许沉言的同学，所以理应由他来说话，但她等了一两分钟，发现许沉言仍旧在专心补兵时，便自己敲开了队内的公共对话框。

——其实我游戏玩得很烂的，只是这个英雄比较简单而已，还有，我和许沉言只是朋友。

——哈哈哈，美女害羞了，别谦虚别谦虚。

——那按照美女这么说的话，平常玩的都是哪些高难度英雄啊？

不过是六个字母就能拼出来的名字，郝小枝却觉得因为她颤抖的指尖而让这个过程变得缓慢和困难起来。她深吸一口气，终于将尤金二字，点击了发送。

“那下一把你要玩尤金试一下吗？”

轻松取得一把胜利之后，许沉言向郝小枝提议。其实刚刚那些话，他全部都有看到。

“我可以啊，”提到尤金，郝小枝的表情也丰富了许多，“只是你们别被吓到了，我尤金真的玩得不好，差不多等同于对面法师的无限提款机。”

“别损你自己了，是尤金这个英雄本身就挺难玩的，很少有女孩子会想要去挑战，”许沉言带着笑意和郝小枝对视着，“所以你呢，你是为什么想要玩尤金？”

“我——”

郝小枝望着满脸温柔的许沉言一时语塞，她该怎么说呢，是说为了他还是说习惯使然，或者说再诚实一点，直接承认她想念那段像梦一样的日子？她还记得尤金就是在队友们追问她，为什么那么执着于尤金的那天出现的，他问她他到底哪里不帅的口气，听起来真的特别不爽和嚣张，而如今，她只是歪歪头，笑容有些缥缈地回答了许沉言：“因为尤金他，很帅。”

“是，他是被设计得很帅。”许沉言若有所思地看着郝小枝屏幕上的尤金，突然觉得有种眼熟之感油然而生，可一时间又实在想不出这眼熟，到底熟在了哪儿，然而就在他准备开口问一问时，郝小枝从游戏房间退出，回到了大厅的界面。

“怎么了？”他问。

“等我一下下，”郝小枝看着右下角的时间，七点五十八了，还有两分钟，“我买一个尤金的皮肤，很快。”

“今晚开售的火焰系列？”

郝小枝点了点头。

“没想到你也会买皮肤。”许沉言表示有点意外，“我记得以前初中的时候，班上的女生流行给自己的娃娃做衣服，只有你不做，你说既没有用也没有必要，娃娃有一套衣服穿就可以了。”他还在回忆，却被郝小枝八点整的手机闹钟给拽了回来，他看着郝小枝一边关闹钟一边预备付款的样子也点开了自己的手机。

“我来吧，”他单手拦住了郝小枝，“这么多年，好像除了生日礼物之外，我再也没有送过你喜欢的东西之类的，这皮肤我送——”

“不,不用了,”郝小枝用力地摇着头,眼神里淌着的东西非常诚恳，“我想自己买，这个皮肤，我一定得自己买。”

“为什么？不用跟我客气的，你——”

许沉言还想说,但快速付好账的郝小枝已经重新拿起耳机戴上了，她看上去是一副迫不及待要去试一试新皮肤的样子。郝小枝退出商城点进自己的主页，然后找到了尤金，在皮肤那一栏中，她一页页地点过去，许沉言的意外也更上了一层楼。他没想到郝小枝不仅坚持要自己给自己爱玩的英雄买皮肤，而且她还是尤金皮肤的全套拥有者，甚至连最早的那一版限定都有。可是他很确定，在那版限定对外售卖的时候，郝小枝还从来没有碰过这款游戏。

可现在的郝小枝正全神贯注地盯着屏幕，根本没有空去理会身旁的许沉言在想什么。

尤金上周五公开的火焰皮肤原画在左，此时才被公开的新皮肤介绍视频在右，位于这两者下方的，是文字版的简要概述。郝小枝轻轻憋着气，牙齿不自觉地在下嘴唇上咬出了深深浅浅的凹纹。她一手握着拳，一手将介绍视频点开了。

新皮肤对于尤金本身做的改变不多，并没有出现论坛里那些玩家希望看见的大动作，这次的设计重点在于技能释放时的特效改版和增强。郝小枝目不转睛地看着尤金在游戏世界里拿着双枪奔跑的背影，突然就觉得有点儿委屈。怎么能这样呢？不打招呼地来，又不打招呼地走，把她的生活和心情搅得乱七八糟的，自己却美滋滋地一回去立马就有新皮肤加身。郝小枝看着还剩下最后五秒的进度条，在心里有些气不过地想，这对比，未免太浑蛋了吧！

唉——在视频界面归为黑暗的前一秒，郝小枝却好像听到了一声来自尤金的叹气声。

不，不可能，郝小枝清清楚楚地记得，在此之前尤金的台词库里面是没有这种情绪的语气词的，他风流潇洒、明亮光鲜、自信不羁……是不可能会有叹气这种台词的。

郝小枝不相信，就连续拉动着进度条去捕捉那一声小小的叹息，来来回回不下十次，直到将整个页面拖到文字版介绍区域后，直到将那句“台词新增一句叹气声”整整看了五分钟后，她才罢休。

可是为什么呢？郝小枝心里的委屈更甚了，浑蛋就浑蛋啊，我又没有怪你的意思，就算我怪你，只要你不从游戏世界里出来，我也打不到你的啊，所以你好端端的，叹什么气呢？

“小枝，”许沉言轻轻地摇了摇她的手臂，“你还好吗？”

郝小枝稍微回了一点神，然后点点头以示她还好。

“那你——”许沉言看了看郝小枝像是被脆弱的冰面冻住了的表情，又看了看被她按了循环播放键的尤金新皮肤介绍视频，有点开玩笑意味地问，“这么喜欢尤金啊？”

本来以为她会否定或者笑着说这只是个游戏之类的话语，但令许沉言万万没有想到的是，郝小枝居然摘下了耳机，一双寂籁的黑眸认真地凝视着他的脸，然后她点头，说：“是。”

第二十三章

我喜欢上了你，
可是我是不是再也见不到你？

——我跟你说，我觉得今年冬天好冷啊，我昨天坐在教室里冻得浑身发抖。

——可是我问别人，他们都说和去年差不多，难道是因为我瘦了的缘故吗？

——脂肪真的可以御寒吗？不行，我等会儿下了游戏得好好查查看。

——喂，我警告你别偷偷笑我哦，我真的有瘦很多，以前好多裤子都穿不了了。

——不行，还是太冷了，手指头都僵了，我去充个热水袋。

——还好你啊，是初秋走的，不然我们这里现在刮风又下雨的，可有你好受的。

——不过有点可惜的是，昨天路过一家店，两条围巾可以打八折。

失恋哥们儿说得没错，郝小枝最近的确有每天开一把自定义的习惯。

她给自己选尤金，也给电脑选尤金，两个尤金面对面站着不打架，但一站就至少半个小时。起初郝小枝这么做的时候自己都觉得特别奇怪，别的玩家开自定义要么是自己苦练技术，要么是和朋友们一起玩个尽兴，所以她觉得在整个服务区里面只有她一个怪人，开着这么长的自定义什么都不干，就光顾着拉大游戏画面和人物模型，然后在对话框里自言自语个没停。

可是她也的确想不出别的办法了。她只知道，关于尤金，她必须得有一个宣泄的出口。

——皮肤换来换去，我觉得还是原始的你最好看。

——我下午从图书馆回来的时候买了一包栗子，剥了好久才剥十四粒。

——我看天气预报说明天有大太阳，我要去顶楼晒晒被子。

——要不要顺便晒晒你的衣服呢？压在柜子底下那么久，我觉得一定潮了。

——你的手机我有注意，放得没电了就会帮你充满的。

——卖甜豆腐脑的奶奶问我为什么不再买双人份的了，我说你回家了。

——我还说你家在一个很远的地方，坐飞机火箭都去不了。奶奶就笑我。

——对了，我明天要去一个学长那儿吃饭，他过生日。

——他是我和许沉言大一时的部长，以前都在学生会，所以明晚可能会回来得晚一点。

——不过你放心啦，再晚我也还是会来这里跟你说话的，毕竟……反正就只有我而已嘛。

——其实吧，在我稍微有点理智的时候，我都觉得自己很像一个走火入魔的神经病。

——我甚至开始怀疑，和你在一起的那段日子，是不是我得了什么臆想症……

郝小枝打字的手慢慢地停了下来，她眨巴眨巴眼睛，望着屏幕里那张就算已经被她无限放大，但仍旧只有一个指甲盖那么大小的脸时，突然就觉得非常难受和无力。她伸出手，指尖忍不住在微微颤抖，她看过的那些科幻电影，都在暗示她说不定用手指一碰屏幕，屏幕里的人就能走出来了。虽然这听来荒诞无稽，但是尤金的出现，本来也不在常理之中不是吗？

所以那就三——二——妈！郝小枝在听到书包里的手机开始狂轰滥炸唱起广场舞金曲的那一刻简直两眼一黑，是麻将不好打还是雪饼不好玩，为什么您又背着我给您自己的来电选了一首这么别致的专属铃声！您知不知道我现在在做一件非常瞎扯，但同时也非常伟大的事情！所以是非常讲究当下的时机和心缘的！哎！真的是打扰了！

“妈……”郝小枝不情不愿地将手机翻了出来，按下了接听键。

“哎？”因为郝小枝表姐打算元旦结婚，所以郝母有一肚子的话要来交代，但是一听到郝小枝这种离死只差一口气的声音就瞬间全给咽下去了。

“怎么了？”郝母大大咧咧地躺在沙发上，一把推开雪饼要蹭过来撒娇的头，严肃地问着自己的亲生闺女，“终于挂科了？”

“妈，您能不能盼我点好啊？”郝小枝无奈地向后一仰，将自己摔在了柔软的被褥间，“我期末考试还没开始呢。”

“我跟你说没挂过科的人生一点都不完整，这就是你为什么活得这么无趣。”郝母指挥着郝父给她冲杯茶，末了才说起正事，“对了，你那个从小挂科挂到大的表姐要结婚了，按照家里的习惯呢，亲戚这边是要派一个人去当伴娘的，我们几个看了看，只有你合适。”

“妈！”郝小枝震惊地在床上打了一个雪饼式翻滚，“这种要出场面的事干吗推我去？我觉得很别扭啊……而且表姐不是有个亲妹妹吗，为什么——”

“人家才高三，去哪里找伴郎哦？”郝母说着说着又叹了口气，“而且你伯伯快被她气死了，都高三了，还整天忙着打游戏，梦想出去打职业，差点腿都给打断。”

“那我又去哪里找伴郎啊？我什么样子您还不——”

“小金啊！”郝母两个字落得清脆有力，“小金这么帅，一看就是伴郎位置的天选之人。”

“可是妈……”郝小枝有口难开，她要怎么告诉郝母她现在完全见不到这位天选之人，而且这位天选之人他甚至不是个人……

“那你这样就算答应下来了哦，”郝母喜笑颜开，“期末考试挂科了也没事，元旦前两个星期记得把你和小金的尺码告诉我就行。”

什么嘛。郝小枝挂了电话，晕晕乎乎地又重新坐回了电脑前。

——完蛋了你，你居然还站在这里臭屁地耍帅。

——你知不知道我妈居然奇思妙想地想要把你捉来给我表姐当伴郎啊？

——不过也没关系啦，反正你……算了。

郝小枝抿了抿嘴，手指在键盘上敲个没停，但就是没有按下发送键。对话框里的字被她删删减减、加加改改的一直处在变化状态中，最终她长按删除键，连个标点符号都没留下。

输入框变得空白，只留下游戏自动设置的那句半透明话语：在这里说点什么吧。

郝小枝望了望窗外的月亮，又望了望眼前的尤金模型，她笑了笑，说点什么呢。

——我很想你。

——真的。

——就是那种想到恨不得下一秒就能见到你的，想你。

学长的生日聚会选在了一家近郊的土味餐馆，味道和环境都很不错，就是有点偏僻难找。

等郝小枝和许沉言双双进店时，大厅里的几桌已经都到得差不多了，学长迎上来笑骂他俩是属乌龟的，居然来得这么晚，而许沉言则笑着解释道是因为他最后一节课上得太晚了。

“骗谁呢。”学长可不吃这一套，他端着酒杯促狭地朝着眼前的俩人笑，“还真以为我出来上了几年班，人就给上傻了？许沉言这小子，仗着自己头脑好成绩佳的，从大一开始就不爱上最后一节课，所以啊，今天肯定是小枝学妹，对不对？”

“不好意思哦，学长，今天教授临时留了我二十分钟交代事情，许沉言是在等我来着。”郝小枝眼尾注意到有装满酒水和饮料的餐车经过，便侧着身子想给服务员让道，结果没想到让了左边，右边也突然冒出了一辆推着热汤和饭前凉菜的餐车。眼看着白色大衣就要与油星来一场亲密接触，许沉言却一把拉过郝小枝将她半抱在怀里，让她安稳躲过了眼下的窘境。

“咳咳——”学长了然地挑眉笑笑，但也不点破，毕竟许、郝二人很快就分开成了正常站姿，“那个，入座吧，除了几个堵车的或者还在忙的，大家基本上都已经到齐了，你们先坐。”

“哎，小枝，来。”

在许沉言被同桌的朋友们拉着聊天时，学长则靠在墙角朝郝小枝偷偷摸摸地招了招手。“你俩——”学长拉长着声音，还没说完就被郝小枝简短的回答给拦截了下来。

郝小枝望着学长，眼神坦荡又真诚：“是朋友。”

学长头一歪，又问：“真朋友假朋友？”

“当然是真的啊。”

“真男女朋友假男女朋友？”

“真男女——”郝小枝抿了抿嘴，差点就被学长给绕晕了，“学长，我和许沉言的关系没有变化，就是普通朋友。”

“哎，不是，为啥啊？”学长皱着眉，满脸都是疑惑的问号，甚至为了表达自己真的很不解，还特意抱着自己的手肘朝郝小枝又凑近了一点，“我刚刚看你俩……不是，就我刚刚看许沉言的样子，好像挺喜欢你的啊？你不是从大一开始就喜欢他吗？怎么还是朋友啊？”

“是小学三年级。”郝小枝作为当事人，认真地纠正了一下学长口中的暗恋时间。

“我是从小学三年级开始，就喜欢许沉言了。”郝小枝笑笑，眼神也慢慢地落在许沉言照样清秀温柔的侧脸上，他听别人说话的样子这么多年也没变过，总喜欢带着淡淡的笑意，然后眼神固定在某一点上，是很让人舒服的礼貌，“学长会这么问，是一定还记得我大一跟他一块入学生会的糗样吧，本来自己想报的是宣传部，结果看到许沉言的意向是组织部，就赶紧追回了自己的表格，然后再在最后一分钟交到你了手上。”

“我是很喜欢他，也喜欢了很多年，总是把他摆在我能力范围和客观允许的第一位。”见学长好像抬了抬手想说什么，郝小枝又立刻摇了摇头说，“我不辛苦，也没有在怪许沉言。虽然在这段暗恋中偶尔会有难以坚持下去的时刻，但无论如何是许沉言让我明白，最纯粹的喜欢是什么样的，牵挂一个人的心情是什么样的，实实在在因为一个人感到开心快乐忧愁又是什么样的。虽然——”她抿抿嘴，终于敢向自己承认，“我现在喜欢上了别人。”

许、郝二人这一桌基本上都是大三大四或者是研一的在校学生，聊的话题也无非就是前途、就业或者是实习之类的事情。郝小枝向来对这些事情不喜欢发表自己的看法，也觉得无权去建议别人，所以就只是默默地吃着碗里许沉言夹过来的菜，偶尔才搭上两句。直到鲜榨玉米汁被端上桌的那一刻，她才放下手里的筷子，主动笑着说帮大家挨个倒一杯。

“你才觉得这个游戏垃圾啊？我没毕业的时候就觉得这个游戏没前途。”

“也太过分了真的，现在的设计师怎么搞的？我上班这么久，好不容易才匀出一下午的空闲去打游戏，结果咧？哎，正打着最激烈的团战，给我强制下线然后就再也登不上了？”

“咋了，你网速不行还是服务器崩了啊？”

“我网速怎么可能不行？官方后面自个儿发通知了，说什么服务器临时崩溃，给各位受损玩家挨个用金币补偿。呸，老子久别重逢的游戏体验是能用几个金币补偿的？”

“啧啧，这么大一游戏也开发了这么多年了，还能临时崩溃啊？

是不是出啥问题了？”

“小枝，小枝？”许沉言连续喊了好几声，才让专心听着隔壁桌对话的郝小枝回了一点神。

“啊？”郝小枝神色十分不自然地笑笑，眼神还时不时地想往隔壁飘，“怎么了？”

“玉米汁倒出来了，我来吧，你坐着吃菜。”许沉言先是扯了几张纸轻轻地擦掉了那些溢在桌面上的液体，然后才垂着眸，从郝小枝手里接替了她给大家倒饮料的工作，“你怎么了？是不是上了一整天的课有点累？那等会儿我们就不去唱歌了，我先送……”

然而许沉言话还没说完，就看到郝小枝已经满脸着急地跑向了隔壁桌。

“不好意思，请问你们刚刚谈论的是什么游戏？”

其实放在平常，郝小枝是不会这么贸然插进生人的对话中的，但是刚刚那些话，什么服务器临时崩溃，游戏出了问题……这些关键词真的让她太心焦了，然而当真的听见那几个熟悉的字眼出现在空气中时，她每个叫嚣着的细胞都突然安静了下来。

她倒吸一口气，有点头重脚轻地向后走了一步，是跟随而来的许沉言扶住了她。

“不好意思两位学长，”许沉言笑着替郝小枝的失态做解释，“她很喜欢玩这个游戏，所以听到出了问题难免有些紧张。”

“为什么，为什么会崩溃……”郝小枝眼神空洞，但仍不放弃地冲着其中一位追问，“通知是怎么说的？服务器到底出了什么问题？完全崩溃了吗？那里面的游戏人物会……”

“学妹啊，”那人似乎有点哭笑不得了，“我就是一个很久没玩过，然后今天一上线就遇到这破事的倒霉玩家，我能给你解释什么啊，我一不是设计师二不是工作人员的。不过游戏不就是这么一回事嘛，今天维修明天接着玩就是呗。你啊，还是先跟你男朋友过去吃饭吧。”

“小枝，没事的，你放轻松一点，”许沉言带着郝小枝重新坐回了座位上，又给她倒了一杯热滚滚的茶，“大型游戏服务器崩溃不是什么新鲜事，你神经别绷这么紧，不需要啊。”

“不，不是的，”郝小枝摇着头，声音低得只有自己能听见，“他不是一个游戏……”

“原来郝学姐这么喜欢玩游戏啊？”目睹了这一切的同桌小学弟笑着夹了一筷子牛肉，“我还以为只有男孩子会特别喜欢玩游戏呢，没想到三好学生郝学姐也这么着迷，而且还是因为服务器崩溃就紧张的程度。我以前玩这个游戏账号等级不够的时候，就一直盼望着服务器出错维修什么的，好给我补偿点东西，嘿嘿！”

“你以为郝学姐跟你一样没出息啊，一个大男人，尽玩一些女孩子爱用的辅助英雄，”小学弟身旁的男孩子忍不住也开口了，“我之前看到郝学姐在网吧玩的可是尤金，还用的金属战士限定款皮肤，哇，真的超酷超炫，可惜现在买不到了。”

“哎，学姐喜欢玩尤金啊？”坐在郝小枝对面正默默玩着手机的女孩子突然抬起头开口了，“我刚好在刷论坛哎，有个帖子说什么，内部人员爆料，这次服务器崩溃就是因为尤金的数据库出了问题。喏，”女孩子胳膊一伸，费力地将手机递了过来，“就这个，学姐要看看吗？”

——千真万确，我一个叔叔就是这游戏公司设计部门里的，这消息就是他告诉我的。

——好端端的，尤金的数据库怎么会出问题？这么热门的英雄应该更加受保护啊。

——难道是新皮肤做得太匆忙了的缘故？夏日派对这才出多久火焰就上了。

——官方抢钱有什么办法嘛，现在抢出麻烦来了吧？

——也不存在什么麻烦吧，现在系统都关闭好几个小时了，大概修到明天就好了，你们操这么多心干什么，排位十连跪找不到地方疏解？

——楼上说话别这么肯定哦，这次还真不一定。你看看哪次系统维修时候的通知不是提前说好什么时候恢复正常？唯独这次就扔俩字，未知。

——是挺严重的，我叔叔说抢救不回来的可能性很大，然后就只能重做或者被迫改造。

——升级改版的意思？可别再增强了，我他妈每次都被对面的尤金打得生活不能自理。

——哈哈哈，跪求楼主跟你叔叔说一声，让设计师们把尤金改得简单一点！我玩了差不多快五百把的尤金，被动还总是不能及时地按出来！气死了。

楼里还在嘻嘻哈哈地讨论着这件事态的发展，但郝小枝却已经是从头凉到了脚底，不，不可以，不可以变成这样……她记得尤金和她说过的，只要他的数据组成里出现了一丁点更改，那么他就会变成另一个尤金，另一个陌生、崭新、可能链接之门都找不到的尤金……虽然对其他来人说，“尤金”这两个字，只意味着一个看不见摸不着可以被设计师随意削弱增强的游戏角色，可是对于郝小枝来说，他却是一个有血有肉，不能被任何东西所取代的真实存在。

“对……对不起各位，我还有急事我先走了。”说罢，郝小枝也不顾众人的反应，直接就提着包冲出去打车，说要去最近的网吧。

“那个，姐姐……”

偷偷逃了自习出来上网的初中小男生，忍不住推迟了自己打开可乐罐的动作，他清清楚楚地记得，他一分钟之前去前台买可乐的时候这个姐姐就坐在这儿登录游戏了，怎么等他买了回来准备开喝了她还在登录啊？那么大一个说服务器在维修，暂时不能进行游戏的通知框摆在眼前，这位姐姐是看不见的吗？可是看不见还能坚持玩游戏的吗？那可真是太令人感动了！

“那个，就是游戏现在在维修，你进不去的，”小男生好歹也是上过思想品德课的人，知道日行一善总比除了逃课啥也不干要来得强，所以再次提醒，“维修的时候真的玩不了。”

话是说了两遍，可眼前这位姐姐的动作依旧不受阻，她照样一遍又一遍地输入账号密码，被通知框打回后按下确定然后就又开始输入账号密码，这……简直就像在鬼打墙嘛。

小男生歪着头觉得大姐姐什么的，果然是这世界上最奇怪的物种了，但是……哎，算了算了，他自顾自地拿着可乐回到自己的座位上，想着再不听劝那也不会傻到一登登一晚吧？

“小枝，你——”随后赶到的许沉言气喘吁吁地将双手轻轻地放在了郝小枝的肩膀上，“别试了，系统维修的时候普通玩家是登不进去的，你自己也知道不是吗？”

可是郝小枝连半秒的停顿也没有，她继续飞快地运作着她的手指。

“郝小枝！”许沉言忍无可忍地提高了音量，他换了一个方向，手也随之蛮横地握住了郝小枝冰凉又发抖的手腕，“你到底在发什么疯？你明明不是——”他吼到一半，又生生地停住了，因为他从来没有见过郝小枝哭得这么凶的样子。

“小枝，对不起，我不是故意要凶你，”许沉言有点语无伦次了，“我只是……”

“许沉言，”郝小枝仰着脸看许沉言，眼泪啪嗒啪嗒掉落在老旧的键盘上，“我好害怕，真的好、好害怕……”她鼻头通红，哽咽像是碎在了喉咙里，“我是不是，再也见不到他了？”

第二十四章

哎，真是个烂俗又甜蜜的结尾

“祝你生日快乐，祝你生日快乐——”

在服务器大型崩溃抢修了两天两夜之后，尤金便成了禁用英雄，一直到郝小枝生日这天都无法被游戏里的任何玩家所选定。许沉言望着餐厅外漫天飞舞的雪花，示意走廊上的服务员可以在生日歌结束之后将蛋糕端上来了。

“小枝，”他笑着举起酒杯，“生日快乐。”

“谢谢。”郝小枝看着摇曳的烛光也举起了酒杯，“谢谢你，我没想到你会……”

“往年都是你小心翼翼地来问我有没有时间可以来吃你的生日饭，那今天，就算我回赠给你的一点小心意吧。”许沉言一口将杯中的红酒饮尽，眼睛却没离开过郝小枝。这个冬天郝小枝实在瘦得太多了，毛茸茸的黑色高领衣上戳着一张精致的小圆脸。他想过，但是也没真的想过，郝小枝瘦下来之后，会这么好看，所以他这么多年，总是碍着些什么不曾表示。

“红酒是你喝过的牌子，西餐也是你在这家预定过的厨师，蛋糕是你初中时候最喜欢的布朗尼——”许沉言说着说着自己倒先笑了，“我没准备过这些东西，还挺……有趣的。”

“你明明是想说麻烦吧。”

郝小枝了然地笑了笑，在默默搜索对方喜好这件事上，她可是最有发言权了。

“你喜欢纯色的袜子，奶茶永远只喝三分甜，面食里面一定要加醋，坐车不爱靠窗边，每本教科书上都不会写明班级，秋天容易睡过头反而冬天最精神，篮球鞋从不更换牌子，还有更多呢，我就不一一举明了，”郝小枝其实没什么胃口，如果不是一大早睁眼看到郝父郝母的转账记录，她压根儿都忘了今天是她的生日。她只知道，昨晚入睡前刷了好几次官网，然后发现依旧没有尤金在游戏中解禁的通知，所以今天又是连这种隔着屏幕都见不到的一天，甚至连带着眼下这块冠了她生日晚餐之名的牛排也变得有些干涩。她垂眸，慢慢地切着，头顶的水晶灯照得她手指的前端跟葱管一样细白，“不过还是很谢谢你，今天愿意为我准备生日。”

“小枝，过去是我不好，一直被一些肤浅的东西所阻碍，但是我现在真的很想和你——”

“许沉言，我没关系的，所以你不用觉得对我抱歉或者亏欠。”

郝小枝抿了抿嘴，又抬起头与许沉言直视着，“我现在能在你面前轻松地说出这些，就代表着对于过去，我已经完全放下了。而且我们不一直都是从小玩到大的好朋友吗，知道朋友的喜好不是很正常……”

“那作为朋友，我可以劝你一句，早日回到现实中来吗？”许沉言是聪明人，经过上次郝小枝在网吧疯狂流泪，登录游戏账号这件事，他就算不开口问，但也能联系自己亲眼见过的，整理出一些靠近事实的线索，“你十二岁的生日我们是一起在你家过的，你许愿说踏踏实实快快乐乐地过好每一天就够了，可是现在呢，你觉得你——”

“许沉言，你就当我大龄儿童睡在爱丽丝的仙境里不愿意出来吧。”郝小枝再一次抢过了话语权。

许沉言接下来要说什么她大概能猜个七七八八，但是这种要挨现实一棒子的痛楚感，能不能晚一天算一天呢？毕竟……毕竟对于尤金，她还没有完全死心，没有觉得一切就真的不可能了啊，哪怕她知道，她已经到了一个最该正视现实的年纪。

“那我现在许愿咯。”郝小枝将刀叉放下，双手合十地抵在自个儿的下巴上，“第一个，希望大家都健健康康开开心心的，第二个，希望大家在乎的人都不会莫名其妙地消失……”

“小枝——”许沉言看着她，眼里是清清楚楚的不解，和一点点疼惜。

“那第三个不能说出口的愿望，我把它送给你好了。”郝小枝笑笑，也不在意许沉言稍显意外的表情，“我没有别的意思，这个愿望就当作你为我准备这顿饭的谢礼好了。本来嘛，生日愿望就是讨个好彩头，可要是我真的许了我最想要的愿望，但是没有实现的话，我反倒会非常难过的，我已经在让这件事尽量不影响我的正常生活了，生日一年一次，也算珍贵吧，所以我不想这样……干脆就送你啦，我也觉得挺好的。”

晚餐过后，郝小枝谢绝了和许沉言一块去看电影的邀请，她把伞递给了他，自个儿走在了大雪中，然后随意搭上了一辆公交车。她哪儿也不想去，什么也不想干，就是想静一静而已。

郝小枝坐在最后一排，窗边是浓重的夜色晶白的雪花还有各种靓丽的彩灯，公交车有那么一点点破，暖气供应得不是很足，坐得久了仍旧是冻手冻脚的感觉，但是她却在这样的环境下想起了第一次和尤金坐车回家的场景——当时也是坐在最后一排，他懒洋洋地看着她，那种目光像是一颗蒲公英的种子，随着风和光飘呀飘，最后软绵绵地在她的心上落了根。

而如今，说好在生日当天要买十个蛋糕糊她一脸的那个人，却好像永远也不会再出现了。

“哎，小姑娘？”司机已经是第四次看到郝小枝走到他旁边来刷公交卡了，“你别刷了，你又没下去过。”

“可是，我一直都在坐啊。”郝小枝在这些事方面还是特别规矩的，“从首发站坐到终点站，不刷卡感觉好像很奇怪。”

“不用，反正你坐不坐，我这车都一直开着的。”司机大叔倒是很和蔼，在等红绿灯的时候还掏出保温杯喝了一大口水，“我这条线因为修路改了路线，所以最近上的人很少。”

郝小枝点点头，就直接坐在了最前面的位置，她的头抵在明黄色的栏杆上，早该去修剪的刘海挡了一半的视线，不过这样也不妨碍她望向她刚刚坐了很久的最后一排。司机大叔说得没错，这条线果然很少有人上，再一次从首发站开到终点站，都没有人坐过那个位置。

“小姑娘到底想去哪儿？”司机大叔打着方向盘，忍不住再次开口跟郝小枝攀谈，“我这已经是最后一趟了，到时候得开去公交车总站，那儿离市区挺远的，怕你回去的时候不安全。”

“我今天生日，”郝小枝答非所问，“二十四了。”

“那祝你生日快乐，”司机大叔笑着给了一声祝福，“所以今晚是坐循环公交车庆祝？”

“本来——”郝小枝有些不好意思地摸了摸自己已经垂到了胸前的直发，“是该被十个蛋糕糊上一脸然后吵吵闹闹的……应该本来是这样的。”

“发生什么了吗？”雪下得越发大了，市内的路况也开始有点堵车的迹象，于是司机大叔就趁着这个空当给郝小枝递了一根棒棒糖，“你看，现在车上就你一个乘客，这糖给你了。我今早出门的时候女儿塞我口袋里的。过生日，要开心啊。”

郝小枝低头道了声谢谢，却只是攥着糖不吃，这糖好巧不巧的，还是菠萝味。

“司机大叔，”沉默许久后，郝小枝抿了抿嘴，终于鼓起勇气问出了一句她想了一路的问题，“如果，我是说如果，喜欢的人突然消失不见了，怎么办啊？”

“去找呗。”

“那如果根本找不到呢？或者说那个地方压根儿去不了呢？”

“那就等呗。”

“那要等多久？如果要等很久很久也可以吗？”郝小枝的手紧张地蜷了起来，坚硬的糖杆子戳得她手心发痛，“我已经二十四了，如果一直沉浸在不现实的梦境里，也是可以的吗？”

“为什么不可以，那不是你喜欢的人吗？”司机大叔转过头，一边说话一边摩挲着自个儿还带了些胡楂的下巴，“喜欢这种东西本来就是冲淡人生的苦味的，想要得到它就必须要付出一点代价嘛。不过也得看每个人的活法了，看你是想不那么开心地在现实里按部就班，还是想等到满脸皱纹，然后再一拐杖敲晕你喜欢的人，并且大吼我等你五十年啦！”

郝小枝捂着嘴笑了，但眼里却是闪着光，她眨了眨眼睛，很认真地说：“我从小到大都是很听话地活着，那这一次，我想要任性地选择大叔你所说的后者。”

“我知道，你早就有答案了不是吗。”车子重新发动起来，司机大叔也不再看郝小枝，“其实放弃也好，妥协也罢，这种事，只要是真的，那从来都是不声不响的。你这么问，无非就是想找个人肯定一下你自己而已。喜欢嘛，当然需要很大的勇气，但是到了绝处，老天爷也会给奇迹的。刷公交卡的边上有抽纸，寿星就别哭鼻子啦。”

郝小枝闻言点点头，手刚要伸过去，就听到自己塞在包里的特别提示音叮咚一响，于是她用力地吸了一下鼻子，连就快要掉下来的眼泪也顾不上了，只想着赶紧将手机翻出来。

——各位玩家晚上好！我们在这里非常高兴地通知各位，游戏人物尤金现已解禁，从今日零点起便可供正常选择，在此我们对这段日子以来给大家所添的不便感到非常抱歉……

“司机大叔！麻烦靠边停一下，我要下车！”

郝小枝喊完这一句话，就立刻飞奔在了雪夜中。

凛冽的北风吹乱了她的头发和围巾，凝结在脸上的眼泪也几乎快要成冰，但是她什么也不管了。哪怕还有两个半小时才能在游戏中见到尤金，但从这一刻起，她的心，就已经鲜活有力地跳动了起来。

没关系，她默默地跟遥远的尤金喊着话，没关系的，尤金，哪怕到了你再出现的那一天，我已经白发苍苍而你少年如旧，我也舍不得用我的拐杖敲你的。我只会大声告诉你，就算你不再热门，甚至开始无人问津变成过气的游戏人物，我郝小枝也会一直一直一直喜欢你的。因为不管是二十四岁的郝小枝，还是八十四岁的郝小枝，都一定会是一个捧着一颗完完整整的真心等待着和尤金重逢的郝小枝。因为尤金最好，最好，最最好了。

郝小枝气喘吁吁地跑到了公寓楼下，还没将那扇铁门推开，就看到楼道里隔三四个台阶就摆着一个被透明盒子装着的精美蛋糕，以及每个蛋糕旁都有一张乖乖躺好的粉红色卡片。

——我觉得“一个很粉红猪的人”这个 ID 真的很不错，我猜一定是哪个帅哥告诉你的。

——哦，你在这个帅哥的手机里也是这个备注。

——但是你为什么不用你自己的生日套一下这个帅哥的手机密码呢？

——帅哥回去之后过得有点惨。

——具体是个什么惨法就不告诉你了，毕竟真男人从不靠同情。

——哎呀，其实就是想出来找你的时候被链接之门给卡住了。

——喂，不是你所理解的那种卡门，没那么傻……反正别偷着笑啊我警告你。

——被卡了之后就被按在游戏里修理，动不了，游戏里还给禁了大半个月。

——唉，我看这个英雄世界我是混不下去了。

——冬天来了，你们这儿真冷，所以那什么两条打八折的围巾你赶紧去给我买回来。

——粉红色也行，上面有猪也行。我报销。

——这次的火焰皮肤那么丑，你居然还守着点买了，我怀疑你的眼光有问题。

——哦，我好像骂了我自己。

——算了，买了皮肤你的技术也还是一言难尽。省点钱吧。

——要不我收你做关门弟子？三个月起飞成国服第一尤金。

——放心，我不收你钱。但是你不准再对着许沉言笑，一丁点也不行。

——同居对象什么的真无趣，我就比较喜欢就算不同居也是对象的那种对象。

——说过要买十个蛋糕糊你一脸，但是我觉得，二十四岁，就买二十四个吧。

——明年给你买二十五个，后年给你买二十六个。

——买到一百岁。年年有今日，岁岁有今朝。

——不光是今天，其实是每天都要快乐。

——我也很想你。

——所以我再也不会回去了。

——生日快乐，郝小枝，祝你永远都喜欢我。

郝小枝一张一张读着，好不容易干掉的眼泪又有卷土重来的趋势。

“嗨，考不考虑来我怀里擦个眼泪？”

她拿着最后一张卡片，一抬头就看见站在了家门口的尤金。

老样子，穿着披风和马靴，腰间别着两把枪，笑容耀眼，星空眸深邃又璀璨。

“你俗不俗啊！”郝小枝泪眼迷蒙地狠瞪了眼前人一眼，“同一个剧情走两遍！”

“招不在多，管用就行啊。”尤金一边笑，一边朝着郝小枝张开了手臂，“所以，过来。”

——正文完——

番外一

我只不过是一个想打职业的单纯小女孩

大家好，我是郝小枝即将结婚的表姐的亲妹妹，今年十七，梦想是考上一所让家里人都放心的好大学——我的意思是，如果前两天再一次嚷嚷着要出去打职业，我爸没有抄起腿凳子作势揍我的话，那么我是不存在这么肤浅和大众的梦想的。

可是老祖宗教导大家，人在屋檐下，不得不低头。

毕竟本未成年是靠着众成年人的眼色和脸色来决定零花钱的数目的，而这些零花钱又直接决定了，自称国服第一女法师的我能不能拥有一个好的游戏体验，于是面对这样庞大的生活压力，再沸腾的真心和热爱也只能藏到九十九分的英语试卷下面——唉，别夸，满分一百五。

我还记得在我念小学六年级的时候，念高二的郝表姐就已经开始教我那个念高三的亲姐姐写作业了——我这个郝表姐呢，虽然胖胖的看起来比较呆，但真的就是爸爸妈妈最爱的“别人家小孩”，无比乖巧懂事，既不像我打游戏也不像我姐搞早恋，每次考试都是年级前几名。

不大不小的书房里，一边是郝表姐拖着温温吞吞的嗓子，不厌其烦地问我姐这道题会了吗，一边就是我噼里啪啦响个不停的键盘，和对我连连称赞的队友——以至于今天我都很想质问那些骂队友小学生的玩家，你们知道天赋型选手就算在小学也照样嚣张吗？对，说的就是我。

大概是同一道题郝表姐教了一百九十九遍仍然无果后，她也醒悟过来人生可能需要去别的地方看看风景，于是她转悠到了我的手边。

你的作业写完了吗？

作业什么的，那当然没有啊。我快速地摇了摇头。

我看你游戏玩了好久了，要不歇歇吧？

中途退出什么的，那当然不行啊。我快速且坚决地摇了摇头。

唉，好吧，郝表姐憨憨地叹了口气，又说那你把声音调小点好吗？

声音调小点？行吧，这个提议我觉得可以。毕竟如果换成我亲爸亲妈的话，那现在肯定是对我实行男女混合制暴风辱骂，我虽然年纪小，但也懂得珍惜这世上最后一丝温柔的道理。

游戏真的好玩吗？郝表姐又站在我身后看了几分钟后总结道，我觉得好无聊的样子。

于是郝表姐等于游戏绝缘体这个印象就在我心中烙下了，并且还无坚不摧地屹立了许多年——直到我姐元旦结婚前我偶然通过社交账号发现了郝表姐的游戏号。正所谓，大吃一惊。

无聊也能拥有如此华丽的战绩吗？无聊也能拥有如此酷炫的皮肤吗？不行，我得吃两惊。

就在我抱着元旦当天一定要打破砂锅问到底的心态时，穿着白色小纱裙的郝表姐却再一次让我吃了第三惊——怎么回事！研究生院是什么吃人的地方吗！为什么郝表姐瘦了那么多！

我被瘦下来的郝表姐震惊得只能在原地拧巴我肥大的校服袖子，拧巴得正起劲就发现从门后又走出了一个高高的男孩子，看样子是和郝表姐搭伴的伴郎，因为他正埋头捣鼓着他正装上的大红色胸花，完了他一抬头，我就听到有什么东西碎裂的声音在我脑子里轰然炸开——这又怎么回事！眼前这张绝美的脸不是本人的游戏男神尤金吗！我看我必须吃一吃第四惊了！

“小丫头，”我还在愣神，男神就已经朝我走了过来，他朝我咧嘴一笑，问，“就是你不好好学习？”

哎？我盯着面前的男神压根儿反应不过来，毕竟平常这张脸都是和我一起在英雄世界里打打杀杀的，现在冷不丁问起我的学习……也太玄幻了。

“其实呢，我觉得打游戏挺好的，想当职业选手也挺好的。”男神还是接着笑，但笑着笑着就让我觉得后背发凉，“只不过让你郝表姐来操心你学习，还要给你做思想工作什么的，我就觉得不太好了。”

哎哎？所以呢？我怎么有一种不祥的预感……

“这样吧，你跟我 1v1 单挑怎么样？赢了的话我就站在你这边支持你打职业，可要是输了——”男神潇洒地挑了挑眉，帅得我差点都忘记非亲非故的他，要以什么身份来支持我打职业了，可是他后续的话还没说完，郝表姐就已经从一堆亲戚中脱身前来阻止他要帅撂狠话了。

“你有没有一点羞耻心，知不知道什么叫公平啊？”郝表姐一巴掌拍在男神的背上，但那只手高高扬起轻轻落下，看起来一点都不疼，“小女孩你都虐！太过分了吧。”

呵呵，我僵硬地站在原地，觉得自己瞬间成了雪饼的同类。

于是在婚礼和酒席结束之后，我们仨风风火火地冲进了离酒店最近的一家网吧。

第一把，惨败；第二把，惨败；第三把，在明显感觉到男神在放水之后，我仍旧惨败。

郝表姐在一旁着急得不得了，又是安慰我又是让男神给我道歉，但是连吞三场败仗的我表示，只想鼠标一甩然后出去静一静。唉，行走在冬夜的冷风中，飘散的踩碎的都是梦！

外头很冷，待了两分钟就能冻成面瘫，但我还是决定再出去一趟——因为我看到男神手一拽，就拉着正敲着他头的郝表姐入了怀，他环着她，还用头蹭她的肩，像那种黏人的大型犬。

呵呵，我只是追梦赤子心，想打个职业而已，我有什么错？为什么要一而再，再而三地全方位、无死角碾压式的来虐我？行吧，本高三学子服了，现在就回去上晚自习行不行？

番外二

我只不过是一条吃到撑的单纯小白狗

大家好，我是郝家的非人籍正式成员雪饼，今年三岁，梦想是每天都能吃到郝妈妈做的红烧肉以及郝小枝时时刻刻将我记挂在心上——我的意思是，如果没有那个叫什么尤金的出现，那么我才不会有这么无聊和低要求的梦想呢。

来，让我好好回忆回忆第一次见到尤金是什么时候。

哦，好像是那个大枕头，虽然说我不知道为什么那个大枕头命运如此多舛地从床上去到柜子里，然后又从柜子里重新回到床上，但是我还记得郝小枝当初从巨大的麻布袋里将大枕头拖出来的样子——她惊讶地张着嘴，眼睛一眨也不眨，但是耳朵红红的，抱在怀里看了半晌才小声地说上一句“哇，好像真的有点帅呢”，完了又跟强迫清醒似的连拍了好几下自己的脸，还一脸微妙地问我，雪饼，我对着一个枕头犯花痴，是不是很变态？我汪了一声，以表同意。

所以我从来没想过，这个比郝小枝还要长出一截的大枕头，竟然在某一天出了真人款。

帅，真的帅，真的超级无敌霹雳帅。

于是看在郝小枝平时将我伺候得不错的分上，我第一时间就冲向了站在客厅里的尤金，我得咬咬他的裤脚来试一下这个真人款的质量好不好，万一是电视里报道的那种黑心棉怎么办？郝小枝这人看起来迷迷糊糊的，奸商们一定都很想敲诈她。

哎？可是我怎么才张开嘴，郝小枝就把我给抱起来了？还说什么我没礼貌，所以不准我吃今晚的红烧肉？喂？你这个愚蠢的人类知不知道我的用心良苦啊？我一路从卧室里狂奔过来是为了……算了！我不喜欢你这个小主人了，请你立刻带着你的真人款枕头滚回学校！

可惜的是假期很长，郝小枝和尤金不仅没滚，还整天在我眼前瞎转悠，什么扔扔枕头拌拌嘴啦，什么我看看你你看看我啦，什么一块出门一块回来啦，哎呀，烦都烦死了，特别是郝小枝，被尤金管着不敢吃东西就来觊觎我的小饼干，我的小饼干才不分享给愚蠢的人类呢！

好不容易盼着这两位走了清净了吧，却没想到重逢的日子来得比我进食的速度还快。

婚纱店里的暖气开得很足，我窝在一个小角落里打盹。没办法，其实这种跟我没有半块小饼干关系的事我是真的不想来的，可是因为某些不太美丽的小破坏，郝母就不放心留我独自守家了，她嘴上说着顺手一捞，实则是十分强硬地把我一同捎了过来。

我蔫蔫地闭目养神，决定做一只世外高狗，可是尤金似乎不同意我这个想法，我听到他的皮鞋嗒嗒嗒地敲在瓷砖上，然后厚重的帘子被缓缓拉开，接着他就跟着说了一句：“哎，郝小枝，这么一看，你好像不是特别丑哎。”

该死，一定要勾起我的好奇心吗！不知道好奇心会杀死……对，反正不是狗！

我气鼓鼓地睁开眼睛，就看到站在小圆台上被好多灯光簇拥着的郝小枝，我有点看愣了，因为我突然想到，这好像是我在郝家待了这么久以来，第一次看到她穿裙子……嗯，好看。

“你怎么回事啊，瘦了那么多。”尤金皱着眉像是在数落郝小枝，可是他的口气里有一种狗都能听出来的做作，接着他又说，“下来啊，我来看看跟我这身衣服配不配。”

然后我就看到一脸羞涩的郝小枝，被一脸温柔的尤金给牵下了圆台，而郝小枝似乎因为不太会穿高跟鞋，还差点摔进了尤金的怀里，呵呵，这一幕幕的，真是瞎了本雪饼的狗眼。

所以自打婚纱店之后，干啥我都躲着郝小枝和尤金。

具体原因不清楚，反正我是不要承认，一来是觉得这俩太酸了，二来是笃定这个真人款枕头把郝小枝对我的关爱和照顾给抢走了百分之九十九！但吃醋什么的，才不存在呢！

怨念着怨念着，除夕的鞭炮声就在窗外响了起来。

围着围裙的郝父满脸笑容地往饭桌上摆刚出锅的水饺，氤氲白雾里郝母大手一挥，示意我去阳台将郝小枝和尤金给叫回来，我哼唧了两声以表抗议，毕竟我现在还记得郝小枝前两天说我最近这么臭屁，肯定是因为失恋了。哼，愚蠢的人类！

我摇着尾巴跑向阳台，将前面俩爪子抬起来按在透明的落地窗上。

郝小枝和尤金正对着漫天的烟火许愿，他们一高一矮，但是围着相同颜色和款式的围巾。黑黑的天空一下子变红一下子变蓝，然后尤金偷偷地睁开了眼睛。

他轻轻地亲了一下郝小枝。郝小枝佯作生气地打了他一下，脸上却笑得要溢出蜜。

嗷——于是我就在这举国欢庆的日子里失去了郝小枝对我的最后一点爱，唉，愁呢。

脑洞嘛！
谁还没有不是！

看完这个故事，是不是觉得作者脑洞挺大的。
不管你服不服，“脑洞”这两个字发明出来，就是专治不服。
小花作者们的脑洞极限到底在哪里呢？
不如来比一比，看看这几个故事，谁的脑洞更炸裂！

《孤独又璀璨的你》
包子君 著

你以为它是个这样的故事：

霸道总裁爱上平凡的女主，费尽心思地同租一套房，各种卖萌讨女主欢心。

漂亮迷人的闺密出现，竟是上司的前女友，但是真爱最终站在女主这边。

嗯。偶像剧的三角恋狗血剧情，很玛很丽很苏。

脑洞告诉你，它没这么简单：

平凡的女主不平凡，她竟是拯救地球的种子。

霸道总裁不霸道，他来自未来的皇家军校。

漂亮的闺密不简单，她是潜伏在女主身边的卧底。

警告！！！地球即将毁灭，必须牺牲女主，才能拯救地球！

《以星辰之名》

木当当 著

你知道星年 224 年的世界吗？
你听说过改造人和再生人的不同吗？

这是一个关于未来的世界。
丢失记忆的女主，曾经是女杀手，后来是人形大杀器。
捡她回来的男主，其实身怀一颗永生石，是不死之身。
女配奉女主之名，从几十年后回来，杀掉还没进化的女主本人。
命运扑朔迷离，他们说拯救世界的方法就是杀掉女主……
但是，男主并不这么认为啊！

《与他重逢的世界》

姜辜 著

恋爱脑的脑洞日常当然是恋爱！恋爱！！恋爱！！！
爱看漫画的少女难免会期待着从漫画中走出的少年和自己来场甜甜蜜蜜的热恋。
沉迷打游戏的小仙女，你们是不是也想和自己钟爱的角色来一段旷世奇恋呢！

慢热的非典型少女为爱打游戏——
为了离自己暗恋对象许沉言更近一点，她决定了，要和许沉言玩同一款游戏！
而且她要练的就是整个游戏中最难的英雄——尤金。
于是她开始了每天被队友喷的生活，在学习之余也抽了大量的休息时间与电脑作战，终于她糟糕的技术，过分虔诚的态度，让游戏里的尤金，忍无可忍地，跳到了现实生活中……

《远辰落身旁》

八月末 著

你以为这是个过气女星在陨石灾难幸存后，意外得到预知能力，从此要开始逆袭之路的无脑金手指文。

其实我们是在探讨平行宇宙最终的起奇点、思考费米悖论下的量子缠结、寻找十一维空间里的暗物质、白洞，以及模拟太阳风穿梭千万光年后呈现在我们面前的第五态……

是不是觉得拆开了每个字都认识，合起来都是什么鬼？

好吧，宇宙到底是什么不重要，重要的是：

哪怕忘记了过去，哪怕看见了混乱未来……

我不离，你不弃，我们跨越时间，让爱继续！

图书在版编目（CIP）数据

与他重逢的世界 / 姜辜著. — 南昌 : 百花洲文艺出版社，2018.1

ISBN 978-7-5500-2636-0

Ⅰ. ①与… Ⅱ. ①姜… Ⅲ. ①长篇小说－中国－当代 Ⅳ. ①I247.5

中国版本图书馆CIP数据核字(2018)第004013号

出 版 者　百花洲文艺出版社
社　　址　江西省南昌市红谷滩世贸路898号博能中心A座20楼　邮编：330038
电　　话　0791-86895108（发行热线）　0791-86894790（编辑热线）
网　　址　http://www.bhzwy.com
E-mail　bhzwy0791@163.com

书　　名　与他重逢的世界
作　　者　姜　辜
出 版 人　姚雪雪
责任编辑　王俊琴　李　瑶
特约编辑　雪　人
封面设计　刘　艳
内页设计　米　籽
封面绘制　Zheng某某
经　　销　全国新华书店
印　　刷　长沙鸿发印务实业有限公司（长沙黄花工业园三号　邮编410137）
开　　本　880mm×1230mm　1/32
印　　张　9.125
字　　数　203千字
版　　次　2018年3月第1版
印　　次　2018年3月第1次印刷
书　　号　ISBN 978-7-5500-2636-0
定　　价　32.80元

赣版权登字：05-2018-14